화공도담
畵工道談
촌부 新무협 판타지 소설
FANTASTIC ORIENTAL HEROES

화공도담 6

촌부 新무협 판타지 소설

초판 1쇄 찍은 날 § 2009년 8월 21일
초판 1쇄 펴낸 날 § 2009년 8월 25일

지은이 § 촌부
펴낸이 § 서경석

편집장 § 문혜영
편집책임 § 문정흠
편집 § 서지현

펴낸곳 § 도서출판 청어람
등록번호 § 제1081-1-89호
등록일자 § 1999. 5. 31
어람번호 § 제2-1802호

주소 § 경기도 부천시 원미구 심곡2동 163-2 서경B/D 3F (우) 420-822
전화 § 032-656-4452 팩스 § 032-656-4453
http://www.chungeoram.com
E-mail § eoram99@chollian.net

ⓒ 촌부, 2008

ISBN 978-89-251-1905-2 04810
ISBN 978-89-251-1528-3 (세트)

화공도담

畫工
道談

탱화(幀畫) **6**

FANTASTIC ORIENTAL HEROES

촌부 新무협 판타지 소설

目次

第一章
낯선 그림자

화공도담
畫工道談

1

야음(夜陰)은 빠르게 찾아왔다. 아직 해가 진 지 얼마 되지 않았거늘, 안개처럼 피어오른 청회색 어둠은 점점 더 그 깊이를 더해가고 있었던 것이다.

짙은 어둠 속에서는 낯선 그림자가 숨어 자신을 지켜보고 있었다.

'체구를 보면 파파가 아닌 것이 분명한데……'

자명은 미간을 좁히며 어둠 속을 바라보았다. 파파와 화란 아가씨, 남궁세가의 가주와 맺은 일년지약(一年之約) 때문에 황학루(黃鶴樓)까지 찾아왔거늘, 나타나라는 파파는 나타나지 않고 정체 모를 시선만 느껴지는 것이다.

우연히 머물렀던 부육현에서 암천의 무리를 만났던 것을 생각해 보면 마음을 놓으려 해도 쉬이 놓이질 않았다.

"뉘신지요?"

자명이 나지막한 목소리로 질문하자 낯선 그림자가 자명 쪽으로 다가왔다. 경계심을 느낀 자명은 남몰래 무명도원도의 호흡을 끌어올렸다.

"다시 여쭙겠습니다. 뉘신지요?"

"소, 소인은……."

자명의 목소리에 깃든 경계심을 알아챘음일까? 낯선 그림자의 움직임이 한층 조심스러워졌다. 마치 자명이 화를 낼까 두렵다는 듯이 말이다.

마침내 그림자가 정체를 드러냈다.

'누구지?'

자명은 의아한 시선으로 낯선 사내를 살펴보았다.

마치 아이처럼 자그마한 체구의 사내였는데, 수염이 장비처럼 삐죽삐죽 나 있는 것을 보면 아이가 아닌 것이 분명하다. 그렇다고 난쟁이도 아니었다. 손발의 균형은 보통 사람과 다를 바가 없었으니 말이다.

오른팔이 없어 소매가 펄럭이고 있다는 점을 제외하면 그저 체구가 작은 보통 사람에 불과했다.

자그마한 외팔이사내가 조심스럽게 말했다.

"소인의 보잘것없는 이름은 장암(張巖)이라 하는데, 흑언귀(黑鼺鬼)라고 부르시면 되옵니다. 혹시 공자께서는 진자명, 진 공자가 아니신지요?”

자명의 안색이 어두워졌다. 이곳 무한삼진에는 아무런 연고가 없는데 도대체 누가 자신을 찾는단 말인가!

자명의 경계심이 깊어지자 사내가 황급히 고개를 숙였다.

“소인은 당노태태, 당설련 마님께서 보내시어 온 심부름꾼입니다. 공자께 해를 끼치려는 생각은 티끌만큼도 없사오니 부디 마음을 놓으시고……”

“역시 근처에 계셨구나!”

말이 뚝 끊긴 사내가 당황한 표정으로 입을 다물었다.

장암의 기색을 읽지 못한 자명이 밝은 얼굴로 외쳤다.

“파파께서는 어디에 계신가요? 함께 온 사람도 보셨나요?”

천하에서 가장 괴팍하다는 딩노독파를 이처럼 친근하게 부르는 사람이 어디에 있겠는가! 장암은 잠시 질린 표정으로 서 있다가 얼른 표정을 관리하여 머리를 조아렸다.

“이렇게 당노태태께서 귀히 여기시는 진 공자를 만나게 되었으니 큰 영광이 아닐 수 없습니다. 당노태태께서는 근방에 계십니다. 황학루에 보는 눈이 많다 하시며 소인에게 진 공자를 모셔오라 명하셨지요. 남궁세가의 가주께서 함께 계시긴 하온데, 일행이 몇이나 더 있는지는 소인도 알지 못하옵니다.”

“그렇구나.”

　자명이 고개를 두어 번 주억거렸다. 일행이 몇이나 더 있는지 모른다는 말에는 내심 실망감이 들었지만, 그것은 가서 만나보면 알 일이다. 자명은 애써 희망을 품었다.

　자명의 눈치를 살피던 흑언귀 장암이 입을 열었다.

　"괜찮으시다면 소인이 안내하고자 합니다만……."

　"예? 예, 부탁드리겠습니다."

　장암이 연신 자명을 흘끔거리며 조심스럽게 몸을 돌렸다.

　자명은 바랑을 한 번 추슬러 메고는 얼른 그의 뒤를 쫓았다. 벌써부터 가슴이 쿵쾅쿵쾅 뛰었다.

　파파를 만나게 된 것도 물론 반갑지만, 가장 먼저 떠오른 것은 역시 화란 아가씨였다. 그녀는 괜찮을까, 더 이상은 아프지 않을까, 다시 만나게 된다면 그녀는 어떤 표정을 지을까.

　이런저런 생각에 잠긴 자명은 바삐 걸음을 놀릴 뿐, 말이 없었다. 그것은 장암 역시도 마찬가지였다. 장암은 기이한 듯 자명을 살펴보고 있었던 것이다.

　'참으로 이상하단 말이야. 이처럼 순박한 사람이 어찌 천하의 당노괴를 홀렸을까?

　아니, 순박함을 넘어 아둔하리 만치 순진하다 할 수 있다. 도대체 무얼 믿고 자신을 따라온단 말인가!

　물론 자신은 정말로 당노독파의 명령을 받고 온 것이지만, 만에 하나 자신이 악독한 마음을 먹고 거짓말을 한 거라면 화공의 목숨은 경각에 달했다 할 수 있을 것이다.

'명천회에 참석한 사람들이나 청성산의 생존자들은 하나같이 화공에게 기이한 능력이 있다 증언했지. 보기에는 저래도 믿는 구석이 있을지도 모르겠다.'

장암은 본래 호북(湖北) 사람으로, 정보를 모아 파는 상인이었다. 지둔공(地遁功)을 익혀 여기저기 숨는 재주가 좋기에 선택한 직업이었는데, 머리가 좋거니와 성정이 담대하여 호북에서도 으뜸이라 평가받곤 했다.

하지만 이번엔 그 담대한 성격이 문제가 되었다. 천하오절 중 일인인 당노독파가 호북에 들었다는 것을 알게 된 장암이 감히 접근을 시도했던 것이다. 그 결과는 참담했다. 당노독파에게 오른팔을 잃고 말았으니 말이다.

하지만 제 버릇 개 못 준다던가? 장암은 또다시 호기심이 머리를 드는 것을 느꼈다. 화공의 성정을 보아하니 화를 낼 것 같지도 않고 말이다.

'한번 캐볼까.'

자명을 살펴보던 장암이 마침내 마음을 굳혔다. 헛기침을 큼큼 내뱉은 장암이 조심스레 입을 열었다.

"그나저나 진 공자께서 무사하시니, 참으로 다행인 일입니다."

"예?"

조용히 걸음만 옮기던 자명이 눈을 동그랗게 뜨고 장암을 바라보았다. 장암이 마치 상전 대하듯 머리를 조아렸다.

"세월이 하수상하여 드린 말씀입니다. 암천이 머리를 들었다더라, 무림맹이 무인들을 모은다더라, 하는 소문이 무성하더니 급기야 암천의 마두들이 출몰하기 시작하더이다. 이곳 호북에서도 유운장(流雲莊)과 같은 명가가 멸문지화(滅門之禍)를 당했지요. 이와 같은 난세에도 불구하고 공자께서 이처럼 헌앙하시니, 하늘의 돌보심이 아니고 무엇이겠습니까?"

"암천의 마두들이 출몰한다고요?"

"그러합니다. 한두 달 전부터 난리도 아니었지요. 이곳 무한삼진도 칼 든 사람 천지올습니다. 무당산의 신선들께서도 하산하신다 하니, 사단이 나도 크게 난 것이 분명합지요."

그동안 암천은 오절을 먼저 제거하고자 했을 뿐, 함부로 몸을 움직이지 않았다. 하지만 검마존이 지도 소양극을 만난 뒤로 모든 것이 달라졌다. 오절이 시간을 끄는 것뿐이라는 것을 알게 된 암천이 본격적으로 행보를 시작한 것이다.

그때로부터 지금까지 한 달밖에 지나지 않았는데 벌써 멸문지화를 당한 무가(武家)가 있다는 것은 암천의 행보가 그만큼 쾌속하고 강력하다는 뜻이나 다름없었다.

하지만 그러한 이치를 짐작하지 못한 자명은 다른 생각에 잠길 뿐이었다.

'정말로 호북에는 무인들이 많았어.'

동지가 될 때까지 객잔을 벗어나지 않았던 자명이었지만,

그렇다고 눈이 없는 것은 아니었다. 장암의 말대로 호북은 무인들로 가득했다. 생각해 보면 백성들의 얼굴도 근심에 싸여 있었던 것 같다.

'큰일이로구나.'

자명은 눈을 질끈 감았다. 암천이 정말로 그들의 예와 법에 맞추어 죄인들을 벌하고자 한다면 그에 대항하는 무인들의 수는 점점 더 늘어날 것이었다. 벌써부터 피비린내가 나는 것 같아 자명의 마음이 무거워졌다.

"어쩌면 공자께서 무사하신 것은 당연한 일일 테지요. 당노태태께서 귀히 여기시는 공자이니만큼 그 무위 역시 낮지 아니할 터, 어찌 한낱 잡배들이 공자를 해할 수 있겠습니까? 이는 곧 무림의 홍복이올습니다."

징임이 의미심장한 얼굴로 사녕을 바라보았다. 금칠에 가까운 칭송을 들었음에도 불구하고 자명의 안색은 어둡기 짝이 없었다.

"무위랄 것도 없습니다. 저는 무학을 배운 적이 없거든요."

하지만 이쯤 되면 무학을 배우지 않았다고 말할 수도 없다. 자신이 이미 무림에 들고 말았다는 것을 떠올린 자명의 심사가 더욱 복잡해졌다.

하지만 장암의 심사는 그보다도 복잡했다.

'무학을 배운 적이 없다니, 설마하니 그 뜬소문이 진실이란 말인가?

화공은 무학을 배운 적이 없지만, 서화의 법을 얻어 이능을 부린다 했다. 그런 말도 안 되는 일이 현세에 일어날 리가 없는데 말이다.

'아니야. 화공이 거짓을 말하는 것일지도 모르지.'

잠시 무언가를 생각하던 장암이 이내 공경의 염이 가득 담긴 목소리로 입을 열었다.

"무릇 익은 벼는 머리를 숙인다더니, 이것이야말로 공자를 두고 한 말이 아닐 수 없사옵니다. 이처럼 겸양의 덕까지 갖추셨으니 천하의 어떤 기재가 공자께 비견되겠습니까! 당노 태태와 남궁세가의 가주께서도 그것을 알고 계시니 이처럼 공자를 청한 것일 테지요. 소인의 모자란 짐작으로는 공자께 새로운 가르침을 주고자 하시는 것이 아닐까 싶습니다. 미리 경하드립니다."

"그런 것이 아닙니다."

자명이 고개를 절레절레 저었다. 장암이 조심스레 반문했다.

"아닙니까? 하나, 그와 같은 명숙께서 공자와 같은 기재를 청할 때에는 틀림없이……."

"죄송합니다. 사정이 있어 말씀드리기 어려워요."

"그, 그렇습니까요?"

장암은 얼른 입을 다물었다. 더 이상은 위험하다는 생각이

들었던 것이다.

당노독파는 '화공은 내게 속한 내 아이다. 너는 그를 모심에 예의를 다하여야 할 것이다' 라고 했다. 만약 화공을 구슬려 정보를 얻으려 한 것이 발각되면 이번에는 팔이 아니라 목숨이 위험할 터였다.

호기심이 목숨보다 귀중하지는 않은 법, 장암은 호기심을 거두었다.

"소인이 말이 많았나 봅니다. 부디 용서하십시오."

장암이 신경 쓰지 마시라는 듯이 웃어 보이고는 서둘러 걸음을 옮겼다.

기껏 대화의 물꼬를 틀었던 장암이 입을 다물자 또다시 침묵이 내려앉았다. 두 나그네 사이에 내려앉은 침묵은 오래도록 머물러 사라지지 않았다.

그렇게 얼마를 걸었을까?

어느새 어둠이 완연해질 무렵이었다. 어디선가 인기척을 느낀 자명이 걸음을 멈추고는 주위를 둘러보았다. 사람 하나 없는 관도에서 누군가의 시선이 느껴졌던 것이다.

'어라?

거미가 전신을 훑고 지나가는 것처럼 간지러우면서도 섬뜩한 느낌이 등골을 서늘하게 했다. 하지만 연신 주위를 둘러보아도 아무도 없었다.

'이상하다. 누가 보고 있는 것 같았는데, 착각인가?

잠시 서성이던 자명이 고개를 갸웃했다. 장암이 의아한 얼굴로 그런 자명을 돌아보았다.

"왜 그러십니까?"

"아니, 아무것도 아닙니다."

주위를 둘러보던 자명이 억지로 웃어 보였다. 어디서 밤짐승이 움직였나, 하고 생각하고 말았던 것이다.

장암은 그런 자명을 수상쩍게 바라보다가 한숨을 길게 내쉬고는 다시 걸음을 놀렸다.

자명과 장암이 사라진 관도는 고요하기 짝이 없었다. 차가운 겨울바람만이 칼날처럼 불어올 뿐, 짐승이 우는 소리조차 들리지 않았다.

잠시의 시간이 지난 후 자그마한 소리가 들려왔다.

소리를 따라 누군가의 모습도 드러났다. 마치 허공에서 모습을 드러내는 것처럼 어둠 속에서 한 명의 무인이 걸음을 내딛은 것이다.

그는 다름 아닌 철혈신장 화무백이었다.

'심안을 얻었다던가? 내 기척을 읽었다.'

조금 전 자명은 어둠 속에 숨은 장암의 모습을 알아보지 못했다. 무인만큼 안력이 뛰어나지는 않은 까닭이었다.

그러나 화공에게는 숨겨진 진실을 보는 눈이 있었다. 이전에 청성산에서도 화공은 자신의 위치를 정확하게 읽지 않았던가!

'기령환술(奇靈幻術)과는 상극이야.'

화무백의 절기는 철령장법이었지만, 그에게는 알려지지 않은 또 다른 절기가 있었다. 천하오절 중 일인인 당노독파의 기억마저 뒤바꾸어 놓은 고금에 드문 절기, 기령환술이 바로 그것이었다.

만약 자명이 당노독파의 손가락을 잡고 그림을 그리지 않았더라면 그녀는 지금도 원수의 정체를 알아차리지 못했을 터였다.

"으음."

화무백은 눈을 지그시 감았다. 화공의 심안이 저처럼 뛰어나다면 계획이 모두 어그러지게 된다. 그는 심력을 기울여 화공을 속일 수 있는 시간을 계산해 갔다.

또다시 싸늘한 침묵이 내려앉았다.

한 달 전, 화무백은 검마존과 만났음에도 그와 행보를 같이 하지 않았다. 지도 소양극이 회(會)의 초청을 거절한다면 격전이 벌어지게 될 터, 당노독파에게 복수를 해야 할 화무백은 거기서 목숨을 잃을 수 없었던 것이다.

그런 화무백의 마음을 알았음인지, 검마존은 '일이 잘못되면 회에 알릴 사람이 하나쯤은 있어야겠지' 라며 화무백의 물러남을 허용했다.

검마존이 패하여 목숨을 잃자 화무백은 암천에 그 사실을 알리고 다시금 화공을 추적했다. 그것은 회가 원한 바는 아니었으나 회는 화무백의 행보를 눈감아주었다.

한참 동안 무언가를 계산하던 화무백이 눈을 지그시 감았다.

'고작해야 일다경뿐이야. 이렇게 되면 더 이상은 기회가 없다고 봐도 무방하다.'

화공의 눈을 속일 수 있는 시간은 일다경뿐, 그것도 지금의 경우에 한해서다. 이후 화공의 경지가 더 높아지거든 아예 접근조차 불가능하리라.

그렇게 되면 화공을 죽일 수 있을지 없을지는 오로지 하늘만 아는 일일 터, 확실한 기회는 오로지 지금뿐인 셈이다.

'…나쁠 것 없겠지. 일다경이면 충분하지 아니한가?

화무백이 무심한 얼굴로 고개를 돌렸다.

도대체 언제부터 이처럼 많은 사람이 있었던가!

화무백의 뒤에는 평화로운 얼굴을 한 무인들이 느긋하게 서 있었다. 화무백이 계산에 빠져든 사이 찾아온 자들이었다.

"와주어서 고맙소."

"당 마녀에게 한을 품은 사람은 그대만이 아닐세. 고마워할 것 없으니 괘념치 말게나."

가장 앞선 노인이 풀잎을 꺾어 귀를 후비며 말했다.

노인의 이름은 장상현(張尙賢)이라 하는데, 강호에서는 그의 검로가 바람 같다 하여 풍검(風劍)이라 부르곤 했다.

그는 지난 삼십 년간 은거에 들었다가 '복수의 때가 가까이 왔다'는 화무백의 말을 듣고 오랜만에 강호에 모습을 드러낸 것이다.

그뿐만이 아니었다.

"흥, 당 마녀에게 복수할 수만 있다면 내 목숨쯤은 아깝지 않지. 다만 고금에 드문 예인의 목숨을 꺾게 되었으니, 그것이 아쉬울 뿐일세."

"소면객(素面客)께도 감사드리오."

소면객 양주(楊朱)는 섬서의 무인으로, 양가창(楊家槍)의 고수였다. 얼굴이 희다 해서 소면객이라 불리는데, 정도에서는 존경치 않는 자가 없는 기인이었다.

화무백은 음화선자(陰花仙子)나 궁귀(弓鬼), 진천도(鎭天刀)니 시독수라(屍毒修羅) 등의 고수에게노 머리를 조아려 감사의 뜻을 표했다.

모두 강호에서 종적을 감추었던 무인들이다. 그 외의 공통점이 있다면, 그것은 아마 원한일 것이다.

그들에게는 당노독파 때문에 평생을 꿈꿔온 숙원을 이루지 못했다거나 그녀의 독랄한 손속에 친인을 잃었다던가 하는 원한들이 있었던 것이다.

일곱 명 남짓한 무인들에게 포권지례를 취한 화무백이 나직한 목소리로 중얼거렸다.

"다시 한 번 와주어 감사하다는 말씀을 드리오. 이렇게 만났으니 회포를 풀어야 함이 옳으나 시간이 많지는 않을 성싶소이다. 때가 되었으니 가서 당 마녀와 화공의 목숨을 거둡시다.”

그것으로 충분했는지 화무백이 몸을 돌려 성큼성큼 걸음을 옮겼다. 느긋하게 앉거나 서서 달밤을 구경하던 무인들이 천천히 몸을 일으켰다.

앞장 선 화무백의 시선은 차가우리 만치 가라앉아 있었다.

'이번이 마지막 기회라면 잡아야겠지. 오늘 당 마녀와 맺은 악연이 끝나겠구나.'

화무백의 얼굴에 아무도 보지 못한 미소가 떠올랐다.

2

장암과 함께 걸은 지 벌써 한 시진하고도 반이 지났다.

그럼에도 불구하고 자명은 아직 파파와 만나지 못했다. 장암의 말에 따르면, 파파는 인융산(仁融山)에 있는 어느 움막에서 기다리고 있다는데, 아직 산이 코빼기도 보이지 않는 것을 보면 한참을 더 걸어야 할 것 같았다.

실제로 자명이 인융산에 닿은 것은 한 시진이 더 지난 후였다. 무한삼진에는 큰 산이 없으니, 아마 이곳은 무한삼진에서도 조금 떨어진 곳일 터였다.

화섭자(火攝子)에 불을 붙이고 굽이굽이 꺾인 산길을 오르던 장암은 한참 뒤에야 걸음을 멈추었다. 수풀이 가득한 관도인 데도 불구하고 장암은 더 오를 생각이 없는 듯했다.

"도착한 건가요?"

자명이 의아한 얼굴로 질문할 때였다.

장암이 화들짝 놀라며 몸을 부르르 떨더니, 홀린 듯이 산기슭 어딘가를 바라보았다. 그리고는 두려움 가득한 음성으로 소리를 질렀다.

"무, 물론입니다요!"

침을 꿀꺽 삼킨 장암이 아예 산기슭 쪽에 대고 오체투지하여 엎드렸다. 자명은 눈을 동그랗게 뜨고는 그런 장암을 바라보았다.

"예, 예. 여부가 있겠습니까."

"갑자기 왜 그리십니까?"

여태껏 자명을 상전 모시듯 하던 장암이었지만 이번만큼은 아예 고개도 돌리지 않았다.

"물론입니다. 암요, 소인이 어찌 감히 당노태태의 명을 거역하겠습니까. 소인은 그저 당노태태의 은혜에 감읍할 따름입니다."

자명은 아무것도 듣지 못했지만 장암의 귓가에는 당노독파의 목소리가 똑똑히 들리고 있었다. 당노독파가 전음입밀의 수법으로 장암에게 말을 걸고 있었던 것이다.

장암은 몇 번 더 '감사하다'고 중얼거리더니 조심스레 몸

을 일으켰다. 그리고는 자명에게 화섭자를 건네주고는 빠르
게 말하였다.

"소인은 이만 물러나야겠사옵니다. 이 길을 따라 일다경만
오르시면 움막이 나타날 터이니, 염려치 마시고 오르십시
오."

"…예?"

자명이 당황하여 반문했으나 장암은 대답하지 않았다.

당노독파의 전음은 '나에 관한 이야기는 상관없으나 화공
에 관한 이야기는 강호에 새어나가서는 안 될 것이다' 라는
내용이었는데, 전음에 담긴 살기가 장난이 아니었던 것이다.

하지만 당노독파가 살인멸구를 하지 않은 것만으로도 천
운이라 할 만한 일이었다. 장암은 두려움이 가득 섞인 얼굴로
뒷걸음질쳐 물러나더니, 거리가 조금 떨어지자마자 경신의
공부를 펼쳐 냉큼 달려가 버리고 말았다.

"저, 저기요!"

자명이 당황한 얼굴로 외쳤지만 장암은 뒤도 돌아보지 않
았다. 자명은 장암의 빈자리를 바라보며 한숨을 내쉬었다.

'아무래도 파파께서 무어라고 하신 모양이다.'

파파의 말투가 험악한 것을 생각해 보면 저 사람이 겁을 먹
은 것도 이해가 간다. 자명은 고개를 절레절레 젓고는 산기슭
을 바라보았다.

'드디어 도착했구나.'

자명은 군침을 꿀꺽 삼키고는 옷을 두드려 주름을 폈다. 그리고는 천천히 산길을 따라 오르기 시작했다.

그렇게 일다경쯤 걷자 자그마한 모옥이 모습을 드러냈다.

풀잎을 엮어 지붕을 얹고, 나무로 기둥과 벽면을 세우고 흙을 발라 빈틈을 메운 허름한 모옥이었다. 모옥 내부에서 새어 나온 불빛이 어둠을 뚫고 자명의 시야를 간질였다.

마침내 모옥의 앞에 선 자명이 조심스럽게 중얼거렸다.

"파파?"

"흥! 왔으면 들어오지, 무슨 할 일이 있다고 장대처럼 서 있는단 말이냐?"

자명의 말이 끝나자마자 모옥 내부에서 카랑카랑한 목소리가 들려왔다.

지명은 지도 모르게 미소를 머금었다. 파파의 독설을 듣고 마음 한구석이 푸근해지는 것을 보면, 파파와 쌓은 정이 적지 않은 모양이다.

모옥의 문을 열고 들어서니 당노독파가 고개를 돌린 채 바닥에 아무렇게나 주저앉아 있는 모습이 보였다.

"네 걸음이 굼벵이와 같구나! 그러고 보니 내 잘못을 한 게로군. 그 난쟁이에게 이처럼 늦은 죄를 물어야 하는데 그냥 보내주고 말았어."

언젠가 자명이 구해왔던 낡은 면포배자를 입고, 이제는 헤져 가는 천으로 눈을 가린 당노독파가 자명 쪽은 돌아보지도 않고 외쳤다.

자명이 시립하여 예를 표했다.

"그간 강녕하셨습니까?"

"흥!"

당노독파는 대꾸 대신 크게 콧방귀를 뀔 뿐이었다. 하지만 그녀의 기감은 자명의 전신을 훑고 있었다. 혹여나 다친 곳은 없는지, 그간 고초를 겪지나 않았는지 알아보기 위함이었다.

"…제 몸은 어찌 건사한 모양이군. 나는 강녕하니 너는 염려할 것 없다. 천하에 누가 있어 이 당노독파를 해하겠느냐?"

한동안 자명을 살피던 당노독파가 조그맣게 중얼거렸다.

자명은 미소 띤 얼굴로 그런 당노독파를 바라보다가 이내 시선을 돌렸다.

"어, 그리고……."

청수한 얼굴의 노인이 자명을 바라보고 있었다. 일가의 가주라기보다 도문의 도인이 아닐까 싶을 만큼 허허로운 기도를 가진 노인이었는데, 그 안에 태산과도 같은 무게감이 숨어 있었다. 자명은 일순 할 말을 잃고 말았다.

'파파와는 다르지만 저분 역시 굉장하구나.'

당노독파보다 무위는 낮을지 모르겠으나 노인에게는 독특한 기세가 숨어 있었다. 일가를 다스리는 사람은 그 특유의 존엄을 간직하게 마련인 것이다.

자명이 우물쭈물하자 남궁세가의 가주가 먼저 포권지례를

취해 보였다.

"남궁가의 가주 남궁창천이 은인을 뵙소이다."

"어, 어엇! 예를 거두십시오! 민망해집니다."

자명이 그야말로 화들짝 놀라며 장읍했다. 자명은 어찌해야 할 바를 모르겠다는 듯 머뭇거리다가 기어들어 가는 목소리로 조그맣게 중얼거렸다.

"저는 진가의 사람으로, 이름은 자명이라 하며 채화당의 화공입니다. 부디 예를 거두어주세요."

"폐가에 제왕검형을 찾아주셨으니 은인으로 모심이 당연하오. 또한 당노태태의 문하가 되시니 배분 또한 낮지 않소이다."

엄밀히 따지자면 자명은 당노독파의 문하가 아니었지만, 사실 그와 크게 다를 바가 없기는 했다. 전하에 당노독파를 '파파'라고 부를 사람이 몇이나 있겠는가 말이다.

"하지만 정말로 하대를 하시면 되는데요……."

자명의 얼굴이 발갛게 달아올랐다.

남궁세가의 가주, 남궁창천은 헛웃음을 머금은 채 그런 자명을 바라보았다. 창궁무애단원의 보고에 따르면, 화공은 무림에서도 드문 고수라 했다. 그러나 그 성정이 맑고 담백하니 기인(奇人)이라 할 만하다는 보고도 잇달았다.

그러나 지금 보니 창궁무애단원의 보고에는 부족한 감이 있었다. 자신의 기감으로도 자명의 무위를 읽을 수 없었던 것이다. 무림에 기인이 많다지만 이처럼 기이한 사람도 없을 터였다.

'예상보다 훨씬 뛰어나구나.'

남궁세가의 가주가 차분한 시선으로 자명을 살펴볼 무렵이었다. 조용히 앉아 있던 당노독파가 입을 열었다.

"흥, 지랄들을 하고 있군. 이 당노독파는 허례허식을 싫어하니 너희들은 그만 입을 다물어야 할 것이야!"

당노독파가 카랑카랑한 목소리로 외치고는 자명 쪽으로 얼굴을 가져갔다. 기감을 펼쳐 자명을 살펴보니 심장 뛰는 소리가 예까지 들리고 목소리의 음색도 불안정하다. 마음을 온전히 다스리지는 못했다는 뜻이다.

'정해(情海)라, 오히려 수도하는 데 방해가 될 뿐이다. 차라리 저 개잡종이 아무도 만나지 않았다면 좋았으련만.'

수도하는 이가 속세를 등지고 산을 찾는 이유가 바로 그것이다. 세속에 머물면 집착이 생기고, 집착이 생기면 마음을 다스리지 못하게 되는 것이다.

그것은 자명 역시도 마찬가지였다. 차라리 산에 은거하여 오직 서화의 법만을 좇았다면 좋았을 텐데, 아이는 세상을 보고 말았다.

이대로 간다면 정에 빠져 집착하고, 부조리한 속세의 모습을 보고 한탄하게 될 터였다. 그 상처가 덧나고 덧난다면, 그래서 가진바 능력이 삐뚤어진 방향으로 사용된다면 오히려 세상에 해가 되리라.

'어디 그뿐이랴? 일신의 기예도 늘었구나.'

자명의 움직임이 이전보다 명쾌하고 현기가 어려 있다. 무릇 무학을 가까이하면 손짓 하나에도 의미가 생기는 법, 척 보아도 틀림없이 무언가 다른 재주를 배운 것이 분명했다.

'내 저놈을 시험해 보아야겠다.'

무언가를 생각하던 당노독파가 싸늘한 목소리로 입을 열었다.

"청성산에서 이 당노독파가 했던 말을 기억하고 있을 것이다. 이제 다시 만났으니 내 물어보지 않을 수 없구나. 너는 마음을 다스리고 있느냐?"

자명이 움찔하더니 당노독파의 차가운 얼굴을 바라보았다.

"잘 모르겠습니다."

"흥! 다스리지 못했으면 그런 것이고 아니면 아닌 것이지, 잘 모르겠다는 대답은 도대체 무슨 뜻이냐?"

"하지만 설명하기가 어려운걸요, 파파."

자명이 쓸쓸하게 웃으며 고개를 숙였다.

아직도 마음에는 미움과 슬픔이 숨어 있었다. 중용의 이치를 배웠지만, 인간인 이상 희로애락의 감정을 온전히 추스를 수는 없었던 것이다.

강호를 생각하면 마음이 더욱 무거웠다. 가진 자가 가난한 자를 핍박하는 것을 보았고, 자신의 길과 다르다고 타인의 목숨을 취하는 무인을 보았는데 어찌 마음이 편할 수 있겠는가!

순식간에 여러 가지 감정이 깃드는 것을 보면 마음을 다스리지 못했다는 말이 옳을 터였다. 그러나 어디 한 군데 침잠(沈潛)하지 않으니, 다스리지 못한다고 말하지도 못할 것이다.

"잘 모르겠다, 설명하지 못하겠다? 이제 보니 네놈이 나를 농락하는 모양이로구나!"

당노독파가 고함을 버럭 지르더니 순식간에 사라져 자명의 앞에 모습을 드러냈다.

"그렇다면 내 벌을 내리지 않을 수 없지!"

"어, 어엇!"

자명이 화들짝 놀라며 뒤로 물러섰다. 당노독파가 손가락을 뾰족하게 세우더니 목덜미를 움켜쥐려 한 것이다.

파파가 자신을 해할 리 없다고 믿고 있었지만, 그동안 생사의 위기를 여러 번 겪었던 자명은 부지불식간에 몸을 피하고 말았다.

"흥! 잔재주를 부리는군! 어디, 이것도 받아보아라!"

당노독파가 그렇게 외치며 손가락을 둥글게 말더니 청색기환을 만들어 자명에게 튕겼다. 자명이 몸을 피하려 했지만 기환의 속도가 쾌속무비하여 도저히 피할 수가 없었다.

상황이 다급해진 자명이 검결지를 맺어 기환에 가져갔다.

쿵―!

공기가 진동하는 소리와 함께 기환이 소멸되더니 자명이 뒤로 두어 걸음 물러났다. 놀란 가슴이 아직도 쿵쾅쿵쾅 뛰었다.

"왜 그러십니까, 파파!"

당노독파는 이유를 설명하는 대신 얼굴을 잔뜩 찌푸렸다.

"혹시 소양극, 소 늙은이를 만났더냐?"

"예……?"

이번에는 자명이 놀랄 차례였다. 말한 적도 없거늘, 파파는 그 사실을 어떻게 알았단 말인가! 자명이 일순 대답하지 못하고 눈을 동그랗게 떴다.

그것이 긍정임을 알아챈 당노독파가 한탄처럼 중얼거렸다.

"만난 게로군, 만난 게야! 그 무학에 미친 늙은이마저도 만나고 만 게야. 그래, 광풍십이로를 배웠더냐?"

"광풍십이로는 아니지만, 신풍삼로라는 무학을 보여주셨습니다."

"신풍삼로를?"

당노독파의 찌푸려진 얼굴이 놀람으로 물들었다. 소양극이 설마하니 자신의 최고 절학을 전수할 줄은 몰랐던 것이다.

잠시 무언가를 생각하던 당노독파가 고개를 절레절레 저었다.

"이야기를 들어보지 않을 수 없구나. 너 개잡종은 가감없이 모든 사실을 털어놓아야 할 것이야."

자명이 떨떠름한 얼굴로 고개를 끄덕이고는 지난 사정을 하나하나 설명해 나갔다. 화씨 남매의 이야기는 굳이 꺼내지 않았지만, 관도에서 검마존과 암천을 만났던 일, 소양극 노사를 만났던 일은 빠짐없이 설명했다.

전후 사정을 알게 된 당노독파가 허탈한 듯 중얼거렸다.

"소양극, 그 늙은이가 미친 게로군. 아니지, 소양극이 아니라 양 노개가 문제일 것이다. 필시 그놈이 미주알고주알 나불거린 것일 테지."

당노독파는 입을 꾸욱 다물었다. 자명은 당노독파의 말을 이해하지 못하고 고개를 갸웃했다.

"왜 그러십니까, 파파?"

"흥! 너 개잡종은 알 것 없다!"

당노독파가 뾰족한 고함을 지르자 머쓱해진 자명이 시선을 돌려 남궁세가의 가주를 바라보았다. 남궁세가의 가주는 그야말로 경악을 금치 못하고 있었다.

'믿을 수가 없구나.'

당노독파가 자명을 공격할 때까지도 가만히 있었던 남궁세가의 가주였다. 당노독파가 진짜 화를 내는 것이 아니라 시험을 하는 것임을, 일부러 창졸지간에 몰아쳐 생각할 겨를을 주지 않으려 했다는 것임을 짐작했던 것이다.

그러나 그 결과는 그야말로 놀랍기 짝이 없었다. 당노독파의 말에 따르면, 화공이 지도 소양극을 사사(師事)했다는 뜻이 아닌가! 무림에 이만한 기사(奇事)도 드물 것이다.

자명은 머쓱한 얼굴로 남궁세가의 가주에게 목례한 다음, 고개를 두리번거려 모옥을 둘러보았다. 그리고는 조심스럽게 당노독파에게 질문을 던졌다.

"그런데 화란 아가씨는 어디에 계신가요?"

당노독파가 자명 쪽으로 고개를 돌렸다. 남궁세가의 가주 역시 마찬가지였다. 당노독파와 달리 남궁세가 가주의 시선에는 이채가 떠올라 있었다.

당노독파가 싸늘한 음성으로 말했다.

"남궁가의 계집은 오지 않았다."

"예?"

자명이 멍하니 반문하자 당노독파의 얼굴이 구겨졌다.

"그 계집은 오지 않았다지 않느냐!"

第二章
괴물

화공도담 畫工道談

1

자명은 무어라 말해야 될지 모르겠다는 듯 머뭇거렸다. 쉬이 말을 꺼내지 못하고 입을 열고 닫기를 반복하던 자명은 잠시 뒤에야 나직한 목소리로 질문을 던졌다.

"…잘못된 건 아니겠지요?"

"흥, 그렇다면 어찌할 테냐?"

당노독파가 퉁명스러운 어조로 말하자 자명이 눈을 지그시 감았다. 이채로운 시선으로 그런 자명을 바라보던 남궁세가의 가주가 입을 열었다.

"잘못된 것은 아니니 은인께서는 너무 심려치 마시오."

자명이 고개를 돌려 남궁세가의 가주를 바라보았다. 가주의 얼굴에는 은은한 미소가 떠올라 있었다.

"몸이 좋지 않아 원행(遠行)하지 못하였을 뿐, 목숨에 지장이 있는 것은 아니라오. 청허심결과 같은 기예를 이었으니 곧 나아지겠지요."

"청허심결?"

자명이 조그맣게 중얼거릴 때였다.

당노독파가 콧방귀를 내쉬며 차갑게 말했다.

"쓸데없는 소리를 하는구나."

자명은 눈을 동그랗게 뜨고 남궁세가의 가주와 당노독파를 번갈아 바라보았다.

비록 무림에 대해 잘 모르는 자명이었지만 청허심결이 얼마나 대단한지는 알고 있었다. 파파와 처음 만났을 당시에도 그러했다. 청허심결을 보물처럼 여기던 파파는 그것을 훔쳐 갔다고 자신을 핍박했던 것이다.

어디 그뿐이랴? 과거 화산파와 시시비비를 가릴 당시, 파파는 '매화검보는 무림의 보물이지만, 청허심결도 그에 못하진 않을 게다'라고 말했다. 파파가 비록 괴팍하지만 허언을 하는 분은 아니니, 실제로 청허심결은 무림에서도 일절일 터였다.

"청허심결을 이었다는 말씀은 파파가……?"

"폐가에도 내규가 있어 함부로 사사하는 일은 금하고 있소이다만, 당노태태는 폐가의 전대 가주이자 사사로이는 그 아이의 조부와 인연이 깊은 분, 어찌 내규만을 따르겠소이까. 하물며 목숨이 경각에 달한 처지였으니, 고민할 것도 없었소."

"흥, 내가 제자로 삼겠다면 삼는 것이지, 남궁가가 무어라고 왈가왈부한단 말이냐?"

당노독파가 퉁명스럽게 말했다.

하지만 이것은 무림의 상리(常理)로는 이해할 수 없는 일이었다. 당노독파는 전대의 기인이니, 그 제자가 된 남궁화란은 굳이 따지자면 현 소림사의 방장과 같은 배분이 된다. 남궁세가와 같은 명문대파에서는 있을 수 없는 일이 벌어지고 만 것이다.

비록 인륜(人倫)이 천륜(天倫)을 따를 수는 없는 법이라 부녀시산이 먼저였지만, 남궁세가의 가주로서는 졸지에 딸이 자신과 같은 배분이 된 셈이었다.

아니, 그것은 차지하고라도 고작 후기지수인 남궁화란이 독괴 당노독파의 의발을 전하여 받았으니 어찌 기사라 아니할 수 있을까!

"폐가를 그리 평하시는 것은 달갑지 않은 일이오나, 이번 만큼은 당노태태의 뜻대로 된 것에 감사치 않을 수 없군요."

말과는 달리 남궁세가 가주의 눈에는 그야말로 감사의 염이 가득 깃들어 있었다.

평생을 제왕검형을 좇느라 하나뿐인 딸아이에게 신경도

쓰지 못했던 못난 아비였다. 규중의 숙녀로 기르는 대신 가문을 짐 지운 못난 아비였다. 그런 딸아이가 생사의 갈림길에 선 채로 집에 돌아왔으니 남궁창천의 가슴이 찢어짐은 더 말해서 무엇 하겠는가!

자명의 시선 역시도 남궁세가의 가주와 크게 다르지 않았다. 파파가 청허심결을 얼마나 소중하게 여기는지 알고 있으니 고마울 수밖에 없었던 것이다.

"감사합니다, 파파."

"고마워할 것 없다. 내 그 계집을 살리기로 약속하고 말았으니 어찌할 도리가 없지 않겠느냐? 청허심결의 공능은 그야말로 무궁무진하니 감사하려면 거기에 하려무나."

단전을 잃었던 당노독파를 천하오절의 자리에 올려놓을 정도로 고절한 기예가 바로 청허심결이다. 남궁화란이 비록 진원지기까지 소모할 정도로 쇠약해졌지만 청허심결은 그녀의 기운마저 되살려 놓은 것이다.

당노독파가 몇 마디를 더 첨언했다.

"비록 제자로 삼았지만 그 아이의 재주는 글러먹었어. 이 당노독파의 얼굴에 먹칠을 해도 유분수지, 반년은 더 폐관해야 이전과 비슷한 수준이 될 정도니……"

자명의 얼굴에 미약한 미소가 떠올랐다. 말은 저래도 파파가 머쓱해하고 있다는 것을 알고 있었기 때문이다.

"흥, 계속 그런 식으로 눈알이나 뒤집고 있을 참이냐? 이 당노독파는 더 이상 기다릴 수 없으니, 너는 서둘러 일년지약을 이루어야 할 것이야!"

"예? 예, 그렇게 하겠습니다."

자명이 화들짝 놀라며 고개를 끄덕였다. 화란 아가씨가 없다는 것은 아쉬웠지만, 그녀가 무사하다니 그것으로 되었다. 이제는 약속한 바를 이루어야 하는 것이다.

제왕검형을 전수하는 일.

"어, 그러니까……."

자명이 우물쭈물하며 뒷머리를 긁적였다.

'그러고 보니 무엇을 어떻게 해야 하지?

무명도원도의 기이한 공능을 얻어 무학의 재주를 부릴 수 있었지만, 자명은 무학을 배운 적이 한 번도 없었다. 자연히 무학을 전수하는 방법도 미처 알지 못했다.

'듣기로는 구결이라는 것이 있어 무학을 전수한다던데, 그렇게 해야 하나?

황산에서 파파를 처음 만났을 때, 파파는 막무가내로 자신을 공격했고 자신은 그것을 이겨내지 못해 쓰러지고 말았다. 그때 파파는 묘한 법문을 읊조려 자신을 구해냈다.

'하지만 나는 구결을 모르는데.'

제왕검형의 구결이 어떻게 되는지 어떻게 안단 말인가! 자명은 문득 지금의 상황이 억울하게 느껴졌다. 새하얀 세계 속의 노인은 방법도 알려주지 않고 무작정 따라 하게만 만들었던 것이다. 기왕 하는 거, 자세히 알려주면 다른 이에게 알려줄 때에도 훨씬 편했을 텐데.

'나도 그 노인처럼 하는 수밖에 없나 보다.'

머리를 굴려봐도 달리 방법이 없었다. 자명이 멋쩍게 중얼거렸다.

"저는 구결이나 다른 방법은 알지 못합니다. 그저 펼쳐 낼 수 있을 뿐이니, 그것을 보여 드리면 될 일이 아닌가 싶습니다."

"은인께서 무학을 모른다는 것은 이미 알고 있소이다. 뜻대로 하시지요."

남궁세가의 가주가 고개를 끄덕일 때였다.

당노독파가 콧방귀를 뀌며 퉁명스럽게 중얼거렸다.

"흥! 천하의 남궁세가라더니, 그 가주의 재주가 이처럼 뛰어날 줄은 몰랐구나. 그래, 너는 한 번 보고도 제왕검형과 같은 기예의 진체(眞體)를 얻을 수 있다더냐?"

남궁세가의 가주의 안색이 어두워졌다.

본래 제왕검형과 같은 지고의 무학은 비록 그 초식을 본다 하더라도 진체를 얻을 수 없는 법이다. 남궁세가의 무예에 통달한 남궁창천이었지만, 그로서도 제왕검형을 한 번 보고서 그것을 복원해 낼 수 있을지는 장담할 수 없었다.

"하는 데까지는 해봐야겠지요. 은인께 수고로움을 끼치는 일이지만, 여러 번 본다면 길이 보이지 않을까 싶습니다만."

"이 당노독파가 더 이상 기다릴 수 없다고 하지 않았느냐! 내일이면 저 아이를 데리고 이곳을 떠날 참이니, 너는 공연히 시간 끌 생각하지 마라."

"내일이라니, 그게 무슨 소리입니까?"

"홍, 내 가야 할 곳이 있다는 것을 모르지는 않을 터!"

당노독파가 버럭 고함을 지르자 남궁세가의 가주의 얼굴이 흙빛이 되었다. 당노독파가 어디를 가려는지 짐작할 수 있었던 것이다.

"하오나 그곳은 폐가와 멀지 않은 곳, 동행하심은……."

"불가한다. 그럴 것이었다면 굳이 무한삼진으로 부르지도 않았을 것이야."

남궁세가의 가주는 할 말을 잃고 말았다. 당노독파가 괴팍히다는 것은 일고 있있지만, 설마 이런 식으로 사람을 농락할 줄은 몰랐다. 제왕검형을 찾아준다 해놓고 하루의 시간밖에 주지 않을 줄은 몰랐던 것이다.

"폐가의 사정은 조금도 보아주지 않는군요."

"캬하하! 그거 재미있구나! 너는 이 당노독파를 허언이나 하는 사람으로 만들려느냐?"

당노독파가 재미있다는 듯 크게 웃더니 고개를 절레절레 저었다.

"내 제자가 누구를 닮아 이리 아둔했던가 했더니, 그 아비를 닮았던 것이로구나. 네가 제왕검형의 기수식이나마 얻을 수 있었던 것은 무엇 덕택이었더냐?"

남궁세가의 가주의 얼굴에 당혹이 떠올랐다. 그는 잠시 무언가를 생각하는 듯하더니 이내 은은한 미소를 지으며 당노독파에게 포권지례를 취해 보였다.

"생각이 짧았습니다. 무례를 용서하십시오."

"흥! 알았다면 되었다!"

당노독파가 싸늘하게 중얼거렸다.

영문을 모르고 멍하니 서 있던 자명이 고개를 갸웃했다. 남궁세가의 가주 어른은 무언가를 눈치챈 듯한데, 자신은 아무것도 모르겠다.

"저, 파파. 그러면 저는 무엇을 하면 되나요?"

"흥, 네게 그림을 끼적이는 재주밖에 더 있느냐? 그림이나 몇 점 그려주려무나."

"아!"

자명이 크게 감탄사를 터뜨렸다. 생각해 보면 그처럼 간단한 일을 어찌 잊고 있었던가! 모든 일의 시작은 자신이 남궁세가에 전해준 그림 한 점 때문이었는데 말이다.

자명이 남궁세가의 가주를 돌아보니, 가주가 천천히 고개를 끄덕이는 것이 보였다. 자명의 얼굴이 환하게 밝아졌다. 몸에 맞지도 않는 무공을 선보이려니 죽을 맛이었는데, 그저 그림으로 족하다니 마음이 한결 편해진 것이다.

"그것이라면 등잔불만으로 충분하니, 지금이라도 능히 해

낼 수 있습니다."

"부탁드리겠소. 참관은 가능하겠지요?"

"그럼요."

자명이 맑게 웃으며 남궁세가의 가주에게 목례해 보였다. 그리고는 등잔을 방 안 한가운데로 가져간 다음, 바닥에 아무렇게나 주저앉아 등잔을 움직여 빛을 조절했다.

오로지 등잔에만 의지하여 그리는 그림이니만큼 종이 위에 그림자가 너울질 것이 분명했다. 획의 길이와 농담을 조절하기 어려울 것이 분명한 것이다.

'하지만 해낼 수 있을 거야.'

자명은 심혈을 기울여 등잔의 위치를 조정한 다음, 잠시 텅 빈 바닥을 바라보며 그림자가 어떻게 지는지 관찰했다. 그러더니 만족의 의미로 혼자 고개를 두어 번 끄덕인다.

"됐다."

조그맣게 속삭인 자명이 바랑을 풀어 둥근 원통에서 화선지를 꺼내었다. 화선지를 펼쳐 문진으로 누른 자명은 벼루와 수통을 꺼내어 신주단지 모시듯이 물을 부었다.

남궁세가의 가주는 물끄러미 그 모습을 바라보았다.

'행동 하나하나가 정갈하다.'

벼루에 물을 담는 몸짓도, 먹을 가는 몸짓도 제례(祭禮)를 올리는 것마냥 조심스럽기만 하다. 먹을 가는 몸짓은 운기조식을 하는 무인처럼 담담해 보이기까지 했다.

‘경지에 달한 화공이라더니, 과연 그러하구나.’

남궁세가의 가주는 눈을 지그시 감고 한숨을 내쉬었다. 그리고는 곧 안력을 돋워 자명의 일거수일투족을 관찰하기 시작했다.

먹을 가는 것은 곧 마음을 다스리는 것.

잡념 하나하나를 먹과 함께 녹여낸 자명이 흔들림없는 담담한 눈으로 세필을 쥐어 먹에 적셨다. 자명으로서는 그림을 크게 할 생각이 조금도 없었던 것이다.

전신사조(傳神寫照)라! 사람의 초상을 그리되, 그 정신을 그려야 한다. 자명은 천천히 무명도원도의 호흡을 불러일으켰다.

그와 동시에 남궁세가의 가주의 전신에 소름이 돋았다.

‘어찌 이런!’

무인에게는 그 특유의 기세가 있다. 아무리 공력을 내부로 갈무리한다 해도 잘 벼린 칼과 같은 기세는 숨길 수 없는 것이다. 그것이 바로 화공에게서 살아나고 있었다.

‘조금 전까지만 해도 범인(凡人)과 같은 화공이었다. 한데 지금은 절정에 이른 무인과 같지 않은가!’

어찌 한순간에 이처럼 기세가 변할 수 있는지 짐작이 되질 않는다. 남궁세가의 가주는 화공과 그림을 번갈아 바라보았다.

‘하나 낯설지 않아. 익히 본 적이 있다. 창궁무애검법인가?’

아니, 창궁무애검법이 아니었다. 그것에서 나왔으나 더욱 고절한 검로였다. 화폭 속에는 한 명의 노인이 검을 곧게 들고 서 있었는데, 화공은 노인의 발치에 끌리는 장포 자락을 그려가고 있었다.

"으음."

가주의 입에서 침음성이 새어 나왔다. 화공에게서, 그림에게서 느껴지는 기세가 더욱 짙어지고 있었던 것이다. 어느새 가주의 육신은 부들부들 떨리고 있었다.

'버티지 못하면 목숨이 위험할 터.'

당장에라도 그림이 살아 자신을 공격할 것만 같았다. 더욱 끔찍한 것은 그것을 이겨낼 방법이 없다는 것이다. 남궁세가의 가주는 떨리는 손을 들어 패검한 고검을 쥐어갔다.

그와 동시에 창궁무애심법이 일어나 가주의 내부를 휘돌기 시작했다. 자신의 뜻대로 움직인 것이 아니라 본능적으로 일어난 것이라 할 수 있었다. 기운은 마치 용암처럼 부글부글 끓어 밖으로 발출되었다.

"클클, 지랄을 하는구나!"

뒤에서 당노독파가 비웃었으나 거기에 신경을 쓸 여력은 없었다. 남궁세가의 가주는 크게 기운을 일으켜 자명에게 대항하기 시작했다. 그것이 오롯이 자신의 착각임을 모른 채 말이다.

그것은 다름 아닌 심마(心魔)였다.

반면, 자명은 아무것도 모른 채 흥분에 휩싸여 있었다.

'이런 식이었구나.'

흔히 서화를 북종화(北宗畵)와 남종화(南宗畵)로 구분하곤
한다.

북종화는 사실을 중시하고 채색을 위주로 하는 것으로, 화
공을 업으로 삼은 이들이 대개 여기에 속해 있다. 채화당의
화공들도 북종화에서 벗어나지 못했는데, 오채문 할아버지나
곽주와 같은 화공만이 남종화에 닿아 있을 뿐이었다.

반면 남종화는 수묵(水墨)을 위주로 사의(寫意)적인 면을
중시하는 것으로, 문인화가 여기에 속한다. 전문적인 화공보
다 문인들이 여기(餘技)로 삼아 그리는 그림이라 할 수 있는
것이다.

자명의 그림은 채화당, 즉 북종화에서 시작했으나 남종화
에 닿은 것이라 할 수 있었다. 화공을 업으로 삼고 있는 자명
이었지만 사의함에 있어서는 문인보다 더한 데가 있었던 것
이다. 만약 자명이 북종화에 머물러 있었다면 문인들이 그토
록 자명을 찾지는 않았을 터였다.

시 속에 그림이 있고 그림 속에 시가 있다[詩中有畵 畵中有
詩]는 말처럼, 자명의 그림에는 화려한 기법보다 담담한 수묵
의 맛이 배어 있었다.

'할아버지의 그림이 이러했지.'

자명은 얼굴 가득 미소를 떠올렸다.

때때로 할아버지의 채색은 지나치게 단조로웠고, 아예 형사(形似)의 묘를 파해 버리는 경우도 많았다. 형사보다 신사(神似)가, 외형보다 사의가 더욱 중시되었던 것이다. 서서히 할아버지를 닮아가고 있는 자명이었지만, 그 의미마저 이처럼 같아질 줄은 몰랐다.

'말로는 설명할 수 없는 것을 그림으로 설명할 수 있는 건 그러한 까닭일 테다.'

말로 설명되지 않는 이치가 있다. 언어는 때때로 한계를 지니고 있어서 진실한 이치를 담기에는 역부족일 때가 있는 것이다.

그것은 그림 역시 마찬가지였다. 사실 그대로 그려낸다면 그것은 사물의 의미보다 외형에 치중한 것, 즉 한계를 가지고 있다 할 수 있을 것이다.

그러나 할아버지의 그림은 달랐다. 그림 속에 수많은 의미가 숨어 보는 이를 놀라게 하는 그림이었다. 그 속에서 무엇을 찾아내느냐는 보는 이에게 달린 것일 터였다.

'도는 무형이고 무상이나 천지만물에 있다고 했지. 외형 속에 숨은 것이 도라면, 역시 그림을 그리는 화공은 도를 좇는 것이나 마찬가지로구나.'

다른 무엇인들 안 그럴까! 농사를 지어온 농꾼도, 장사를 하는 장사치도 모두 도를 좇을 수 있을 터였다. 도는 천지만물에 숨어 있으니, 그것을 좇기만 하면 되는 것이다.

자명의 붓이 한결 더 자유로워졌다.

화선지를 크게 네 개로 나누어 왼쪽 상단에 한 명의 노인을 그려낸다. 그것을 완성한 다음에는 그 우측에 이전과 다른 움직임을 보이는 노인을 그려낸다.

철선묘(鐵線描)를 따라 꼿꼿하게 그리되, 그 움직임만큼은 자유롭다.

그것을 바라보는 남궁세가 가주의 심마는 더더욱 커져 가고 있었다.

'단 일 초조차 견뎌낼 수 없으니……'

아직 첫 번째 그림에서 벗어나지 못한 가주였다. 자명이 또 다른 노인을 그려 나가고 있는데도 남궁세가의 가주는 첫 번째 그림만을 노려보고 있었다.

창궁무애검법으로 상대해 본들 그림 속의 노인은 괘념치 않을 것이다. 필시 검로를 거둬낸 뒤 자신의 목을 취하리라. 창궁비연검(蒼穹飛燕劍)은 어떨까? 반 초식 정도는 견딜 수 있으리라. 그러나 결과는 같다.

가주의 무릎이 부들부들 떨렸다. 당장에라도 무릎을 꿇게 될 것만 같았다. 엎드려 복종하게 될 것만 같았다.

"음—!"

남궁세가의 가주는 일부러 기세를 더욱 크게 일으켰다. 어느새 얼굴은 대춧빛이 되어 있었고, 식은땀이 배어 나와 장포까지 눅눅해질 지경이었다.

다른 이에게는 무용한 것일 터이나, 남궁세가의 무공에 통달한 사람이라면 자명의 그림을 보고 심마에 들지 않을 수가 없을 것이다. 하물며 그 가주인 남궁창천이라면 어떻겠는가!

그때, 남궁세가 가주의 발이 좌측으로 슬쩍 움직였다.

'화공이 그려 나가는 것은 틀림없이 제왕검형일 터, 저것만 좇을 수 있다면!'

호흡 역시 은은하게 바뀌었다. 그림 속의 검로를 상대할 수 없다면, 그것과 같은 무학으로 대적하리라.

'창궁무애검법과 같은 곳에서 출발한다. 그렇다면 심법 역시 동일할 터.'

남궁세가의 가주의 안색이 점점 더 침중해져 갔다.

'창궁은 무애하다. 그러나 그 높이는 측량할 수 없다.'

창공에 홀로 오롯한 매처럼 창궁을 다스릴 수 있어야 한다. 한데, 창궁을 다스리는 방법이 무엇이 있단 말인가?

'아니, 아니야.'

남궁세가 가주의 눈이 큼지막하게 커졌다. 화공의 두 번째 그림에 시선이 가 닿았던 것이다.

'하늘을 어찌 다스린다더냐?'

창궁무애검법과 같은 검의를 품되, 거기에 무엇 하나를 더하여야 한다. 그래야 노인의 움직임을 온전히 좇을 수 있으리라.

남궁세가의 가주가 세 번째 그림을 바라보았다. 그림에 그려진 노인은 변초를 뿌려대고 있었다. 사방과 상단을 점하였으니, 당하는 자는 천지사방에 칼날만이 가득한 것으로 느껴지리라.

"아아!"

남궁세가의 가주가 감탄을 터뜨렸다. 이제야 무엇인가를 짐작할 수 있었던 것이다. 화공의 네 번째 그림이 모든 해답을 담고 있었다.

'하늘과 함께 오롯하여야 하는 것을!'

그와 동시에 가주의 기세가 뒤바뀌었다. 여태껏 수세에 몰려 있던 기세가 마침내 상대와 동등해졌다.

하늘을 다스리는 것이 아니라 하늘과 함께 오롯한 것, 그것을 이룰 수만 있다면 무엇이 두렵겠는가! 누가 하늘을, 그와 함께 홀로 고고한 제왕을 꺾을 수 있겠는가!

남궁세가의 가주는 눈을 지그시 감았다. 세가의 무학을 정립하는 것이 아니라 그것들이 모두 한데 섞여야 한다. 처음 그림을 보고 깨달았던 것처럼 모든 것이 어우러져 한 점이 되어야 했다.

마침내 가주에게서 모든 기세가 사라졌다. 그저 패검한 검병을 쥐어 든 채 바위처럼 서 있을 뿐이었다.

자명이 붓을 거둔 것은 바로 그때였다.

"후아ー!"

자명은 호흡을 길게 토해내며 소매로 이마를 훔쳤다. 그리고는 흡족한 시선으로 그림으로 시선을 가져갔다.

'이쯤 되면 허명이 부끄러울 정도는 아닐 거야.'

조금만 더 노력한다면 할아버지의 그림과도 비견될 수 있을 만한 좋은 그림을 그려낼 수 있을 것이다. 문득 창피함도 느껴졌다. 이전의 그림이 그렇게 좋은 그림이 아니었다는 생각이 든 것이다.

'그런 걸 돈을 받고 팔았으니.'

자명이 한숨을 길게 내쉬었다.

"에휴—"

[조용히!]

날카로운 음성이 자명의 귀를 꿰뚫었다. 자명은 의아한 시선으로 당노독파를 바라보았다. 당노독파는 진중한 얼굴로 남궁세가의 기주를 주시하고 있었다.

[혼자 지랄병을 떨더니 무언가를 알아차린 모양이로군. 재주가 아예 없는 놈은 아닌 모양이다.]

실제로 자명의 연무도(研武圖)는 남궁세가의 무인이 아니면 무용한 그림이었다. 당노독파가 보기에는 남궁세가의 가주 혼자 심마에 들었다가 혼자 벗어난 것일 따름이었다.

하나 그 결과는 결코 무시할 수 없는 것이었다. 평생 무학을 좇던 무인이 청정에 들었으니 어찌 그 결과가 간단할 수 있으랴!

[쌀이 익기 전에 뚜껑을 열면 죽도 밥도 안 되는 법이다. 지

금 저 녀석을 방해하면 아무것도 얻지 못함은 물론, 오히려 크게 내상을 입을 테니 너는 소리를 내지 않도록 주의하여 밖으로 나오너라.]

당노독파가 그렇게 말하고는 먼저 모옥 밖으로 향했다. 성큼성큼 걷는데도 소리는커녕 인기척조차 느껴지지 않았다.

지레 놀란 자명은 눈을 휘둥그레 뜨고는 혹시 소리를 낼까 봐 양손으로 입을 단단히 틀어막았다. 그리고 발끝으로만 한 걸음, 두 걸음씩 떼어 모옥 밖으로 나서기 시작했다.

모옥 밖에는 어느새 해가 떠오르고 있었다.

하늘의 동쪽 끝이 불타오르는 것마냥 붉어지더니, 해가 빼꼼히 머리를 들었다. 자명은 미소를 머금고 그 모습을 바라보았다. 태양이 마치 새로 탄생하는 듯한 모습이 아름답게만 느껴졌던 것이다.

당노독파는 모옥 밖에 있는 나무 귀퉁이에 아무렇게나 주저앉아 있었다.

"흥, 내가 저놈의 호법까지 서게 될 줄은 몰랐구나. 비록 일순간이나 이 당노독파의 보호를 받게 되었으니 저 녀석의 복도 아주 없는 것은 아니로군."

"호법이라니요?"

자명이 당노독파에게로 다가가 조심스럽게 그 옆에 앉았다. 파파를 내려다볼 수 없었기 때문이기도 했고, 황산에서 파파를 처음 만났을 때가 떠올랐기 때문이기도 했다.

"아까 말했듯, 지금 저 녀석을 잘못 건드리면 사단이 난다. 산짐승이나 잡인의 출입이 있어서는 아니 되니 호법을 설 수밖에. 저 녀석이 잘못되면 이 당노독파가 제자의 부모를 내버려 뒀다고 욕을 먹지 않겠느냐?"

"아아."

자명이 고개를 두어 번 주억거렸다. 파파와 나란히 앉아 모옥을 바라보니 모옥의 기세가 날카롭게만 느껴졌다. 집은 그대로일 뿐이나 그 안에 사람이 들었으니 집의 기운도 변할 수밖에 없는 것이다.

잠시 조용히 앉아 모옥을 바라보던 자명이 고개를 돌렸다.

"그런데 해가 밝으면 떠날 예정이라니, 무슨 일이라도 있니요?"

당노독파는 무심한 표정으로 앉은 채 여전히 입을 열지 않았다. 자명이 눈을 몇 번 끔뻑이며 대답을 기다렸지만, 파파는 여전히 침묵하고 있을 뿐이었다.

잠시 뒤, 당노독파가 무심한 어조로 중얼거렸다.

"…곧 원단이지 않느냐."

감정이라고는 조금도 묻어나지 않는 담담한 어조였지만 그것을 들은 자명의 가슴 한구석은 철렁 내려앉고 말았다.

파파의 두 자제분은 화장을 했고, 그 유골을 뿌린 곳이 바로 황산이다. 자명은 몰랐지만, 강호에는 '중추절(仲秋節)에는 삼협(三峽)을 찾지 말고, 원단에는 황산에 오르지 말라’ 는 격언이 떠돌 정도였다. 원단에 황산을 오르면 당노독파의 분노를 피할 수 없었던 것이다.

“예, 이제 곧 원단이지요.”

자명은 그렇게 말하고는 할 말을 잃고 우물쭈물했다. 그러다가 겨우 뭔가를 떠올렸는지 조그맣게 중얼거렸다.

“오다가 동백나무를 보았습니다. 아직 필 때가 아니지만요.”

“그렇더냐?”

당노독파가 무심한 어조로 말했다.

또다시 침묵이 내려앉았다. 당노독파는 미동도 없이 모옥만 바라보고 있을 뿐이었고, 자명은 가슴이 답답해져 쉬이 말을 꺼내지 못했다.

결국 먼저 말을 꺼낸 것은 당노독파였다.

“너는 은거할 생각이 없느냐?”

자명은 흘끔 당노독파를 바라보았다. 파파는 늘 무림에 들지 말라 경고했었다. 그때는 왜 그런지 몰랐는데, 이제는 왜 그런 말씀을 하셨는지 알 수 있었다.

하지만 그렇다고 무림을 피할 생각은 없었다.

“…예.”

세상을 바꿀 힘은 없다. 하지만 눈에 보이는 것까지 좌시할 수는 없었다. 부육현의 관도에서 흑의인의 수장이 외쳤던 말이 환청처럼 귓가에 맴돌았다.

"회가 새로운 세상을 열면 무림은 사라질 것이오. 무림에 든 모든 이들을 말살할 테니까. 우리 역시 무림인. 그때에 우리는 웃으며 사형을 자처할 것이오. 그때가 어서 왔으면 좋겠소. 힘이 아니라 법 앞에 모두가 평등한 세상이 어서 왔으면 좋겠소. 우리는 우리의 예와 법에 맞지 않는 자들을 모조리 죽여서라도 그러한 세상을 이룰 것이오."

그때 무어라고 대답했는지도 떠올랐다.
'그렇다면 나는 막겠습니다, 라고 했었지.'
무릎을 모아 쪼그려 앉은 자명이 침울한 눈으로 바닥을 내려다보았나.
당노독파가 쓸쓸하게 중얼거렸다.
"너도, 나도 가련하구나. 애초에 무림에 들지 않았으면 좋았을 것을."
도대체 무슨 감회가 들었던 것일까? 당노독파는 평생에 할 일이 없으리라 생각했던 이야기를 입 밖으로 꺼내고 말았다.
"언젠가 꿈을 꾼 적이 있다."
당노독파 스스로도 자신을 이해할 수 없었다. 마음 깊은 곳에 숨겨두고 혼자서만 들여다보았던 이야기를 왜 지금에서야 꺼내는 것일까.

그녀는 자명을 외면하듯 고개를 돌렸다.

"내 아들, 대산이가 어느새 커 있더구나. 열네 살이 된 아이의 코끝이 검었단다. 제 모르는 곳에 터럭이 났다고 겁을 먹고 아비를 찾아가 울먹거리기도 했지. 장부께서 껄껄 웃으며 자연스러운 것이라 말해주자 아이가 환하게 웃더구나."

자명은 당노독파를 물끄러미 바라보았다. 당노독파의 입에서 허연 입김이 뿜어져 나오고 있었다.

그러나 자명이 느낀 것은 따듯함이었다. 당노독파는 쇠가 긁히는 듯한 카랑카랑한 목소리로 클클, 웃고 있었던 것이다. 자명은 파파를 따라 은은한 미소를 지었다.

"어린 나이에 술을 훔쳐 마시고 제 아비에게 회초리도 맞더구나. 아이는 다시는 아니 그러겠다고 해놓고는 이번엔 친구와 아예 기루에 갔단다. 꿈속인데도 얼마나 화가 나던지."

당노독파가 고개를 절레절레 젓고는 한숨을 내쉬었다.

자명은 지금이 겨울이 아니라 봄이 아닐까, 하고 생각했다. 당노독파 역시도 괴팍한 노파가 아니라 어느 시골의 행복한 아낙인 것처럼만 보였다.

"그로부터 사오 년이 지났을까? 그 녀석이 학문을 닦는다며 부산을 떨더니 출사를 하더구나. 향시(鄕試)에 합격하여 거인(擧人)이 되었어. 꿈이었으나 내 생에 그렇게 기쁜 날은 처음이었지. 아이가 책을 읽는 모습을 보면 뿌듯했단다. 저 아이를 내 속으로 낳았구나, 저렇게 잘 자라주었구나."

당노독파는 바닥을 짚은 손가락을 꼼지락거렸다. 언젠가 자명과 함께 그렸던 그림을 다시 그려보려는 것이다.

그러나 이야기를 멈추지는 않았다.

"딸아이는 제 오라비의 친구를 보고 연모의 감정을 느꼈는지, 비단옷을 사달라, 연지를 사달라 부산을 떨었단다. 고 앙큼한 것이 제 오라비보다 먼저 사랑을 안 게야. 제 오라비는 해를 더 넘긴 후에야 제짝을 찾더구나."

자명이 조그맣게 키득거렸다. 지금 이 순간만큼은 아무런 생각도 들지 않았다. 그저 따듯하고 평화로울 뿐이었다. 강호의 모든 시름조차 잊어버린 행복한 시간이었다.

꿈속의 시간은 어느새 변해 있었다.

"어느새 나는 늙었단다. 팔다리에 기력이 없었지. 생이 끝니기고 있음을 알았지만 아쉽기는거녕 행복하기만 했어. 장부께서는 변함없이 책을 읽고, 나는 수를 놓던 어느 날이었다. 내 아들, 대산이가 낳아놓은 손자가 늦겨울에 눈을 밟고 나가더구나. 뒤뚱거리면서, 한 걸음씩, 한 걸음씩."

당노독파의 손가락은 동백꽃을 그려 나가고 있었다. 그녀의 손가락이 부르르 떨렸다.

"손자는 제 아비처럼, 꽃을 한 송이 따 왔어. 나는 늙은 팔로 아이를 안아주었단다. 하지만 손자의 얼굴이 기억나지 않더구나. 그 아이는 어떻게 생겼을까. 내 아들이 낳았을 그 아이는 어떤 입매로 웃고 있었을까. 내 늙은 팔이, 무학 따위는 없는, 피 묻지 않은 내 늙은 손이 안아주었을 아이는……."

어느새 그림을 완성한 당노독파는 손바닥을 들어 그림을 한차례 어루만져 보았다. 당노독파의 손에 쓸린 흙바닥이 만질만질하게 되었다.

그녀의 꿈처럼 그림 역시 지워져 버린 것이다.

"다음 순간이었다."

당노독파가 불길한 목소리로 중얼거렸다.

"아무것도 보이지 않더구나. 나는 눈을 잃어버린 채 잿더미를 뒤지고 있었어. 목이 찢어져라 고함을 지르며, 손이 익어가는 줄도 모르고 불붙은 기둥을 뒤집으며 집을 뒤졌어. 잿더미에 파묻힌 아들을, 딸을 찾아서 나는 맴돌았단다. 마치 영원히 그럴 것처럼, 하염없이, 하염없이……."

현실은 너무 급작스럽게 찾아왔다.

파파의 이야기에 취해 있었던 자명은 지금이 봄이 아님을, 겨울의 한가운데임을 깨달았다.

흙바닥은 습기 하나 없이 말라붙어 있었고, 나뭇가지는 이파리 하나 없이 앙상했다. 조금 전에는 따스하게 느껴지던 햇살조차 음울하게 느껴졌다.

마치 파파의 꿈처럼, 자명도 한바탕 꿈을 꾼 기분이었다.

"나는 너도 그러한 꿈을 꾸게 될까 봐 두렵구나."

당노독파가 자명 쪽으로 고개를 돌렸다. 그리고는 너무나도 쓸쓸한 목소리로 입을 열었다.

“가련하다. 너도, 나도 가련하다. 무림에 들지 않았으면 좋
았을걸. 무림을 보지 않았으면 좋았을걸.”

자명은 하마터면 눈물을 쏟을 뻔했다.

무림에 들지 않았다면 어땠을까?

파파는 지금도 부군과 자식들과 함께 살아가고 있을 것이
었다. 소복하게 웃으며 그릇에 찬을 담고, 뛰어노는 손자들에
게 짐짓 엄한 척 꾸중을 내리면서.

그러나 현실은 겨울바람처럼 차갑기 짝이 없었다. 죽어버
린 아이의 미래를, 이제 재가 되어버린 아이가 낳았을 손자를
꿈꾸는 노파만 남았을 뿐이었다.

“파파는 틀림없이… 틀림없이 행복했을 거예요.”

자명이 나오지 않는 목소리를 억지로 쥐어짜 내 말했지만
딩노독파는 바위 같은 표정으로 앉아 있을 뿐, 내답하지 않았
다.

자명은 눈을 지그시 감고 한숨을 내쉬었다. 파파의 말씀대
로 언젠가 자신도 그런 꿈을 꾸게 될까? 어쩌면 그럴지도 모
른다. 자명은 어두운 얼굴로 고개를 푹 숙였다.

그때, 어디선가 낯선 인기척이 느껴졌다.

“어라?”

자명이 고개를 돌려 주위를 둘러보았다. 누군가가 자신을
지켜보는 것만 같은 기분이 든 것이다.

그러나 주위에는 아무도 없었다.

'누구지?'

자명이 미간을 찌푸리며 다시 한 번 주위를 샅샅이 훑어보았다. 비쩍 말라 버린 나뭇가지 틈새를, 바위에 가려진 그림자를, 태양빛이 서서히 훑기 시작한 그곳을.

문득 불길한 예감이 들었다.

2

화무백은 눈을 지그시 감았다. 분명히 그는 이곳에 있지만 그를 볼 수 있는 사람은 아무도 없었다.

심지어 화무백 스스로도 자신의 모습을 볼 수 없었다. 기령 환술의 오묘한 이치는 시전한 자신의 기감조차 감춰 버렸던 것이다.

그러나 화공의 시선에는 과연 예리한 데가 있었다.

'눈만은 천하오절보다 낫구나.'

화공은 무언가를 느끼고서 주위를 두리번거리고 있었다. 담담한 것은 화공이 아니라 당노독파였다. 과거, 자신의 환술에 걸린 적이 있었던 당노독파는 오히려 자신의 기척을 감지하지 못하고 있었던 것이다.

화무백은 날카로운 단검을 쥐어 들었다. 정면에서 공격한다면 일 할의 승산도 없을 터이나, 지금 암습을 가한다면 천하의 당노독파마저 일격을 허용하고 말리라.

서서히 마지막의 순간이 오고 있었다.

'더 이상은 지체할 수 없어.'

흔들리던 화공의 시선이 서서히 자신 쪽으로 다가왔다. 자신이 있는 곳을 훑어보던 화공이 마침내 자리에서 일어났다.

"파파, 느낌이 이상합니다."

화공이 조심스럽게 자신이 있는 곳으로 다가왔다. 그와 동시에 당노독파가 기운을 넓게 펼치는 것이 느껴졌다. 뒤늦게 주의를 기울이기 시작한 것이다.

'흥! 이미 늦었소이다, 당 마녀.'

화무백은 내심 콧방귀를 뀌고는 살기와 함께 철령장법의 기운을 일으켰다. 이제 일다경이 되었으니 더 이상 지체할 까닭이 없었던 것이다.

"누군기 이곳에 있… 크헉!"

무어라 중얼거리던 자명의 몸이 반으로 접히다시피 뒤로 튕겨났다. 뒤로 한참을 날아가던 자명은 어떤 바위를 박살 내고서야 바닥에 떨어졌다.

화무백의 장법이 자명의 단전을 후려쳤던 것이다.

"크으음."

당노독파 역시 침음성을 내뱉으며 두어 걸음 뒷걸음질쳤다. 그녀의 단전에도 단검이 한 자루 박혀 있었다.

당노독파는 기감을 펼쳐 허공을 더듬어보았다.

만약 당노독파에게 눈이 있었다면 아마 깜짝 놀라고 말았으리라. 허공에는 두 개의 손만이 둥실둥실 떠 있었던 것이다.

자명을 후려친 손 하나와 당노독파의 단전에 단검을 박아 넣은 손 하나였다.

"클클, 독괴의 이름도 이제 다했구나. 암습을 당하다니, 이처럼 부끄러운 일은 내 평생 처음이다. 그래, 너는 누구냐? 천하오절의 이목을 속이고 접근한 것을 보면 무명소졸은 아닐 터!"

당노독파의 말을 들었음일까?

허공에 둥실둥실 떠 있던 손이 앞으로 다가왔다. 그와 동시에 손과 이어진 육신이 모습을 드러냈다. 상대의 기감을 읽어낸 당노독파의 얼굴에 섬뜩한 미소가 어렸다.

"클클클."

당노독파의 웃음소리는 점점 더 커져만 갔다. 그녀는 이 상황이 즐거워 참을 수 없다는 듯 광소(狂笑)를 터뜨렸다.

"캬하하! 캬하하하!"

당노독파의 육신에서 섬뜩한 기세가 일어났다. 살기가 크게 일어나 참을 수 없었던 것이다. 화가 머리끝까지 치솟으면 오히려 웃음이 난다더니, 지금의 상황이 바로 그러했다.

"화무백! 캬하하! 네놈이 또다시 내 아이를 해하였구나, 네놈이 또다시! 캬하하! 내 복수하리라, 내 복수할 것이야! 드디어 네놈을 만났으니!"

당노독파가 마치 미친 여자처럼 아랫배에 꽂힌 단검을 빼내어 바닥에 던졌다. 놀랍게도 피는 한 방울도 배어 나오지 않았다.

화무백의 안색이 어두워졌다.

'단전을 잃고도 아무렇지 않단 말인가?'

이전에도 당노독파는 단전을 잃은 적이 있었다. 어떤 문사와 혼인을 한답시고 제 스스로 단전을 파괴해 버렸던 것이다.

'하지만 청허심결로 단전을 되살렸을 터.'

화무백의 짐작은 정확한 것이었다.

강호의 전설 중에는 기운을 상단전이나 중단전에 두는 기이한 심공에 관한 것도 있었지만, 당노독파가 익힌 청허심결은 정종의 무학으로, 단전에 기운을 품어야만 하는 것이었다.

그렇다면 당노독파는 순전히 무위로써 딘진의 손해를 베운 것이라 볼 수 있다.

'흥, 명색이 천하오절. 단전을 파훼한 정도로 죽일 수 있을 것이라고는 생각지 않았다.'

만약 그랬더라면 일곱이나 되는 방조자를 구하지도 않았을 것이다. 다만 조금의 피해도 입히지 못했다는 것이 아쉬울 뿐이다.

화무백이 차가운 목소리로 중얼거렸다.

"서문세가(西門世家)의 가주를 죽인 여살수를 기억하시오?"

사십오 년 전, 서문세가의 가주가 암살당하는 사건이 발생했다. 그리 뛰어난 고수도 아닌 어떤 여인의 손에 가주가 목숨을 잃었던 것이다. 하지만 그 뒤에는 숨겨진 이야기가 있었다.

"그녀의 이름은 서령(西鎂). 기억해 두시오. 이것은 바로 그녀의 복수이니."

화무백이 크게 소매를 떨쳐 철령장법의 기운을 일으켰다. 바람 한 점 없는데도 옷자락이 부풀어 펄럭거렸다.

"캬하하! 하늘이 나를 돕는구나! 내 한시바삐 삼십 년을 미뤄온 복수를 이루어야겠다!"

남몰래 자명을 살펴본 당노독파가 크게 웃음을 터뜨렸다. 겨우 호흡을 이어나가고는 있었지만, 자명의 목숨은 경각에 달한 상태였다. 그러나 화무백을 앞에 두고 자명을 살필 수는 없는 노릇, 당노독파는 화무백에게 모든 신경을 집중했다.

아니, 어쩌면 그것은 복수 때문이었을지도 모른다. 바로 눈앞에 생사대적이 있는 데에야 눈이 뒤집히지 않을 도리가 없는 것이다.

"캬하하! 죽어라, 죽어!"

"오시오!"

당노독파가 허공에서 몸을 한바탕 뒤집더니, 기세를 돋우어 화무백에게 손을 떨쳤다. 화무백이 크게 웃으며 당노독파의 손에 손을 마주해 갔다.

쾅—!

천지가 울릴 듯한 굉음이 사방에 퍼져 나갔다.

자명의 귓가에도 그것은 똑똑히 들렸다. 비록 손가락 하나 꼼짝할 수 없었지만, 자명의 감각만큼은 아직도 살아 있었던 것이다.

'이, 이게 뭐지……?'

자명은 단전 어림에서 끔찍한 통증을 느꼈다. 어떤 낯선 기운이 날카로운 손톱으로 오장육부를 파헤치고 있었던 것이다.

자명은 몰랐지만, 그것이 바로 남궁화란의 진기를 갉아먹었던 철령장법의 금기(金氣)였다. 아니, 오히려 남궁화란의 때보다 심하다고 볼 수 있었다. 남궁화란과 달리 자명은 아무런 대비도 하지 못한 채 일장을 얻어맞았던 것이다.

'파파, 파파는!'

금기가 모든 것을 갉아먹는 끔찍한 고통 속에서 자명은 소리에 집중했다. 혹여 파파가 위험할까 걱정이 되어 견딜 수 없었던 것이다.

그때였다.

마치 낯선 기운에 대항하듯 무엇인가가 꼬물거리며 일어났다. 그 기운은 오장육부를 상하게 할 생각이 없는지, 편안하게 움직여 상처 입은 육신을 다독였다.

'무명도원도의 호흡이로구나.'

자명은 그것이 무엇인지 알고 있었다. 이전에야 몰랐지만, 몇 번 경험한 뒤에도 모른다면 그것은 바보일 것이다. 곧 무명도원도의 호흡이 또 다른 기운을 일으켰다.

'처음 파파를 만났을 때, 그때 느꼈던 기운…….'

그것은 청허심결의 기운이었다. 자명은 청허심결의 법문을 떠올렸다.

—가면 돌아오지 않는 게 없고, 마치면 시작함이 있으니, 그것이 바로 하늘의 운행이다[无往不復, 終則有始, 天行也].

—음과 양이 이르는 것이 바로 도인데, 만물을 원만하고 완전히 이루어 빠진 것이 없게 하며, 반복하기를 도로써 하라[一陰一陽之謂道, 曲成萬物而不遺, 反復其道].

자명의 몸이 새우처럼 둥글게 말렸다. 컥컥, 소리와 함께 경련도 일어났다.

하지만 자명은 자신의 육신이 어떤 상태인지 알 수 없었다. 온 정신이 몸 안을 할퀴는 낯선 기운과 그것에 대항하는 두 개의 기운에 집중되어 있던 탓이었다.

한편, 화무백은 그야말로 경악에 가까운 감정을 느끼고 있었다.

'과연 천하오절!'

무위로 따지자면 아직 삼마존에도 이르지 못하는 화무백

이었다. 아직 십여 초밖에 지나지 않았는데도 벌써 패색이 짙
었다.

'준비가 끝날 때까지 버틸 수 있을까?'

화무백이 어지러이 손을 떨쳐 뒤로 물러나며 아랫입술을
깨물었다. 당노독파의 단전을 깨뜨리기만 한다면 능히 잠시
의 시간을 벌 수 있으리라 생각했다. 하지만 이게 무언가! 단
전을 당했는데도 당노독파는 멀쩡하지 않은가!

'어떻게든 버텨야만 한다.'

화무백은 목덜미를 노리고 날아오는 당노독파의 조공을
피해냈다. 한낱 인육에 불과한데도 손가락은 칼날처럼 머리
터럭 몇 올을 자르고 지나갔다.

화무백은 재빨리 철령만천의 초식을 펼쳐 나갔다.

"큭!"

하지만 공격은커녕 오히려 손해만 입고 말았다. 당노독파
가 따귀 치듯 팔을 후려치자 어깨에서 끔찍한 고통이 느껴졌
다. 어깨가 탈골된 것이다.

"드디어! 드디어! 원한을 갚는구나, 드디어! 캬하하!"

당노독파의 눈은 붉디붉었다. 텅 빈 눈을 가린 안대가 피로
물들어 있었던 탓이다. 어쩌면 눈물을 쏟아낼 수 없었던 그녀
는 피로 눈물을 대신하고 있는 것일지도 모른다.

"네 살을 발라 먹을 테다! 네 심장을 잘라 들개의 먹이로 줄
테다!"

'조금만 더, 조금만 더 버틴다면……'

화무백이 이를 악물고 기운을 끌어올릴 무렵이었다. 이 장 밖에서 누군가의 웃음이 들려왔다.

"크헐헐! 당 마녀, 이것도 받아보시오!"

"이런, 아직 아니 되오!"

화무백이 경기를 일으키며 고함을 질렀다.

준비없이 나선다면 오늘의 행사는 성공을 장담할 수 없게 된다. 목숨을 도외시하였던 화무백으로서는 당황하지 않을 수 없는 노릇이었다.

"캬하하! 떼거리로 몰려오는 것도 나쁘지 않지! 암, 모두의 목을 떼어버리면 될 일이 아니냐!"

당노독파가 화무백을 후려치고는 성큼 몸을 돌렸다. 뒤에서 땅딸막한 노인이 토끼마냥 껑충껑충 뛰어 다가오고 있었다.

화무백이 목청껏 고함을 질렀다.

"아직 때가 되지 않았소이다! 물러나시오!"

"캬하하! 죽어라, 죽어!"

당노독파가 크게 웃음을 터뜨리며 땅딸막한 무인에게 달려들었다. 땅딸막한 무인은 만족스럽게 웃으며 그런 당노독파를 맞이했다.

"나를 공격하는 순간이 그대의 끝이오, 당 마녀! 크헐헐!"

땅딸막한 무인이 나름대로 경고를 했지만, 당노독파는 듣

지도 않았다. 무인은 그것이 당연하다는 듯 만족스럽게 웃었
다.

"그래도 오겠다면 별수 없는 일이지."

당노독파가 땅딸막한 무인의 목을 움켜쥘 무렵이었다. 짤
그랑, 하는 소리가 들려왔다. 땅딸막한 무인이 작은 자기병을
당노독파에게로 던져 버린 것이다.

무슨 장치가 되어 있는지, 당노독파가 자기병을 쳐내자마
자 병이 폭발하고 말았다. 손으로 막아보았지만 자기병 속의
액체는 당노독파의 얼굴에까지 튀고 말았다.

"크, 크아악!"

당노독파의 입에서 날카로운 비명이 배어 나왔다. 그녀는
자기병을 쳐내었던 손이 아닌 다른 손으로 미친 듯이 얼굴을
긁었다. 중간중간 컥, 컥, 하고 호흡을 내뱉기도 했다.

땅딸막한 무인이 무심한 얼굴로 그런 당노독파를 바라보
았다.

"무형지독(無形之毒)이오."

"시독수라! 준비가 되지 않았으면 나오지 말라 했을 텐데!"

화무백이 노기 어린 음성으로 경신의 공부를 펼쳐 가까이
다가왔다. 땅딸막한 무인, 시독수라가 차가운 얼굴로 화무백
을 바라보며 말했다.

"가까이 오지 마시오!"

그 외침 때문일까?

화무백이 움찔 멈추었다.

시독수라는 그제야 안심이 된다는 듯 고개를 끄덕였다.

"준비가 되지는 않았으나, 성공하였으니 별 상관 없는 일이 아니오? 화 노사께서는 너무 화를 내지 마시구려."

화무백은 흘끔 시선을 돌려 당노독파를 바라보았다. 당노독파는 미친 듯이 비명을 지르며 얼굴을 긁고 있었다. 이것이 바로 화무백이 준비한 비장의 한 수였다.

"…그래, 그대의 말이 옳구려. 성공하였으니 모두 상관없는 일이지."

혹자는 고작 독으로 천하오절을 상대하려 했냐며 비웃을지도 모른다. 그러나 무형지독에는 그러할 만한 가치가 있었다. 무형지독을 맞고 살아난 사람은 기나긴 강호의 역사 속에서도 아무도 없었던 것이다.

당(唐)대의 독성(毒聖) 갈염(葛焰)이 만들어낸 무형지독은 시체를 썩혀 만들어낸 부시독의 일종인데, 영초라 불려도 좋을 만큼 뛰어난 독초로 시체를 부식시켜야만 얻을 수 있는 독이었다. 무색, 무미, 무취니 알아볼 도리가 없고, 한 번 복용하면 해독할 방법이 없었다.

그러나 단점 역시 있었으니, 그것은 용독하기가 몹시 어렵다는 점이었다. 음과 양으로 나뉜 독을 하나로 합칠 때에야 무형지독의 독성이 나타나는데, 시간을 조절하지 못하면 맹물보다 못하게 되어버리는 것이다. 당금 강호에서 그 독을 다룰 수 있는 사람은 바로 시독수라뿐이었다.

시독수라가 클클, 웃음을 터뜨렸다.

"시간을 잘 끌어주었소, 화 노사. 덕택에 무사히 용독할 수 있었다오. 이제 저 마녀의 죽음을 보고 즐기시구려. 아쉽게도 나는 당 마녀의 죽음을 보지 못할 성싶소."

시독수라가 그렇게 말하고는 손을 들어 천령개로 가져갔다. 용독을 준비하기 위해 시독수라는 스스로의 목숨을 버렸던 것이다.

"먼저 가오, 화 노사."

"가시오. 곧 따라가리다."

시독수라가 피식 웃으며 천령개를 깨어 자결했다. 내기(內氣)로써 독기에 대항하던 시독수라가 자결하자 그의 시체는 눈 깜짝할 사이에 녹아버렸다.

화무백은 탈골된 어깨를 맞추며 당노독파 쪽으로 시선을 돌렸다.

"크아악! 크아아악!"

당노독파는 어느새 무릎을 꿇고 있었다. 미친 듯이 얼굴을 긁고 있었으나 벌써 피부가 녹아가고 있었다.

"죽어가며 들으시오, 당 마녀."

화무백은 당노독파의 눈을 똑바로 주시했다. 그는 고통에 몸부림치는 그녀의 눈을 보고 섬뜩한 미소를 지었다.

"서문세가의 가주를 암살한 이는 여인으로, 그 이름은 서령이라 하오. 시골 촌부의 딸이었지. 미색은 그리 곱지 않았으나 그녀를 사랑하지 않는 사람이 없었다오.”

화무백이 한숨을 내쉬며 눈을 지그시 감았다. 문득 박꽃을 닮은 여인이 보였다. 그녀는 환한 미소를 지으며 자신을 바라보고 있었다.

화무백은 그녀의 환상을 지우려는 듯 고개를 흔들었다.

“하나 그녀의 모친은 미인이었소. 평소 색을 밝히던 서문세가의 가주는 그녀의 부친을 죽이고 모친을 탐했지. 석 달이 지나자 재미가 시들해졌는지, 서문세가의 가주는 서령마저 원했소. 그녀의 모친은 그것을 견딜 수 없었다오.”

무림에는 서문세가의 가주가 암습을 당했다고만 알려졌다. 그가 모녀를 동시에 탐하던 색마라는 사실은 아무도 알지 못했다.

“그녀의 모친은 서문세가의 가주를 죽이려다가 되레 그의 손에 죽음을 맞았소. 뒤늦게 그 소식을 알게 된 서령은 자신의 손으로 서문세가의 가주를 죽이겠노라 공언했지. 그리고 복수에 성공했다오.”

화무백은 그녀를 도왔다. 그녀가 무공을 익히는 것을 도왔고, 그녀가 서문세가의 가주에게 가까이 갈 수 있게 길을 열어주었다. 맨몸으로 서문세가를 공격하였고, 목숨이 위험해질 때까지 서문세가의 무인들을 유인해 도주했다.

그는 그녀를 사랑했다.

"가주를 잃은 서문세가는 당가의 여협(女俠)의 손을 빌어 가주를 암살한 여살수를 처단했소. 독심화 당설련, 바로 그대의 손을 빌어서."

서령은 당노독파의 손에 죽었고, 화무백은 피눈물을 흘렸다. 사랑했고, 또 사랑했는데 이제는 사랑할 대상이 없었다. 화무백은 마음의 빈자리에 복수심을 채워 넣었다.

그가 마성(魔性)에 젖어든 것은 그때부터였다. 후일 무학이 경지에 다다르자마자 화무백은 서문세가를 멸문시켰다. 그것으로도 그의 허전한 마음은 채워지지 않았다. 그는 당노독파마저 죽이고 싶었다. 아니, 그녀 역시 자신과 똑같은 고통을 맛보기를 바랐다.

그는 점점 비열해졌고, 점점 잔인해졌다.

"그대가 협행을 하려 했다는 것은 알고 있소. 하나 앞뒤 사정은 알고 하셨어야지."

화무백은 고개를 돌려 바닥에 쓰러진 진자명을 바라보았다. 본래 화공을 먼저 죽이려 했다. 화공을 잃고 괴로워하는 당노독파를 보고 싶었다.

하지만 화공의 성장은 믿을 수 없을 정도로 빨랐다. 이대로라면 화공과 당노독파는 서로가 서로를 보호하는 보표가 될 터였다.

화무백은 계획을 바꾸어 오랜 복수를 끝마치기로 마음먹었다. 화공과 당노독파를 동시에 죽이기로 한 것이다.

"그대보다 먼저 화공을 죽이는 게 낫겠지. 마지막의 마지막까지 괴로워하도록……."

화무백이 자명에게로 몸을 돌릴 때였다.

"클클, 그년이 죽은 게 무슨 상관이란 말이냐?"

당노독파의 웃음소리를 들은 화무백의 육신이 경직되었다. 그는 천천히 뒤를 돌아보았다. 당노독파의 얼굴이 자신을 똑바로 바라보고 있었다.

당노독파의 얼굴은 그야말로 끔찍했다. 무형지독 덕택에 얼굴의 피부가 녹아 아무렇게나 엉겨 붙어 있었던 것이다.

눈을 가리던 천이 끊어져 텅 빈 눈이 보였는데, 왼쪽 눈은 피부가 눌어붙어 텅 빈 구멍조차 보이지 않았다.

지옥에서 갓 올라온 악귀와 같은 형상으로 당노독파가 웃음을 터뜨렸다.

"캬하하! 나는 그 계집의 사정을 알지 못했다. 알았다면 네 말대로 죽이지 않았겠지."

당노독파는 정말로 알지 못했다. 서문세가가 가문의 수치를 감추기 위해 모든 정보를 지웠던 것이다. 당노독파의 입장에서는 공정하게 일을 처리하는 수밖에 없었다.

당노독파가 싸늘하게 웃으며 말하였다.

"하지만 이제 와서 그게 무슨 상관이냐? 이미 그 계집은 죽었고, 네가 내 하늘을 후벼 파고 땅을 뒤집어놓았는데. 캬하하! 이제는 서로 죽고 죽일 뿐이야! 그게 무림이지! 그게 바로 세상이지!"

당노독파가 미친 듯이 웃었다. 하지만 그 웃음에는 어딘가 기이한 데가 있었다. 당노독파의 광기는 너무나도 서글펐던 것이다.

무형지독에 녹은 당노독파의 손에는 허연 뼈가 드러나 있었다. 그녀는 아무런 통증을 느끼지 못한다는 얼굴로 화무백에게 달려들었다.

"죽어라! 넌 내 자식이 아니라 내게 복수를 했어야 했어! 내 자식을 죽여서는 안 됐단 말이야! 캬하하! 목숨을 내놓아라!"

당노독파의 허연 손이 화무백에게로 날아들었다.

"흥! 죽는 것은 아쉽지 않지! 하나 그대가 먼저 죽어야만 하오!"

화무백이 가진 모든 내공을 일으켜 철령장법을 펼쳤다. 그의 강맹한 손이 당노독파의 단전으로 향했다. 단검이 박혔던 단전이야말로 당노독파의 조문이나 다름없었던 것이다.

그러나 화무백의 팔은 당노독파의 단전에 당도하지 못했다.

"크으윽!"

화무백이 아랫입술을 깨물며 뒤로 물러났다. 왼팔이 당노독파에게 잡히나 싶더니 이내 뜯겨져 버린 것이다.

어깨에서 붉은 피가 콸콸 쏟아져 나왔다. 화무백은 대경하

여 뒤로 몇 걸음이나 물러나 어깨의 혈도를 두드려 지혈에 나
섰다.

그러나 당노독파의 속도는 쾌속했다.

"죽어라! 죽어! 캬하하!"

"멈추어라, 당 마녀!"

그 순간 당노독파의 뒤에서 창을 든 문사가 번개처럼 쇄도
해 왔다. 가장 먼저 도착한 시독수라를 시작으로 나머지 무인
마저 도착해 버린 것이다.

창을 든 문사는 소면객 양주라 불리는 무인이었다.

"내가 하겠다면 하는 것인데, 네가 뭐라고 막아선단 말이
냐?"

"헉!"

소면객 양주가 화들짝 놀라 눈을 동그랗게 떴다. 자신의 창
위에 당노독파가 서 있었던 것이다. 그야말로 귀신도 놀랄 만
한 경신의 공부라 할 수 있었다.

그 놀람이 소면객 양주의 죽음을 불러왔다.

"캬하하!"

당노독파가 번개처럼 달려들어 양손으로 소면객의 머리를
움켜쥐고 그대로 힘을 주어 터뜨려 버렸다. 그다음으로는 양
팔을 잡더니 그대로 뜯어버렸고, 창에서 내려오자마자 발로
소면객의 다리를 후려차 다리를 부러뜨려 버렸다.

정도의 명숙이었던, 그 무위가 창왕이라 불릴 만하다던 소

면객 양주가 눈 깜짝할 사이에 고깃덩이가 되어버린 것이다.

"사람이 몇이든 소용없다!"

당노독파가 다시금 화무백에게 덤벼들었다.

이번에는 궁의를 입은 여인이 당노독파의 앞을 가로막았다. 음화선자라 불리는 여고수였다.

"흥, 소녀도 죽여보시지요!"

"못할 것 없지!"

당노독파가 가볍게 손을 내뻗자 물컹한 것이 잡혔다. 그것은 음화선자의 심장이었다. 음화선자는 어찌해 볼 도리도 없이 심장을 뜯기고 만 것이다. 음화선자는 놀란 눈으로 당노독파의 손에 들린 자신의 심장을 바라보았다.

당노독파는 바닥에 심장을 내팽개치고 밟아 터뜨리더니, 비키라는 듯이 손을 휘저어 음화선자의 머리를 밀었다. 음화선자의 머리가 수박처럼 터져 나가자 당노독파의 광소가 울려 퍼졌다.

"캬하하!"

화무백은 믿을 수 없다는 듯 그런 당노독파를 바라보았다. 천하오절이라더니, 이것은 사람이 아니라 괴물이지 않은가! 단전을 파훼당하고, 무형지독에 중독되었는데도 어찌 죽지 않을 수 있단 말인가!

그때였다.

누군가가 빠르게 다가와 뒤에서 당노독파를 안아갔다.

"장무양(張武梁)을 기억하느냐, 당 마녀!"

그는 풍검 장상현이라 불리는 무인이었다. 그의 절기는 유운종검(流雲宗劍)이었지만, 지금은 절기를 펼칠 생각이 조금도 없었다. 천하오절을 상대로 검학을 펼쳐 봐야 소용없다 판단한 것이다.

"장무양은 내 아들이다! 방종한 면이 없지는 않았으나 좋은 녀석이었어! 이것은 그 아이의 복수다!"

아들은 일순간의 색정을 참지 못해 평범한 아낙을 겁탈했고, 단 한 번의 죄악으로 인해 당노독파의 손에 목숨을 잃었다. 풍검 장상현은 그날로 은거하여 복수를 계획했다. 화무백이 무형지독을 준비했던 것처럼 그 역시 준비한 것이 있었다.

그는 품에 손을 집어넣고 크게 웃음을 터뜨렸다.

"하하하! 같이 가자, 당 마녀!"

풍검 장상현이 준비한 것은 화탄이었다.

벽력진천뢰(霹靂鎭天雷)!

지금은 귀천한 벽력자가 만든 화탄으로, 반경 삼 장을 쑥대밭으로 만들 만한 위력을 가진 폭약이었다. 풍검 장상현은 자신이 익힌 절기도, 체면도 신경 쓰지 않고 동귀어진할 계획을 세웠던 것이다.

콰앙―!

새하얀 빛이 눈앞을 간질인다 싶더니, 이내 붉은 화염이 장내를 휩쓸었다. 가까이 서 있던 화무백은 물론, 멀찍이 서 있던 무인들까지 바람 앞의 낙엽처럼 뒤로 튕겨나고 말았다.

화염은 크게 일어났던 것만큼이나 빠르게 사라져 갔다.

"어, 어떻게……."

왼팔을 잃어버린 화무백이 피가 철철 흐르는 어깨를 움켜 잡고 외쳤다. 목숨을 잃을 뻔했던 것보다 복수하지 못했을 뻔했다는 것이 큰 놀람을 주었던 것이다.

화무백의 옆에는 활을 든 무인이 서서 고개를 절레절레 젓고 있었다. 궁귀라 불리는 무인이었다.

"천하오절의 무위는 감히 상상할 수도 없구려. 단전을 당하고, 무형지독까지 맞은 채 음화선자와 소면객을 일수에 제압하다니……."

궁귀는 지금의 상황을 믿을 수 없었다. 방금 전의 살육은 그야말로 끔찍한 깃이었다. 마치 죽여도 죽여도 숙지 않는 괴물을 보는 듯한 기분이 들었다.

그것은 궁귀의 짐작이 맞았다.

"클클, 이거 재미있구나."

궁귀의 눈이 찢어질 듯 커졌다. 화염 한가운데서 당노독파가 웃고 있었던 것이다.

"말도 안 돼! 벼, 벽력진천뢰가 터졌는데 어, 어찌……!"

당노독파는 손에 풍검의 시체를 들고 있었다. 당노독파는 벽력진천뢰를 가능한 한 멀리 튕겨낸 다음, 금나수로 풍검의 목을 옥죄어 방패로 삼았던 것이다.

그러나 폭발의 여파마저 피할 수는 없었다.

폭발과 동시에 풍검의 육편이 당노독파의 육신을 스쳐 지나갔고, 당노독파의 다리와 팔에는 구멍이 몇 개나 뚫려 있었다. 입에서 피를 토해내는 것을 보면 내상 역시도 만만치 않을 것이다.

하지만 다른 무엇도 아니고 벽력진천뢰다.

호신강기가 얼마나 단단하기에 폭발마저도 견뎌낸단 말인가!

"캬하하! 가진 재롱이 있으면 더 부려보아라."

당노독파가 풍검 장상현의 시체를 내팽개치고는 휘청거리며 화무백에게 다가왔다. 화무백은 천천히 뒷걸음질쳤다.

그리고… 마침내 학살이 시작되었다.

3

자명의 육신에서는 기이한 일이 벌어지고 있었나. 처음에는 무명도원도의 호흡과 청허심결의 기운이 금기와 대항하는 형국이었는데, 이제는 서로 조화를 이뤄가고 있었던 것이다.

금극화(金剋火)라! 금기가 오장육부를 공격하면 화기가 일어나 금기를 제압했다. 일어난 화기는 수기(水氣)에 의해 잦아들었다. 오행이 서로 꼬리를 물고 이어지니, 자명은 본의 아니게 새로운 운기법 하나를 배워가는 셈이었다.

‘조금만 더, 조금만……!’

철령장법이 남긴 금기는 빠르게 사라져 갔다. 아니, 자명의 육신에 흡수되었다. 이제 내상만 치유하면 조금 전처럼 아무렇지도 않게 움직일 수 있으리라.

‘더 빨리 움직여 다오, 기운아.’

자명은 눈물이 날 것 같은 기분을 애써 참으며 생각했다. 그의 마음이 닿자 기운이 점점 더 빠르게 움직이기 시작했다.

자명은 힘겹게 목을 돌려 장내를 바라보았다. 장내는 그야말로 피바다가 되어 있었다. 자명은 문득 두려움을 느꼈다.

한 사람, 한 사람 죽는 것이 무서웠다. 파파의 살기도, 파파를 죽이려는 자들의 살기도 두렵게만 느껴졌다. 하지만 무엇보다 두려운 건, 천하의 누가 와도 상대할 수 없을 것만 같던 파파가 잘못될까 하는 점이었다.

‘파파의 말씀이 옳았어.’

자명은 육신을 움직이려 애썼다. 하늘이 자명을 돌보았는지, 마침내 손가락 끝에 감각이 돌아오기 시작했다. 자명은 혈전을 벌이는 파파를 바라보며 생각했다.

‘무림에 들지 말았어야 했다.’

조금의 시간만 더 지난다면 몸을 움직일 수 있으리라. 자명은 입을 꾹 다물고 당노독파를 바라보았다. 당노독파는 조금의 상처도 없었던 사람처럼 천지 사방을 쏘다니고 있었다.

“캬하하, 이제 더 부릴 재롱이 없나 보구나! 목을 씻고 기다려라!"

그동안 당노독파는 두 명의 무인의 목숨을 더 거둬갔다. 이 제는 멀리 떨어져 화살을 날리는 무인, 궁귀와 화무백만이 남 았을 뿐이다.

궁귀는 경신의 공부를 펼쳐 빠르게 이동하며 연신 화살을 쏘아대고 있었는데, 화살은 하나같이 당노독파의 진로를 막 고 있었다.

"네놈이 마지막이다!"

기회를 엿보는가 싶던 당노독파가 자신에게 쏘아져 오는 화살을 하나 움켜쥐더니, 몸을 빙그르르 회전하여 화살을 되 쏘아 보냈다.

"컥!"

짧은 비명과 함께 궁귀의 목이 꺾였다. 미간에 화살이 꽂혔 으니 목이 꺾이지 않을 도리가 없는 것이다. 궁귀는 무릎을 털썩 꿇고는 스르르 무너져 내렸다.

당노독파는 궁귀가 쓰러지는 것을 보며 크게 웃었나.

"캬하하! 이제 더 이상 방해할 것이 없겠구나!"

당노독파의 일그러진 얼굴이 화무백에게로 향했다.

텅 빈 왼쪽 어깨를 움켜쥔 화무백이 천천히 뒷걸음질쳤다.

"과연 당 마녀. 일이 이렇게 될 줄은 상상도 하지 못했소."

"캬하하, 곧 죽을 놈이 무슨 잔말이 이리 많으냐?"

화무백은 고개를 돌려 한 편의 지옥도가 되어버린 장내를 둘러보았다.

"그대의 자식들이 이 광경을 보면 분명 할 말을 잃을 것이오."

당노독파는 가지고 있던 진기를 모두 끌어올렸다. 단전을 잃고 무형지독에 중독되고, 벽력진천뢰에까지 당했음에도 그녀의 진기는 아직까지도 사라지지 않았다.

"흥, 저승에 있는 내 자식들은 필시 기뻐할 것이다!"

당노독파의 신형이 사라졌다.

화무백은 이번이 마지막임을 짐작했다. 당노독파는 필시 자신의 앞에 나타나리라.

화무백은 나려타곤을 펼쳐 바닥을 뒹굴어 조금 전까지 당노독파의 단전에 꽂혀 있던, 그녀가 뽑아 바닥에 던져 놓은 단검을 쥐어 들었다. 당노독파는 어느새 자신의 가슴에 손을 뻗어오고 있었다.

생사의 기로에서 화무백이 다급히 외쳤다.

"저승에 있는지 그대가 어떻게 아오?"

화무백의 심장을 뽑으려던 당노독파가 멈칫했다. 화무백은 그 짧은 빈틈을 놓치지 않았다. 푹, 하는 작은 소리와 함께 화무백과 당노독파의 움직임이 정지했다.

마치 시간이 멈춰 버린 듯했다.

第三章
먼 길을 돌아 마침내……

畵工道談
화공도담

1

　당노독파는 자신의 가슴께를 내려다보았다. 멍치 한가운데에 단검이 박혀 있었다. 당노독파는 통증을 느끼지 못하는 사람처럼 멍하니 그것을 내려다보다가 천천히 뒷걸음질쳤다.

　"저승에, 저승에 있는지 어떻게 아냐고?"

　실제로 당노독파는 통증을 느끼지 못했다. 정신이 온통 화무백에게 가 있었던 것이다.

　"내가 잘못 알고 있었던 게야?"

　당노독파의 등에 딱딱한 나뭇등걸이 느껴졌다. 그녀는 거기에 등을 기대어 주르륵 미끄러졌다.

"내 자식들이 살아 있느냐? 내가 찾아낸 시체가 내 자식들의 것이 아니었더냐? 화장한 시체가 대, 대산이와 룽이 아니었던 게야?"

"큭큭, 이거, 걸작이로구려."

바닥에 아무렇게나 주저앉은 화무백이 헛웃음을 터뜨렸다. 그의 웃음소리는 점점 더 커져만 갔다.

"하하하! 이런 식으로 복수를 하게 될 줄은 내 미처 상상하지 못했소! 무형지독도, 벽력진천뢰도 어쩌지 못하더니, 죽은 자식의 이름이 천하오절을 꺾는구려!"

"말해다오, 제발 말해다오. 내 손으로 내 심장을 파내라 하면 그리하마. 내 손으로 내 목을 자르라면 그리하마. 내 자식들이 살아 있느냐? 대산이와 룽이 살아 있어?"

"쿨럭, 쿨럭!"

한동안 웃고 있던 화무백은 기침을 크게 내뱉어 피를 토해냈다. 당노독파는 어떻게든 기운을 내어 몸을 일으키려고 바르작거렸다.

"내가 잘못했다, 내가 잘못했어. 서령이라 했더냐? 내 그녀에게 무릎을 꿇고 빌겠다. 내 죄를 빌게. 그러니 말해다오! 대산이가 살아 있느냐? 룽이 살아 있냐는 말이다!"

사실, 당노독파의 육신은 결코 온전한 상태가 아니었다. 단전을 잃은 탓에 새어나가는 내기를 막지 못했고, 무형지독에 중독되어 그 고통을 감내하며 싸워야 했다.

벽력진천뢰로 인한 고통을 참기 위해 혀를 깨물어야 했고, 마지막까지 싸우기 위해 생명의 불꽃이라 불리는 진원지기까지 소모해야 했다.

이제 그녀는 곧 죽는다. 하지만 화무백의 입에서 자식들이 살아 있다는 말이 나온다면, 그렇게 된다면 조금도 아쉬울 것이 없었다.

화무백이 기침을 내뱉더니, 무엇인가를 말하려는 듯 호흡을 골랐다. 당노독파는 가진 기력을 모두 소용하여 귀를 기울였다.

마침내 화무백이 입을 열었다.

"…미쳤구려."

당노독파의 움직임이 멈추었다. 그녀는 입을 벌렸다가 아무런 말도 하지 못하고 다물었다. 그러더니 힘겹게 목소리를 내어 카랑카랑한 목소리로 질문했다.

"그 말은……."

"죽었지. 암, 죽었소. 그래도 내 고통없이 보내주었으니 너무 염려치는 마시오. 큭큭, 쿨럭!"

화무백의 얼굴에는 미소가 가득 떠올라 있었다. 다른 어느 때보다도 통쾌했다. 할 수만 있다면 하늘에 대고 크게 웃고 싶은 심정이었다. 당노독파의 희망이, 그녀의 좌절이 이처럼 기쁠 수가 없었던 것이다.

한동안 움직임이 없던 당노독파가 어깨를 축 늘어뜨렸다.

그리고는 천천히 고개를 끄덕였다.

"네 말이 맞다. 내가 미친 게로구나. 내가 미친 것이었어."

당노독파는 평생에 몇 번 느껴본 적 없던 피로를 느꼈다. 그녀는 지친 얼굴로 나뭇등걸에 머리를 기대었다.

"그래, 내가……."

무어라 중얼거리던 당노독파가 문득 입을 다물었다. 내공을 소모해 둔해질 대로 둔해진 기감에 날카로운 살기가 잡혔던 것이다.

"안 된다, 아가야. 안 돼."

당노독파가 조그맣게 속삭였다. 화무백의 고개가 천천히 옆으로 돌아갔다.

"한 가지 복수는 실패했군."

화공이 힘겹게 몸을 일으키고 있었다. 도대체 어떻게 내상을 치유한 것일까! 화공의 옷자락은 바람도 없는데 나부끼고 있었다.

"극극, 쿨럭!"

화무백이 헛웃음을 터뜨렸다.

저처럼 짙은 살기는 그의 인생에서도 몇 번 못 본 것이었다. 화공의 성정을 생각하면 놀랍기까지 하다. 물처럼 담담하더니, 살기를 일으키자 아수라가 따로 없는 것이다.

화공은 천천히 일어나 근처에 아무렇게나 버려진 청강검을 쥐어 들었다. 당노독파에게 목숨을 잃은 고수가 떨어뜨린 장검이었다.

그것을 쥐어 드는 것과 동시에 화공의 신형이 사라졌다. 화공이 나타난 곳은 자신의 앞이었다.

"컥!"

자명의 단단한 손이 화무백의 목을 움켜쥐었다. 쥐어 든 검으로는 화무백의 목을 겨누었다.

화무백은 힘겹게 눈을 뜨고 자명을 바라보았다. 실핏줄이 몽땅 터져 버린 화공의 눈은 섬뜩하기 짝이 없었다.

"당신이……."

자명은 차갑게 중얼거렸다.

화란 아가씨를 죽이려 했던 화무백이 미웠다. 파파를 이렇게 만든 화무백이 미웠다. 미움이 가득 차올라 견딜 수가 없었다. 아름다움으로 대히면 다툼이 없다 했던가? 자신의 마음에 아름다움이 없다는 것은 안다. 하지만… 어찌하면 이런 자를 아름다움으로 대할 수 있단 말인가!

자명은 처음으로 마음에 살기를 품었다.

"큭큭, 이것도 괜찮겠지. 쿨, 쿨럭!"

화무백이 피가 묻은 이빨을 싯누렇게 빛내며 웃었다. 당노독파가 아끼는 화공이 마성에 젖어든다면, 그래서 복수를 갈구한다면 그것 역시 통쾌한 일이 아니겠는가!

"죽이게."

"안 돼, 아가야. 죽이지 마라."

나뭇등걸에 몸을 뉘인 당노독파가 잔뜩 쉰 목소리로 중얼거렸다.

"내버려 두어도 곧 죽는다. 네 손으로 죽이지 않아도 곧 죽게 되어 있어. 죽이지 마라, 죽이지 마."

자명은 당노독파 쪽은 돌아보지도 않았다. 자명의 손에 힘이 들어갔다.

"…따를 수 없습니다."

"그래, 그래야지. 쿨럭! 더 지체하지 말고 죽이시게."

화무백이 쿨럭 기침을 토해내며 고개를 끄덕였다.

"내 말을 들어!"

당노독파가 기력을 짜내어 외쳤다.

"나는 삼십 년간 복수를 위해 살았다! 내 자식들만 생각하고, 내 자식들을 위해서만 살았어! 다시 태어난다 해도 아마 그럴 테지!"

당노독파의 음성에는 두려움이 섞여 있었다. 자명만큼은 자신처럼 되어서는 아니 되었다. 그녀는 아이의 인생이 온진히 아이의 것이 되길 바랐다.

"하지만 너는 그러지 마라. 쿨럭, 쿨럭. 너는 그러지 마. 너만은 복수를 위해 살지 말고 너 스스로를 위해 살아라. 그림을 그려야지. 나는 보지 못했지만, 너는 예쁜 그림을 그려야지……."

화무백의 목을 움켜쥐고 있던 자명이 파파를 흘끔 바라보고는 다시금 고개를 돌렸다. 여전히 마음이 바뀌지 않았던 것이다.

"죄송합니다, 파파."

자명이 쥐어 든 검에 힘을 실어 넣었다. 자명이 검을 찔러 넣기 직전, 당노독파가 기운없는 목소리로 중얼거렸다.

"이 할미의 원을 들어다오."

자명의 움직임이 멈추었다. 손에 힘을 주어보려 했지만 힘이 들어가지 않았다. 자명은 몇 번이고 몸을 움찔거리다가 검을 떨어뜨리고 말았다.

잠시 뒤, 아랫입술을 질끈 깨문 자명이 화무백을 내팽개치듯 놓아버리고서 힘겹게 몸을 일으켰다. 그리고는 비틀거리며 당노독파에게로 향했다.

"…파파."

"잘했다, 정말 잘했어."

당노독파가 처연한 목소리로 중얼거렸다. 이제 기감으로 자명을 살펴볼 여력도 없었다. 그녀는 정신없이 손을 내밀어 자명의 얼굴을 어루만졌다.

"잘했다, 아가야. 정말 잘 참아주었어. 다친 데는 괜찮으냐? 내상은 괜찮은 게야?"

"파파, 사, 상처가……."

당노독파의 명치에 뚫린 구멍을 본 자명이 양손으로 명치를 꾸욱 눌렀다. 어떻게든 피를 멎게 해보려는 것이었는데,

피는 여전히 꿀럭꿀럭 계속 배어 나올 뿐이었다.

차명의 눈시울이 붉어졌다.

"울지 마라, 아가야. 울지 않아도 돼. 사람은 누구나 죽게 마련이란다. 생사가 여일하니 너는 슬퍼할 것도, 억울해할 것도 없느니라."

당노독파가 손끝으로 자명의 눈물을 닦아주며 말했다.

"그런 말씀 마세요. 파파는 괜찮으실 거예요."

자명은 눈물을 지우려 눈을 두어 번 끔뻑였다. 당노독파의 손에 엉겨 붙은 피가 자명의 얼굴에 묻어났다.

그때, 뒤에서 화무백의 나직한 목소리가 들려왔다.

"이리 돌아오게. 자네는 나를 죽여야 해."

화무백은 시야가 흐릿해짐을 느꼈다. 당노독파보다 먼저 죽음이 찾아온 것이다. 어두워지는 시야 속에서 박꽃을 닮은 여인이 낯선 시선으로 자신을 바라보는 것이 보였다.

"자네는 나를 죽여야 해……"

화무백의 음성에서 힘이 사라져 갔나. 그는 박꽃을 닮은 여인의 시선을 피하고 싶었다. 하지만 그녀의 시선을 피할 수가 없었다.

그는 그녀를 사랑했다.

그녀가 죽은 뒤에도 그 마음은 변치 않았다. 어떻게든 그녀의 넋을 위로해 주고 싶었고, 어떻게든 그녀를 해한 사람에게 복수하고 싶었다.

암천이 진실로 자신을 받아들이지 않는다는 것을 알면서
도 암천에 가입했다. 오로지 당노독파를 죽이기 위함이었다.
같은 목적을 가지고 있던 암천에서는 자신들의 뜻과 온전히
맞지 않는다는 것을 알면서도 화무백을 받아들였다.

'서 매, 그렇게 보지 마.'

화무백은 마지막으로 힘을 끌어모았다. 그녀에게 말해주
고 싶었다. 그녀에게 자신의 마음을 보여주고 싶었다.

"나는, 나는……."

무엇을 말하려 했던 것일까? 화무백은 말을 마치지 못하고
눈을 감고 말았다. 한번 감겨진 눈은 다시 뜨여지지 않았다.

일세를 풍미한 권사(拳士)였으며, 한평생 삐뚤어진 복수심
만을 가지고 살았던 철혈신장 화무백이 이렇듯 세상을 떠나
고 만 것이다.

그토록 원하던 복수를 이루었음에도 웃음 짓지 못한 채.

당노독파는 화무백의 죽음을 짐작하고 클클, 웃어 보였다.

"이 할미의 복수가 끝났구나. 내 일이 모두 끝났어."

당노독파가 한숨처럼 중얼거렸다. 삼십 년간 한 가지 목적
만을 향해 살아왔다. 이제 그것을 이루었으니 아쉬울 것이 무
엇이 있겠는가!

'아니, 한 가지가 남아 있다.'

조금 전 자명이 일으켰던 살기를 떠올린 당노독파가 얼굴
을 일그러뜨렸다.

'정이 많은 것만큼이나 분노도 커. 이 일을 어찌할꼬.'

당노독파는 쿨럭쿨럭, 기침을 내뱉으며 고개를 저었다. 문득 소름이 돋았다. 아이가 복수에 미친다면, 암천을 원망하여 그들의 피를 갈구한다면 어찌 될까!

자명이 오롯이 자신의 인생을 살아가길 바랐던 당노독파였다. 아이가 아름다움만을 좇기를 바랐던 당노독파였다. 그녀는 마지막으로 머리를 굴려 방도를 찾아내었다.

당노독파가 거칠게 호흡을 몰아쉬었다.

"내 아이들, 내 아이들은 소림에 있단다."

자명이 눈물 고인 눈으로 당노독파를 바라보았다. 당노독파가 계속해서 말을 이어나갔다.

"육신은 화장하여 황산에 뿌렸지만, 목주(木主:위패)는 소림에 두어 위로했지. 넋은 소림에 있는 셈이야. 그러니 나도 소림에 가고 싶구나."

자명의 가슴 한구석이 무너져 내렸다. 파파가 무엇을 이야기하고 있는지 짐작한 것이다.

파파는 자신의 인생을 정리하고 있었다.

"그런 말씀 마세요, 파파. 파파께서 직접 소림으로 가시면 되잖아요."

당노독파가 고개를 절레절레 저으며 자명의 얼굴을 어루만졌다. 자식이 소림에 있기도 했지만, 그녀는 자명이 소림에 가서 살기를 씻기를 바랐다. 아이에게 본래의 성정대로 살아

갈 수 있는 기회를 주고 싶었다.

"육신까지 옮길 필요는 없다. 너는 내 머리칼을 한 줌 잘라 소림으로 가거라. 최대한 빨리 가야 해. 다른 곳에서 장례를 치른답시고 시간을 끌거든 내 귀신이 되어서도 화를 낼 게다. 약속할 수 있겠느냐?"

자명은 고개를 절레절레 저었다. 더 이상은 파파의 말을 듣지 않겠다는 듯 고집스러운 표정이었다.

"싫어요. 파파께서 직접 가셔야……."

"대답해라! 약속할 수 있겠느냐?"

당노독파가 자신의 명치를 막은 자명의 손을 움켜쥐었다. 그녀의 목소리에는 도저히 거역하지 못할 힘이 실려 있었다.

자명이 멍한 눈으로 당노독파의 텅 빈 눈을 바라보았다.

"약속… 약속할게요."

당노독파는 그제야 안심한 듯 긴장을 풀고 편안히 몸을 뉘었다.

"착하구나. 너는 참으로 착해. 내 무슨 복이 있어 너와 같은 착한 아이를 만났는지 모르겠다. 참으로 고마운 일이지……."

당노독파는 한숨을 지그시 내쉬었다. 입가에서 피가 거품이 되어 끓었다. 문득 자명과 함께 강호를 떠돌던 기억을 떠올린 당노독파가 부드러운 미소를 지었다.

"너는 몰랐겠지만, 나는 네 덕에 삼십 년 만에 처음으로 지붕 밑에서 잠을 자보았단다."

지난 삼십 년간 그녀는 한 번도 덥힌 음식을 먹지 않았으며 지붕 있는 곳에서 잠을 자지 않았다. 이름 모를 산야에서 하늘을 이불 삼아 잠들거나 비를 맞으며 길거리에서 잠들었을 뿐이다.

자명을 만난 뒤 당노독파는 삼십년 만에 처음으로 침상 위에서 이불을 덮고 잠이 들었다. 까슬한 감촉의 이불이 얼마나 따듯하던지, 자신이 이불을 덮은 모습이 왜 그렇게 죄스럽던지.

"그 흔한 소면도 삼십 년 만에 처음 먹어보았지."

평생에 없는 호사를 누린 기분이었다.

삼십 년 만에 처음으로 입고 다니던 누더기 대신 마의를 입어보았다. 누군가가 자신에게 마의를 준 것 역시 처음 있는 일이었다.

그 허름한 마의가 너무 좋아서 당노독파는 한 번도 그것을 벗어본 적이 없었다.

"그래, 그랬지. 생각해 보면 모든 게 삼십 년 만에 처음이었어."

사람들이 두려웠다. 사람들에게 정을 주는 것이 두려웠다. 잃어버린 아이들이 생각나서 정을 주는 것이 두려웠고, 정을 준 상대가 또다시 잘못될까 봐 두려웠다.

하지만 이제는 두렵지 않았다.

"어찌나 신기하던지……."

당노독파가 고개를 떨구었다.

문득 삼십 년간의 세월이 무겁게 느껴졌다. 평생을 쉬지 않고 걸어온 것만 같았다. 끝도, 쉴 곳도 없는 긴 여행, 다리가 퉁퉁 붓고 발바닥이 몽땅 터져 버려도 걷기만 해야 하는 힘겨운 여행을 해온 기분이었다.

그 끝은 어디였을까. 도대체 어디에 가고 싶었던 것일까. 당노독파는 문득 자신의 마음이 머물러 있던 곳을 떠올렸다.

동백꽃이 있고, 집이 있으며, 장부와 아이들이 있는 그곳. 하릴없이 뛰어놀던 아이가 달려와 '엄마, 우리 엄마' 하며 안겨들던 그곳.

생각만으로도 미소가 번져 나갔다. 평생 동안 지어본 적 없던, 가슴 깊숙한 곳에서 우러나온 미소.

당노독파는 그곳을 상상하며 마지막 호흡을 내뱉었다.

"파파?"

자명의 가슴이 덜컹 내려앉았다.

자명이 연신 '파파' 하고 외치며 당노독파를 흔들어보았지만, 당노독파는 꼼짝도 하지 않았다. 옅은 미소만을 머금은 채 깊은 잠에 빠져든 것처럼 누워 있을 뿐이었다.

"파파……."

한동안 당노독파를 흔들던 자명이 어깨를 늘어뜨렸다.

문득 눈물이 솟아올랐다. 소매로 닦고 또 닦아보았지만 닿을 수 없는 그리움은 수원(水原)처럼 새로운 눈물을 쏟아내었다.

자명은 시야가 부옇게 변한 것을 느끼며 당노독파의 손에 얼굴을 묻었다. 엎드려 당노독파의 손에 얼굴을 부비며 자명은 가슴속 깊은 곳에서 터져 나오는 울음을 토해냈다.

평생 동안 그리워하던 파파는 마침내 당신의 그리움으로 돌아간 것이다. 험난한 세상만큼이나 날카로운 가시를 세우고 떠돌다가, 먼 길을 돌아 마침내…….

"평안하셔야… 평안하셔야 해요."

자명이 조그맣게 속삭였다.

사라지지 않는 눈물처럼 시린 바람이 불었다.

2

자명이 그렇게 슬픔을 토해낼 무렵이었다.

천하무림은 자명의 예상보다 훨씬 혼탁해져 있었다. 자명이 있는 무한삼진이야 도가제일문(道家第一門)이라는 무당파의 권역이니만큼 안전한 편이었지만 다른 지역은 결코 안전하지 못했던 것이다.

암천은 무가라는 무가는 모조리 멸문시키기를 원했고, 대부분의 무가는 암천의 힘을 이겨내지 못했다. 몇몇의 무가는 강호의 의기(義氣)를 논하며 멸문을 받아들였고, 몇몇의 무가는 군자의 복수는 십 년을 논하여도 늦지 않는다[君子報仇, 十年不晩]며 몸을 피하였다.

역설적이게도 가장 피해를 본 곳은 천외천이라는 구파일방과 오대세가였다. 무림맹의 무인들은 대개 중소 문파를 돕는 데 매진하였기 때문에 구파일방과 오대세가는 스스로의 힘만으로 본산(本山)을 방비하여야 했던 것이다.

놀랍게도 구파일방은 의연하게 그러한 운명을 받아들였다. 그동안 권리를 누려왔으니 이제 의무를 다해야 한다며 제자들을 독려했고, 천하무림은 구파일방의 의기를 칭송했다.

하지만 그것을 가장 달갑게 여긴 사람은 무림맹주일 터였다.

'향후 무림이 재편되려면 구파일방의 권력이 쇠하는 편이 좋겠지.'

무극신검 엄세진이 싸늘하게 웃어 보였다.

구파일방은 그 협기(俠氣)로 인해 강호 동도들의 신임을 얻고 있었지만, 그것은 결코 영원한 것이 아닐 터였다. 혈란이 진정되고 나면 구파일방의 명성을 노리는 무가들이 새로이 나타날 테니까. 그들이 대신 구파일방이 쌓아올린 명성을 깎아줄 것이다.

강호에서 믿을 것은 자신의 힘뿐인 법.

암천과 상대하며 힘을 잃은 구파일방은 결코 자신의 적수가 되지 못하리라.

‘천하오절, 천하오절이 문제지.’

언젠가 당노독파에게 받은 수모를 떠올린 엄세진이 이를 뿌득 갈았다. 하지만 천하오절을 직접 상대할 수는 없었다. 굳이 방법이 있다면, 그것은 구파일방과 같은 길을 걷게 하는 것뿐이리라.

‘이독제독(以毒制毒)! 천하오절이 내게 독이라면, 같은 독이라 할 수 있는 암천과 상대하게 하면 될 일이다.’

엄세진 역시 정도의 무림인. 암천의 행보를 가만히 두고 볼 생각은 없었다. 다만, 그 과정에서 생길 무림맹의 피해를 조금이라도 줄여보려는 것뿐이다.

구파일방이 방패가 되고 천하오절이 칼이 되어 암천을 상대하면 된다. 암천이 사라진 이후, 득은 무림맹이 취하게 될 것이고 말이다.

엄세진은 허허롭게 웃으며 고개를 돌렸다.

낡은 고택의 내부가 눈에 들어왔다. 사방에 구궁도나 팔괘도가 붙어 있고, 손자산경이나 구장산술 따위의 서책이 널려 있는 모옥이었다.

엄세진은 혼천의(渾天儀)를 한차례 쓰다듬었다.

“…자네의 계책을 이해할 수가 없구먼.”

“쿨럭, 쿨럭! 하나 당장 실행할 수 있는 계책은 그뿐일 터입니다.”

엄세진 앞에는 한쪽 다리가 없는 노인이 앉아 있었다. 그는 연신 쿨럭거리며 탁자에 놓인 지도를 바라보았다.

과거, 암천이 준비한 가장 강력한 계책 중 하나였던 진법, 입즉사를 파훼한 진법가가 있었다. 그 대가로 그는 암천의 암습을 당했고, 그 결과 다리를 잃고 폐병까지 얻고 말았다.

하지만 그의 지략은 조금도 쇠하지 않았다. 모옥 안에서도 천하를 보고 있었으니 말이다.

무림맹주 엄세진은 신산자 제갈경을 바라보았다.

"어째서 그러한가? 설명해 보게."

제갈경은 지도를 부드럽게 어루만졌다. 온 천하가 그의 손에 스쳐 지나갔다.

"오절이 암천을 유인하는 동안 무림맹은 세를 규합한다. 만에 하나 암천이 오절을 쫓지 않을 경우를 대비해 무림맹을 쪼개어 각 지역마다 부림맹의 지부를 둔다. 암천이 움직일 징후가 보이거든 흩어져 있던 각 지부가 뭉쳐서 대비한다. 쿨럭, 쿨럭! 괜찮지요. 나쁘지 않습니다."

신산자 제갈경이 격렬하게 기침을 토해내고는 힘겹게 호흡을 들이켰다.

"하나, 지금은 무용지물일 뿐입니다. 가증스럽게도 암천은 정도(正道)를 가장해 민심을 얻었고, 그것을 무기로 사방에서 난을 일으켰지요. 한 군데가 아니라… 사방에서."

암천이 한군데에 힘을 집중했다면 흩어져 있던 무림맹의 지부들은 바로 그곳에서 규합하여 대항했을 것이다.

그러나 암천은 마치 무림맹처럼 산발적으로 흩어져 난을 일으켰다. 무림맹과 암천의 싸움이 아닌, 무림맹의 지부와 암천의 지부와의 싸움이 되고 만 셈이다.

온 천하가 혈란으로 뒤덮인 것은 바로 그런 까닭이었다.

"하나 무림맹의 지부는 암천의 일부를 상대할 수 없습니다. 무인의 수는 무림맹이 많을지 모르나 고수의 숫자는 암천이 월등히 많지요. 적이 노린 것은 각개격파. 이대로라면 패할 뿐입니다."

"으음! 구파일방이 있음에도 그러한가?"

"암천과 달리 구파일방에게는 지켜야 할 것이 있지요."

제갈경이 눈을 지그시 감고 중얼거렸다. 구파일방이 지켜야 할 것은 그 뿌리와 역사, 즉 본산이었다. 구파일방은 절대로 그것을 포기하지 않으리라.

"만약 구파일방이 본산을 버리고 개입했더라면 암천의 위세가 이처럼 높지는 않았을 겁니다."

엄세진이 고개를 절레절레 저었다.

"하나 천하를 이분하자니… 상식 밖일세."

"사방에 들끓는 쥐를 쫓아가며 잡을 수는 없습니다. 먼저 한곳에 몰아넣어야지요. 쿨럭, 쿨럭!"

제갈경이 다시 한 번 기침을 토해냈다. 그는 손가락으로 지도의 한 부분, 사천을 짚었다. 그의 움직임에는 기이한 열정 같은 것이 숨어 있었다.

"엄밀히 따지면, 천하를 이분하는 것도 아닙니다. 천하에 비하자면 사천은 좁지 않습니까?"

신산자 제갈경이 세운 계책은 사천을 암천의 손에 넘겨주자는 것이었다. 사천에서 혈전을 벌이는 무림맹의 무인들을 빼 다른 지역을 먼저 다스린다. 그렇게 천하곳곳에서 들끓는 암천의 무리를 밀어내어 사천에 몰아넣고, 그 이후에 일전을 벌이자는 계획인 것이다.

숨어서 세를 불린 암천과 밝은 하늘에서 천하무림의 지지를 받고 자라온 무림맹이 정면에서 승부를 한다면 무림맹 쪽에 승기가 있다.

"사천을 버린다고, 사천을……."

엄세진이 깊은 생각에 잠겨들었다.

제갈경이 몇 마니를 너 첨언했다.

"말씀드렸듯, 무인들의 숫자는 무림맹이 더 많습니다. 한 손이 열 손을 당해내진 못할 터. 이 계책대로라면 암천은 꼼짝없이 사천으로 밀려나고 말 겁니다."

사실 신산자 제갈경의 계책은 상리(常理)로는 이해할 수 없는 것이었다. 본산을 수비하는 구파일방을 한심하게 여긴 것도, 사천을 아예 포기하자는 상식 밖의 계책도 그렇다. 명분과 명예는 모조리 버린 채 오로지 실리만을 취하는 계책이었던 것이다.

"하나 사천은 천하복지(天下福地). 암천이 사천을 중심으로 어디까지 성장해 나갈지 모르네. 위험부담이 너무 커. 어디 그뿐인가? 청성이야 기세를 다하였다 하지만 당가타와 아미파, 그들을 내가 어찌 포기할 수 있겠는가.”

“포기할 수 없는 것이 아니라 후일 돌아올 책임이 두려우신 것일 테지요.”

제갈경이 씁쓸한 얼굴로 엄세진을 바라보았다. 엄세진은 부정도, 긍정도 없이 은은한 미소를 지었다.

제갈경의 시선이 바뀌었다.

‘그대가 영웅이 아니라 효웅인 줄은 내 이미 알고 있었소.’

잠시 경멸의 시선으로 엄세진을 바라보던 제갈경이 길게 한숨을 토해내었다.

“알리지 마십시오.”

“무어라?”

“입즉사와 비견될 만한 암천의 새로운 음모를 알아냈다 이르십시오. 그것을 분쇄하는 데 당가타와 아미파의 도움이 필요하다 하면 그들은 아마 거절하지 못할 겁니다. 기왕이면 정예를 보내달라 하십시오.”

그렇게 되면 본산을 방비할 인원이 부족해질 터, 당가타와 아미파는 이내 위기에 처할 것이다. 사천을 지지하는 기둥인 당가타와 아미파가 무너지면 사천이 무너지는 것도 금방이다.

무림맹은 구원대를 조직하는 척하면서 시간을 끌면 된다.

무림맹이 사천을 넘겨주는 것이 아니라, 암천이 사천을 도모한 것으로 만들면 되는 것이다.

"없는 암천의 계책을 만들라? 그래, 어떻게 만들면 되겠는가?"

"암천이 벽력진천뢰를 얻었다 하십시오. 벽력진천뢰를 만들 수는 없지만 그 외형만큼은 흉내 낼 수 있지 않습니까. 혹여 의심하는 이가 있거든 벽력진천뢰를 몇 개 보여주십시오. 가지고 계실 테니."

벽력자의 사후 모든 벽력진천뢰는 폐기되었다. 당노독파와 동귀어진할 결심으로 벽력진천뢰를 구했던 풍검 장상현 역시 자신이 가진 것이 강호에서 유일한 것인 줄로만 알고 있었다. 무림맹주 엄세진이 벽력진천뢰를 가지고 있다는 사실은 강호의 누구도 모를 비밀이었던 것이다.

"자네가 그것을 어찌 아는가?"

"친히 몸을 일으켜 감숙(甘肅) 땅 난주(蘭州)까지 다녀오신 것을 압니다. 벽력자의 근거지였지요. 쿨럭, 쿨럭!"

제갈경이 또다시 기침을 토해내며 차가운 눈으로 엄세진을 바라보았다. 실리를 중시 여기는 제갈경은 악인(惡人)이 암천을 막든 선인(善人)이 암천을 막든 괘념치 않았다. 더러운 손이든 깨끗한 손이든 칼만 막으면 되는 일이 아닌가!

악인을 골라내는 것은 그 이후가 될 터였다.

'맹주를 실각시킬 준비를 해놓아야겠군.'

제갈경은 기이한 시선으로 엄세진을 바라보았다. 무림맹주 엄세진은 생각에 잠겨 있었다.

제갈경은 어쩌면 그가 자신을 죽일 시점을 계산하고 있을지도 모른다고 생각했다. 하지만 아쉬울 것 없지 않겠는가? 폐병이 깊어져 언제 숨이 끊어질지 모르는데 말이다.

제갈경은 손가락으로 지도를 짚어나갔다.

"이야기를 계속하지요. 이 계책을 펼치려면 먼저 이곳과 이곳을 방비해야 합니다."

제갈경이 가리킨 것은 호북(湖北)의 조양(棗陽)과 하남(河南)의 당하(唐河)였다. 모두 호북과 하남을 가르는 경계에 있는 땅이었다.

"당가타나 아미파는 모르겠으나 소림사와 무당산은 지켜야 합니다. 소림과 무당은 무림의 태산북두, 그들이 무너진다면 천하무림의 사기도 무너질 것입니다. 이 두 곳을 방비하지 못하면 그렇게 될 겁니다. 이 두 곳은 소림으로도, 무당으로도 갈 수 있는 문이니까요."

제갈경은 이번에는 손가락을 스르르 움직여 수로를 짚어나갔다.

"사천과 다른 지역을 격리하기 위해 가장 필요한 곳도 이곳입니다. 육로라면 모르겠으나, 수로를 빼앗긴다면 모든 계책이 무너집니다. 무당파의 권역인 무한삼진이야 안전할 터, 사천에 갇힌 암천이 빠져나갈 수로를 찾는다면 반드시 신양(信

陽)을 택할 것입니다. 이 두 곳은 신양으로 가는 길목, 반드시 지켜야 하는 곳입니다. 이 근방에 문파가 있는지요?"

엄세진이 차가운 시선으로 제갈경을 바라보았지만, 제갈경은 편안한 얼굴로 그 시선을 받아냈다.

엄세진이 한숨을 크게 내쉬고는 고개를 끄덕였다.

"조양에 정검문(正劍門)이 있네. 암천의 공격을 세 번이나 견뎌냈지만 더 이상의 여력이 없다더군. 무림맹의 지부가 아직까지 돕지 못한 곳 중 하나일세."

제갈경의 안색이 어두워졌다.

"대지급으로 정검문을 도우라 이르십시오. 발 빠른 무인들을 보내어 먼저 정검문을 구하고, 이후에는 본대를 보내어 정검문에 상주시키십시오. 정검문이 안전해지거든 그곳을 중심으로 근치의 수로를 장악하여야 할 것입니다."

엄세진이 심각한 표정으로 고개를 끄덕였다.

"알겠네. 더 할 말이 있는가?"

"없습니다."

제갈경이 고개를 저었다.

엄세진은 인자한 미소를 지으며 제갈경을 바라보았다. 마치 대견한 수하를 바라보는 듯한 얼굴이었다.

"고맙네. 내 자네의 도움을 크게 받네그려."

엄세진이 허허롭게 웃으며 제갈경의 어깨를 두드리고는 천천히 몸을 돌려 모옥 밖으로 향했다. 산책이라도 나가는 듯

한 느긋한 몸짓이었다.

　문가에 선 엄세진이 문득 걸음을 멈추었다.

　"자네의 지모는 참으로 대단해. 놀라지 않을 수 없더군. 한데 한 가지를 모르겠어. 자네의 입이 무거운지, 가벼운지 말이야."

　제갈경이 무심한 어조로 중얼거렸다.

　"때가 오기 전까지는 무겁겠지요."

　"때가 오기 전이라? 허허, 괜찮군."

　인자하게 말한 엄세진이 다시금 걸음을 놀렸다. 하지만 그의 표정은 어느새 딱딱하게 변해 있었다. 무림맹의 누구도 자신의 내심을 알아채지 못했는데, 오늘날 이렇게 제갈경에게 내심을 들키고 만 것이다.

　천하제일지(天下第一智)라더니, 난주에 다녀왔다는 정보만으로도 벽력진천뢰를 얻은 것을 알아채지 않는가!

　엄세진의 눈빛이 조금씩 차가워졌다. 하지만 그의 걸음은 여전히 느긋하게 무림맹의 본당, 창룡검전으로 향할 뿐이었다.

第四章
시선(詩仙) 이백(李白)이 즐겼던 것

畫工
道談
화공
도담

1

　당노독파와 화무배이 혈전을 벌일 당시, 남궁세가의 가주 남궁창천은 큰 위기에 처해 있었다. 바깥의 소란으로 인해 청정이 깨어지고 만 것이다.

　사유(思惟)가 깊어짐에 따라 내공의 움직임 역시 활발해지고 있었는데, 바로 그때에 소란이 일어났으니 어찌 큰일이 아니 벌어지겠는가! 공력이 야생마처럼 날뛰어 기혈이 뒤틀렸고, 종국에는 맥이 끊어지는 지경에까지 이르렀다.

　당노독파의 위기는 미처 돕지도 못한 채 남궁창천은 운기조식에 들어갔다. 이대로라면 목숨을 잃는 것은 물론, 가문의 숙원마저도 이루지 못하게 될 터였다. 겨우 되찾은 제왕검형의 단초를 영영 잃어버리게 되는 것이다.

그의 운기조식은 꼬박 하루 동안 계속되었다.

자명은 그런 남궁창천을 방해하지 않았다.

몇 시진 동안이나 당노독파의 시체 앞에서 움직이지 않던 자명은 밤이 되어서야 자리에서 일어났다. 땅을 파서 장내에 가득한 무인들의 주검을 한데 묻은 자명은 물을 길어 옷에 적셔 당노독파의 시신을 수습했다.

찢어진 마의일망정 단정하게 입히고, 옷을 찢어 파파의 눈을 가렸다. 눈물을 흘리며 파파의 전신에 가득한 피를 닦아나갔다.

다음날, 남궁창천이 깨어났다. 내상을 피할 수는 없었으나 주화입마의 마수만은 이겨낸 것이다. 자명은 어두운 얼굴로 서둘러야 한다고 그를 재촉했고, 당노독파의 시신을 본 남궁창천은 아무 말 없이 고개를 끄덕였다.

남궁창천과 자명은 근처에 있는 선운사(鮮雲寺)에서 임시로 당노독파의 시신을 화장했다.

파파는 '시간을 지체하면 귀신이 되어서도 화를 내겠다'고 했지만, 차마 파파의 시신을 내팽개칠 수 없었던 것이다.

당노독파는 이틀을 불타오른 끝에 재가 되었고, 자명은 파파의 재와 미리 잘라둔 머리카락을 챙기고서 남궁창천에게 이별을 고했다.

남궁창천은 난색을 표했다.

"당노태태의 유언은 알고 있소이다만, 천하가 뒤숭숭하니 은인의 안위가 걱정되는 바요. 근방에 폐가의 가솔들이 있으니 동행하심이 어떻겠소이까?"

자명은 아무런 대답 없이 고개를 저었다.

남궁창천이 몇 번이나 다시 권했지만 자명이 거부하는 데에야 별다른 도리가 없었다. 자명은 그 길로 소림사가 있는 숭산(嵩山)으로 출발했다.

훗날 남궁창천이 자명 몰래 가솔들을 보냈지만, 가솔들은 자명의 종적을 발견하지는 못했다. 자명이 그들을 피해 움직였던 것이다.

그로부터 며칠의 시간이 흘렀다.

조양(棗陽)에서 삼십여 리 떨어진 중광촌(中鑛村)에는 신풍반점(迅風飯店)이라는 곳이 있다.

음식을 내오는 속도가 빠르다고 자부하여 붙인 이름이었는데, 사람들은 하나같이 그를 기이하게 여겼다. 본디 음식은 정성이 중요한 법, 빨리 준비하다 보면 오히려 부족해지게 마련인 것이다.

하지만 신풍반점의 음식은 빠르기만 한 것이 아니라 그 맛 역시 훌륭하였다. 오가는 손이 많아진 것은 어쩌면 당연한 일일 터였다.

물론 암천이 발호하기 전까지의 일이었지만 말이다.

“여기 우육편(牛肉片)이나 좀 가져오너라! 앵두를 넣어 끓인 국도 좀 가져오고.”

텁석부리수염을 한 장한이 크게 외쳤다. 점소이가 두려움에 가득 찬 얼굴로 장한에게 다가갔다.

“혀, 협사(俠士)께서는 부디 명을 거두어주시지요. 이 철에는 앵두를 구하기가 어렵습니다요. 대신 반간탕(斑肝湯)이 어떻겠습니까? 죽순을 구하지 못해 태호(太湖)만 못하지만, 제법 맛이 있는데…….”

점소이가 주저주저하는 얼굴로 말하며 사방을 둘러보았다. 속사정이야 어쨌든 신풍반점은 몹시 붐비고 있었다. 그 모두가 진짜 손님이 아니라는 것이 문제지만 말이다.

혹시나 해코지를 당할까 두려워진 점소이가 연신 고개를 숙였다.

텁석부리장한이 두터운 손으로 점소이의 뺨을 후려쳤다.

“어이쿠!”

“닥쳐라! 이 어르신이 먹겠다는데 무슨 말이 그렇게 많단 말이냐? 나는 오늘 앵두국을 꼭 먹고야 말 테니, 너는 어떻게든 앵두를 구해와야 할 것이다. 하하하!”

텁석부리장한이 크게 웃음을 터뜨렸다. 그러자 옆에서 재미있다는 듯 웃고 있던 얼굴이 길쭉한 사내가 조그맣게 중얼거렸다.

“나는 앵두국보다 술이 더 당기는걸.”

"그렇습니까, 부방주? 여봐라, 너는 가서 백주(白酒)부터 한 병 가져오너라!"

텁석부리장한이 얼른 점소이에게 외쳤다.

"대, 대낮부터 말입니까?"

"말이 많은 놈이로다! 사내가 호기를 논하는데 밤낮이 무에 대수라고!"

텁석부리장한이 외치자 점소이는 겁을 집어먹고서 연신 고개를 숙였다.

"그, 그렇고 말굽쇼! 어르신의 말씀이 옳습니다요. 제가 실언을 한 게지요."

점소이는 냉큼 주방에 달려가 주문받은 음식을 외쳤다. 태호 출신의 솜씨 좋은 숙수가 고개를 절레절레 저었다. 이 겨울에 어디서 앵두를 구한단 말인가!

점소이가 울상을 지으며 어떻게든 해보시라고 말할 때였다.

덜그럭, 하고 문이 열리는 소리가 들리더니, 바랑을 메어 든 소년 학사가 모습을 드러냈다. 점소이가 아연실색한 얼굴로 문간을 바라보았다. 신풍반점에 가득한 장한들도 입을 다물긴 마찬가지였다.

소년 학사를 관찰하던 텁석부리장한이 투덜거렸다.

"흥, 이 중광촌에 신풍반점을 찾는 객이 있을 줄은 몰랐군. 우리 흑호방(黑虎幇)이 두렵지도 않단 말인가?"

고요한 가운데서 말한 터라 소리가 반점 전체에 울려 퍼졌

다. 얼굴이 길쭉한 사내가 손을 펼쳐 텁석부리장한의 말을 막
았다.

"그만."

얼굴이 길쭉한 사내는 흑호방의 부방주로, 그 이름은 장웅(張
熊)이라 했다. 내공의 공부에까지 입문한 고수로, 특히 안목이
뛰어나 방주의 신임을 한 몸에 받고 있는 자였다.

'비록 나이는 어려 보이지만, 저 학사의 눈빛이 예사롭지
않구나.'

나이가 어리다고 해서 안심할 것은 아니었다. 강호의 격언
중에는 '여인과 아이를 조심하라' 는 말도 있지 않은가! 최근
부근에서 암천과 정검문이 혈전을 벌이고 있으니, 경계는 하
고 또 해도 부족하지가 않다.

"점소이는 무엇 하느냐? 손님을 받지 않고서."

장웅이 나직한 목소리로 중얼거리자 점소이가 주눅 든 얼
굴로 소년 학사에게로 다가갔다.

"어, 어서 들어오십쇼. 이쪽에 앉으시면 됩니다요."

소년 학사가 가볍게 목례를 취해 보이고는 점소이의 안내
를 따라 자리에 앉았다. 점소이가 부방주 장웅의 눈치를 보며
말했다.

"학사님께서는 무엇을 드시렵니까?"

"소면을 한 그릇 부탁합니다."

분위기가 이상하다는 것을 눈치챘는지 학사는 주변을 둘

러보고 있었다. 점소이는 측은하다는 듯 학사를 바라보았다. 이처럼 흉흉한 곳에 제 발로 오다니, 이 학사도 참으로 운이 없다.

"한창때인 것 같은데 소면 한 그릇으로 양이 차겠소, 소형제?"

장웅이 기이한 시선으로 학사를 바라보며 말했다. 학사가 고개를 절레절레 젓더니 나직한 목소리로 중얼거렸다.

"상(喪) 중인지라 과한 음식은 피하고자 합니다만……."

장웅의 눈에 이채가 떠올랐다. 소년 학사가 상을 당했다고 말할 때에 기이한 기세가 느껴진 것이다. 문득 불길한 예감이 들었다.

'기이한 일이로구나. 겉보기에는 평범한데…….'

보잘것없는 학사일 뿐인데 왜 마음이 불편하단 말인가! 장웅은 천천히 학사에게서 시선을 떼었다.

'조금 더 살펴보아야겠다.'

"알고 보니 소형제께서 큰일을 당했던 게로군. 점소이는 가서 소형제에게 화주를 내주어라. 속이 상할 때는 한잔 마시는 것이 제일이지."

소년 학사가 고개를 저었다.

"…저는 괜찮습니다."

소년 학사는 다름 아닌 화공 진자명이었다. 자명은 남궁창천과 헤어진 후 하남으로 방향을 잡아 북상한 끝에 중광촌에 닿았던 것이다.

자명의 바랑에는 항상 들어 있던 화구 대신 작은 나무 상자가 들어 있었다. 파파의 유골과 머리카락이 담긴 상자였다.

"소형제께서는 사양치 마시길 바라오. 점소이는 무엇 하느냐?"

"예? 예! 장 협사님의 말씀대로 하겠습니다요."

장웅이 재촉하자 점소이가 얼른 고개를 조아렸다.

자명이 무어라 말하려 했지만 점소이가 다급히 '그러지 말라' 는 듯한 눈짓을 해 보이더니 주방으로 사라졌다. 그러더니 그리 오래 지나지 않아 계육(鷄肉)으로 육수를 낸 소면과 싸구려 화주를 한 병 들고 나왔다. 미리 요리를 해둔 모양인지, 음식을 내오는 속도가 빠르기만 했다.

"여기 있습니다요."

자명은 황망하게 술병을 내려다보았다. 마시지도 않을 술인데 엉뚱한 호의를 받고 만 것이다. 잠시 술병과 잔을 바라보던 자명이 고개를 절레절레 젓고는, 저(箸)를 들어 소면을 휘저었다.

자명이 소면을 한입 우물거릴 무렵이었다.

"암천과 정검문이 혈전을 벌이는 이때에 여행이라니, 저 소형제가 무얼 모르는군요."

텁석부리장한이 부방주 장웅의 눈치를 살피며 말했다. 장웅은 태평한 얼굴로 앉아 고개를 끄덕였다.

텁석부리장한은 그것을 안심하라는 의미로 이해하고는 이내 긴장을 풀었다. 부방주께서 경계하는 듯한 모습을 보이기에 걱정했는데, 별일 아닌 모양이다.

"그나저나 부방주께서는 어찌 보십니까? 저는 정검문이 틀림없이 멸문하고 말 것이라고 봅니다. 사실 정검문 따위보다는 암천이 나아도 백배는 낫지요!"

텁석부리장한이 그렇게 외치며 술병을 쥐어 들었다. 점소이가 어느새 백주를 내왔던 것이다.

장한은 커다란 잔에 백주를 가득 따르고는 벌컥벌컥 들이켜더니 술잔을 내려놓고 크으, 소리를 내며 입을 닦았다.

"생각해 보면 통쾌한 일이지요. 그동안 정도의 위선자들이 무어라고 했습니까? 틈만 나면 예가 어떻고, 법도가 어떻고 나불대지 않았습니까! 저들이 떠들던 말에 오히려 저늘이 낭하고 있으니 어찌 통쾌하지 않을 수가 있겠습니까!"

부방주 장웅이 또다시 고개를 끄덕였다. 하지만 그의 신경은 여전히 자명에게 향해 있었다. 만에 하나 상대가 무인이라면 이 말에 반응을 보이지 않을 리가 없는 것이다.

텁석부리장한은 또다시 술잔에 술을 따랐다.

"암천이야말로 진짜 영웅들이지요. 정도의 위선자들은 타인에게는 예와 법을 강요했지만 정작 자신들은 뒤에서 온갖 호박씨를 다 까고 있었지 않습니까! 하지만 그런 표리부동(表裏不同)한 자들과 달리, 암천은 정정당당하지요!"

이야기를 듣고 있던 자명이 어두운 얼굴로 저를 내려놓았다. 텁석부리장한의 말이 마음에 턱하니 걸렸던 것이다.

'암천이 정정당당하다고……?'

자명은 고개를 절레절레 저었다. 부육현에서 만났던 흑의인은 무림에 든 자들은 모두 죄인이며, 그 대가로 죽음을 받게 될 것이라고 했다. 실제로 청성산에서는 그 안에 있던 모든 무인이 죽음을 맞을 뻔했다.

화산파의 운곡 도고, 사질을 아끼던 여검수를 떠올린 자명이 고개를 숙였다. 그녀에게 죄가 있으리라고는 생각되지 않았다.

'암천은 그렇게 세상을 강제할 만큼 정당한가?'

그렇다면 암천은 화무백과 같은 자를 받아서는 아니 되었다. 아무 죄도 없는데, 그저 파파가 사랑한 사람이라는 이유만으로 파파의 자제들을 죽였던 화무백과 같은 자를 받아서는 아니 되었다.

'…화무백.'

문득 화무백의 얼굴을 떠올린 자명의 손이 부르르 떨렸다. 마음속에 증오가 가득 차올랐던 것이다. 청성산에서 죽어갔던 사람들, 창백해진 얼굴로 서 있던 화란 아가씨, 얼굴이 녹아버린 채로 목숨을 잃었던 파파.

모두 암천에 의해 희생된 사람이었다.

'나는 변했구나.'

자명은 자신의 손을 내려다보았다. 마음에 뿌리내린 미움은 점점 더 자라나고 있었다. 암천이 미웠다. 파파의 죽음으로 인한 멍울을 풀어버리고 싶었다.

자명은 생각을 지우기 위해 고개를 저었다. 그렇게 고개를 젓다 보니 화주가 보인다. 다른 때라면 거들떠보지도 않았을 화주가 왠지 모르게 마음에 걸렸다.

자명은 신개 양비자 어르신을 떠올렸다.

"술을 왜 마시냐고 물었느냐? 시름을 잊고자 마시고 세월을 잊고자 마시지, 다른 이유가 더 있겠느냐."

양비자 어르신은 그렇게 말하고서는 감정마저 풍화되어버린, 낡은 바위 같은 얼굴로 술을 들이켰었다.

양비자 어르신은 무슨 시름이 그렇게 많아서 그렇게 많은 술을 들이켜야 했던 것일까. 어떤 세월을 잊어야 하기에 술병에서 입을 떼지 못했을까.

자명은 물끄러미 술병을 바라보다가 잔에 술을 따랐다.

'시름을 잊고 세월을 잊는다?

예전, 주가장에서 혜운 소저와 함께 술을 마셔본 적이 있었다. 술을 마시면 시름을 잊는다는 말은 정말이었다. 그저 한순간의 망각일 뿐이었지만 말이다.

'잊어야 할 시름이라면 내게도 있지.'

자명은 눈을 질끈 감고 한잔 술을 들이켰다.

목이 화끈하고 가슴께가 불타는 것 같더니, 곧 아릿한 통증이 느껴졌다. 싸구려 화주니만큼 독하기만 했던 것이다.

자명은 한잔 술을 더 따랐다. 취기가 빠르게 올라왔다.

귓가에는 여전히 텁석부리장한의 말이 들려오고 있었다.

"어디 그뿐이겠습니까? 암천이 다스리는 세상에서는 윗사람이 아랫사람을 강제하지 않는다더군요. 고수라고 해서 으스댈 수 없고 하수라고 해서 겁먹을 필요가 없단 말씀입니다. 우리 흑호방도 당당한 문파로 거듭날 수 있습니다! 그들의 예와 법을 잘 따르기만 한다면 걱정할 것이 하나도……."

"암천은 예로써 교화하고 법으로 다스린다 말하지만……."

자명은 부지불식간에 다른 이의 대화에 끼어들고 말았다. 벌써 술을 두 잔이나 마셨으니 취하지 않을 도리가 없는 것이다.

"오로지 법으로 강제할 뿐, 예로써 교화하지 않아요."

자명이 어지러운 듯 머리를 홰홰 돌렸다.

그 모습에 장웅은 모든 긴장을 풀어버렸다. 한잔 술에 취해버리는 것을 보면 필시 무인은 아닐 터였다.

'암천과 정검문이 난리를 치니 내 간도 작아진 게지. 괜한 신경을 썼구나.'

장웅은 그렇게 생각하고는 작게 한숨을 내쉬었다. 텁석부

리장한이 자명에게 고함을 지를 때에도 장웅은 말리지 않았
다.

"이봐, 소형제. 듣자하니 말이 너무 심하군!"

"그렇습니까?"

자명이 울적한 얼굴로 고개를 숙였다. 타인과 대화를 나누
기보다는 혼잣말을 중얼거리는 모양새였다.

"예로써 마음을 다독이지 않으면 법은 그저 날이 선 칼일
뿐입니다. 죄를 짓지 않은 이조차 죽이고 벌하고……."

텁석부리장한이 노기를 일으키며 자리에서 일어났다.

"보아하니 나이도 어린 것 같은데 네가 무어라고 이 어르
신의 말에 토씨를 다느냐! 이제 보니 우의로 대할 사람이 아
니었군!"

점소이가 술에 취한 자명과 텁석부리장한을 번갈아 바라
보더니 조심스럽게 끼어들었다. 이러다가 생목숨 하나 잡겠
다 싶었던 것이다.

"저기, 협사님. 저분께서 술에 취한 모양이니……."

"닥쳐라! 한낱 점소이 주제에 어찌 감히 이 어르신의 행사
에 끼어든단 말이냐!"

"저, 저는 그저 저분이……."

"이놈이 끝까지! 내 더 이상은 못 참겠다!"

텁석부리장한이 크게 외쳤다. 그리고는 주위를 둘러보며
동의를 구했다.

"나 절두도(截頭刀) 이망헌(李望憲)은 이 점소이와 학사 놈을 벌하지 않고는 밤에 잠을 이루지 못하겠다! 너희들은 어찌 생각하느냐? 저놈의 무례에도 그대로 있을 참이냐?"

부방주 장웅이 고개를 끄덕였다.

"자네의 말이 옳네. 정검문이 암천에 밀려 꼬리를 만 이상, 이곳 중광촌은 우리 흑호방의 영역이야. 한데도 신풍반점은 정검문만 믿고 콧대를 높이 세우고 있으니, 대세를 읽지 못한 죄 또한 있는 셈이지."

본래 흑호방은 정검문에 밀려 제대로 세력을 갖추지 못했던 흑도 방파였다. 중광촌 역시 정검문의 영역. 본래대로라면 흑호방은 중광촌 어림에는 얼씬도 하지 못했으리라.

그러나 암천이 발호한 이후로 모든 것이 달라졌다. 정검문이 암천에 밀린 탓에 중광촌이 무주공산이 되어버린 것이다. 흑호방은 이 기회에 중광촌을 세력하에 두기로 결심했다.

흑호방이 신풍반점에 시비를 건 것은 바로 그런 이유였다. 흑호방은 중광촌에서 가장 수익이 큰 신풍반점을 흡수하기 위해 호시탐탐 기회만 노리고 있었던 것이다.

'일벌백계(一罰百戒)라! 이 기회에 중광촌의 상권을 단단히 틀어쥐어야 한다.'

장웅이 희미한 웃음을 지었다. 그러기 위해서는 누군가의 피가 필요하다. 그것은 아마 점소이의 피가 될 터였다.

장웅은 이번엔 자명에게로 시선을 돌렸다.

'저 학사만 불쌍하게 되었군.'

학사까지는 어찌할 생각이 없었지만, 수하가 학사를 벌하겠다 공언하였으니 그 말을 뒤집을 수가 없다.

"본 부방주는 점소이를 이따위로 교육시킨 주인장의 죄가 가장 크다고 생각하네. 따라서 흑호방은 저 점소이의 팔을 잘라 벌하고 주인장의 사과를 받을 생각일세! 저 학사 역시 마찬가지! 감히 흑호방을 무시하고 조롱하였으니 가만히 둘 수 없게 되었네!"

장웅이 크게 외치자 점소이가 겁먹은 얼굴로 뒤로 물러났다. 주방에 몸을 숨겼던 숙수가 다급히 외쳤다.

"시, 신풍반점의 주인어른께서는 기꺼이 흑호방에 보호세를 납부할 것이오! 부디 흑호방의 협사님들은……."

"네 팔노 자르기 전에 닥치지 못할까! 주인징이 우리 흑호방의 방주 앞에 무릎을 꿇는 것은 당연한 일이거니와, 이 점소이의 팔도 반드시 잘라내고 말겠다!"

텁석부리장한, 이망헌이 커다란 도를 꺼내 들었다. 스르릉, 소리가 들리자 점소이의 얼굴이 시커멓게 죽었다.

점소이가 '부디 용서해 달라' 며 빌었지만 장한은 조금도 주저하지 않았다.

어디선가 웃음소리가 들려온 것은 바로 그때였다.

"하핫, 그래, 그렇지. 예전에도 그랬어."

술을 마시고 있던 자명이 미소를 지으며 천천히 자리에서 일어났다. 자명은 비틀거리며 절두도 이망헌에게로 걸어갔다.

"홍의무관도, 부육 현령이라는 자도 그랬어. 화씨 남매를 돌보지 않고 오히려 핍박했지. 여기도 마찬가지구나."

어느새 자명은 변해 있었다. 싸움을 보면 두려워하고 다치는 이들을 보면 슬퍼하던 자명이었다.

하지만 지금은 어떠한가? 암천을 보면 미움이 생겨났고 가진 자들이 가난한 자를 핍박하는 것을 보면 화가 났다.

어느새 자명은 정에 빠져 집착하고, 세상의 부조리를 보고 한탄하기 시작했던 것이다. 당노독파가 그것을 그토록 경계했는데도 말이다.

"네놈의 차례는 그 이후다!"

절두도 이망헌이 점소이에게 커다란 도를 휘둘렀다.

자명이 근처에 놓인 젓가락 하나를 쥐어 들더니, 이내 모습을 감추었다. 점소이를 핍박하고 있던 이망헌을 제외한 모두가 경호성을 터뜨렸다.

자명이 나타난 곳은 이망헌의 앞이었다.

"헉!"

자명의 시선과 마주한 이망헌이 헛숨을 들이켰다. 술에 취한 사람의 시선이라고 보기엔 지나치게 차갑고 냉정했던 것이다. 곧이어 팔에서 끔찍한 통증이 느껴졌다.

"으아악!"

이망헌이 피가 철철 흐르는 손목을 움켜쥐고 비명을 터뜨렸다. 과거 흑의인에게 했던 것처럼 자명이 손목의 근맥을 끊어버린 것이다. 일상생활이 가능할 정도만 남기고.

자명이 비틀거리며 주위를 둘러보았다.

자명이 든 젓가락에 묻은 피를 본 사람들이 대경하여 병장기를 꺼내 들었다. 검을 든 이도 있었고, 철편(鐵鞭)을 든 이도 있었다.

"알고 보니 한 수 재주가 있는 놈이었구나!"

이름 모를 사내 하나가 철편을 휘둘러 자명의 머리를 후려쳐 왔다. 자명은 고개만 까딱하는 것으로 그것을 피해냈다.

"소원에 아름다움이 있으면 소망이 되고 삿됨이 있으면 욕망이 있다더니, 과연 그렇구나. 어쩌면 사람의 마음에는 욕망만이 존재하는 걸지도 모르겠다."

"그게 무슨 개소리냐!"

"세상천지에 아름답지 않은 것이 있다면……."

그것은 오직 사람뿐일 터였다.

자명은 젓가락을 움직여 철편을 휘두르던 사내의 근맥을 끊어버렸다.

문득 가슴에 쓸쓸한 감회가 맴돌았다. 아름다운 것을 보며 풍류를 즐기는 것만큼이나 쓸쓸한 감회 역시 낯선 흥취를 불러왔다.

자명은 이백을 떠올렸다, 술을 좋아했던 시인을.

"술을 마시느라 날 저무는 줄 몰랐더니[對酒不覺暝]……."

자명이 읊조린 것은 이백의 '홀로 가는 길[自遣]'이라는 시였다. 부방주 장웅이 노기 어린 음성으로 외쳤다.

"이놈이 감히 흑호방을 조롱하는군!"

하지만 말과는 달리 부방주 장웅의 가슴은 쿵쾅쿵쾅 뛰고 있었다. 불길한 예감이 다시금 찾아든 것이다.

그는 눈을 크게 뜨고 자명의 일거수일투족을 바라보았다.

"옷자락 위에 꽃잎이 수북하게 떨어져 있네[落花盈我衣]."

자명이 젓가락을 기기묘묘하게 움직였다. 매화검로의 초식을 따른 것이었다. 낯선 사내 하나가 자명의 공력을 이겨내지 못하고 비명을 토해내며 바닥에 쓰러졌다. 그 역시 손목의 근맥이 잘리긴 마찬가지였다.

"내, 내공을 익혔다! 모두 합공하라!"

부방주 장웅이 합공하라 외쳤지만 내공을 익힌 고수라는 말에 모두가 주춤했다.

이 자리에 있는 사람들 중 내공을 익힌 사람은 오직 절두도 이망헌과 부방주 장웅뿐이었는데, 한 명은 제일 처음 쓰러졌고 한 명은 저만치 뒤에서 명령만 내리고 있다.

이번에는 자명이 먼저 움직였다.

"취한 걸음 달빛 따라 걸으니[醉起步溪月]……."

"크허억!"

한 사람이 또 무릎을 꿇었다. 귀두도를 피한 자명이 부드럽게 움직여 또다시 손목의 근맥을 잘라 버렸던 것이다. 빠르게 움직이면서도 자명은 계속해서 시를 읊조렸다.

"새도 사람도 보이지 않네[鳥還人亦稀]."

자명의 젓가락이 이번에는 신풍삼로의 초식을 따라 움직였다. 젓가락에서 신묘한 바람이 불더니, 이내 좌중에 있던 무인들이 모조리 뒤로 튕겨났다.

자명의 목소리는 쓸쓸하기 짝이 없었다. 자명은 젓가락을 바닥에 떨어뜨리고는 고개를 숙였다.

'그래, 새도 사람도 없구나.'

세상에 홀로 내팽개쳐진 것만 같은 외로움이 찾아들었다. 자신의 주위에 아무도 없는 것만 같았다. 자명은 잠시 고개를 숙이고 서 있다가 고개를 돌려 쓰러진 흑호방의 무인들을 바라보았다.

"이, 이건……."

곧 자명의 표정이 바뀌었다. 날카로운 칼날에 베인 듯, 바닥에 널브러진 무인들의 가슴팍에서 피가 배어 나오고 있었던 것이다.

'살기(殺氣), 살기로구나.'

뒤늦게 자신이 어떠한 검로를 펼쳤는지 알 수 있었다. 순간적으로 저들의 목숨을 가져갈 뻔했다. 젓가락으로 저들을 양단해 버릴 뻔했던 것이다.

매화검로를 펼칠 때에는 미처 느끼지 못했던 진실이 비로

소 자명의 머릿속에 떠올랐다. 신풍삼로에 살기가 배어 있었다면, 매화검로에도 배어 있었으리라.

자명의 얼굴이 딱딱하게 굳었다.

'펼치는 이의 마음이 밝으면 신선지검이 될 테고, 펼치는 이의 마음이 어두우면 염왕지검이 될 거라 했던가?'

신풍삼로가 살기를 품었다는 것은 자신의 마음에 살기가 숨어 있다는 것일 터였다.

그것은 부정할 수 없는 사실이었다. 암천이라는 말을 듣자마자 미움이 솟아올랐던 것이다. 화란 아가씨를 해하고 파파를 죽였던 화무백을 떠올렸으니, 어쩌면 그 미움이 신풍삼로에 배어든 것일지도 몰랐다.

뜻하지 않게 자신의 마음을 정면에서 바라보게 된 자명의 얼굴이 어두워졌다.

'내 마음을 비추는 거울이자 심마가 될 거라더니, 그 말이 틀림이 없구나.'

자명이 괴롭다는 듯 고개를 절레절레 저었다. 앞으로 신풍삼로는 어떻게 변할까? 이대로라면 더욱 살기 짙은 검로가 될지도 몰랐다.

자명은 아랫입술을 지그시 깨물었다.

'화공은 아름다운 것을 그리워하여 마침내는 닮아가는 사람이라고 했다. 한데 나는 지금…….'

마음 한구석이 무거워진 자명이 고개를 절레절레 젓고는

신풍반점에 널브러진 무인들을 바라보았다. 저들의 가슴에
는 큰 상처가 있었으나, 천만다행히 피륙의 상처였을 뿐이었
다. 마지막 순간에 검로를 거두었던 모양이다.

"…돌아가세요."

그렇게 말한 자명이 비틀거리며 자신의 자리로 돌아갔다.

흑호방의 무인들은 신음 소리를 내며 얼른 자리에서 일어
났다. 신풍반점에 겁을 주기 위해 흑호방의 절반이나 되는 무
인들을 데려왔는데, 단 한 명을 당해내지 못하고 쓰러지고 만
것이다. 그들은 부상을 입은 동료들을 챙긴 다음 꽁지가 빠져
라 달아나기 시작했다.

자리로 돌아온 자명은 또다시 술잔에 화주를 따랐다. 마음
이 이전보다 더욱 무겁다. 술로 달래어 상념을 잊고 싶었다.
하지만 잊으려 해도 잊혀지지가 않았다.

'앞으로 암천을 만나면 나는 어떻게 할까?'

술잔을 들이켜니 목과 가슴이 화끈하게 달아올랐다. 취기
가 짙어지자 자명이 몸을 비틀거렸다. 본래 한잔 술에도 취하
는 성품인데 벌써 석 잔째 들이켠 것이다.

무명도원도의 호흡이 취기를 몸 밖으로 배출했기에 망정
이지, 아니었다면 벌써 깊은 잠에 빠져들고 말았을 터였다.

'나도 죽고 죽이는 은원의 고리에 들게 될까?'

어쩌면 파파의 복수를 할지도 모를 일이었다. 암천을 만나
면 가슴에 가득 찬 미움을 풀어내게 될지도 몰랐다. 그들의

목숨을 가져가게 될지도 몰랐다.

그 생각만으로도 두려웠다. 그렇게 되면 신풍삼로는 염왕지검이 되고 말 것이다. 자신은 더 이상 그림을 그리지 못하게 되리라.

'내가 지금 그림을 그린다면 어떻게 될까?

자명은 눈을 지그시 감았다. 평소의 그림과는 다른 그림을 그리게 될 것 같았다. 그리움의 깊이만큼이나 깊어진, 하지만 미움만큼이나 슬퍼진 그림이 나올 것만 같았다.

'그려보자.'

생각은 어느새 그저 그림을 그리고 싶다는 욕망으로 바뀌었다. 자명은 소맷춤에서 구리 돈 몇 문을 꺼내어 상 위에 올려놓고는 천천히 자리에서 일어났다.

"저, 하, 학사님, 가시렵니까?"

점소이가 겁먹은 듯 물었다. 고맙기는 고맙지만, 왠지 모르게 자명이 무섭게만 느껴졌던 것이다. 자명은 가타부타 대꾸 없이 비틀비틀 걸음을 옮겨 신풍반점 밖으로 나섰다.

무슨 생각인지, 점소이가 쭈뼛거리며 자명의 뒤를 쫓았다.

2

반점을 나선 자명은 문득 하늘을 올려다보았다. 바깥은 눈이 부신 햇살로 가득했다.

“하늘이 이렇게 밝은데…….”

구름 한 점 없는 하늘이 아름답기만 하다. 눈이 부셔서 쳐다볼 수 없는 태양도, 한겨울의 창공을 거니는 이름 모를 새도 아름답기 짝이 없었다.

아름답지 않은 것이 있다면 오로지 인간뿐일 터였다.

자명은 고개를 돌려 주변을 바라보았다. 마치 일부러 꾸며 놓은 후원처럼 신풍반점은 강변(江邊)과 마주해 있었다.

강변 위로는 강을 건널 만한 나무다리가 있었는데, 지나는 사람이 제법 많았다.

술에 취한 자명은 다리로 가는 대신 강변으로 걸음을 옮겼다. 달을 쫓아 호수에 들었던 시선 이백처럼.

“앗, 손님! 혹시 자결을 하시려고!”

점소이가 기겁하여 외쳤다. 설마하니 무림고수가 강불에 빠져 죽겠냐만, 저렇게 슬픔이 묻어나는 얼굴로 강물에 들어가는 모습을 보니 마음이 불안해진다. 안 그래도 상을 당했다지 않은가!

그러나 자명은 점소이의 목소리는 듣지도 못했다. 발끝이 젖어드는 것을 느끼며 한 걸음씩 강으로 내딛을 뿐이었다. 중용의 법을 따라 물과 조화를 이루는 수도 있었다. 그러면 마음먹기에 따라 물 위에 설 수도 있을 것이었다.

하지만 지금은 그러고 싶지 않았다.

한겨울의 차가운 강물이 자명의 허벅지에서 넘실거렸다.

자명은 휘청휘청 걸음을 놀려 조금 더 깊이 들어갔다.

어느새 허리춤까지 강물에 잠겨들었다.

자명은 강변 한가운데 서서 하늘을 올려다보았다. 그리고 호흡을 길게 내쉬더니, 눈을 지그시 감고 양팔을 부드럽게 펼쳤다. 호흡이 느려지더니, 어느새 쉬지 않는 것처럼 바뀌었다. 무명도원도의 호흡을 일으킨 것이다.

자명이 서서히 손끝을 수면에 가져갔다.

걱정스레 자명을 바라보던 점소이가 비명을 질렀다.

"헉! 저게 무슨……!"

"세, 세상에!"

어디 비명을 지른 것이 점소이뿐이랴? 다리 위를 지나던 사람들도, 신풍반점에서 생긴 소란을 구경하러 나왔던 사람들도 할 말을 찾지 못했다.

수면이 깎여 나가고 있었던 것이다.

다른 수면은 강물의 흐름을 좇아 일렁이는데, 화공의 손끝이 지나간 부분은 얼어붙은 것처럼 평평하기만 했다. 마치 거친 수면 위에 획을 그은 것처럼.

"되는구나."

자명은 미소 한 점 없는 쓸쓸한 얼굴로 중얼거렸다. 자신이 범인으로서는 상상할 수 없는 기사를 벌이고 있다는 생각도 하지 못했다. 그저 술에 취해 풍류를 좇을 뿐이었다.

'천하가 내 화폭이 될 수도 있었어.'

자명은 손끝에 와 닿는 차가운 느낌을 느끼며 눈을 지그시 감았다. 강물이 일렁이며 자명의 학사의를 흔들었지만, 자명의 몸은 조금의 미동도 없었다.

'산수화(山水畵)라……'

자명의 손끝이 움직여 이번에는 두 번째 획을 그어나갔다. 획은 조금씩 이어져 산의 모습을 그려내었다.

'물에 비친 산의 그림자. 내가 산이라면, 내 마음도 여기에 비춰질 테다.'

조금씩 산의 모습이 형상을 갖춰 나갔다. 날카로운 준봉이 모습을 드러내자 자명은 바위를 그려 나갔다. 산의 모습이 청아하고 맑다기보다는 날카로우며 무겁다.

마치 칼날이 거꾸로 서 있는 듯한 느낌이었다.

산을 장식한 바위 역시 예사롭지 않았다. 자명은 손가락을 옆으로 비스듬히 뉘인 다음 재빨리 들면서 끌어당겼는데, 바로 부벽준법(斧劈皴法:도끼로 찍은 듯한 자국으로 표현하는 방법)이었다.

바위의 모난 모양을 표현하고자 할 때에 쓰이는 준법이니만큼 바위의 구석구석이 뾰족하게 그려진 것은 당연한 일일 터였다.

또한 산은 외롭기 짝이 없었다. 준봉이 하나 솟아 있는데, 고고하고 높다기보다 외롭고 쓸쓸했다. 그것 역시 자명의 마음이 투영된 것일 테다.

자명은 대다수를 여백으로 남겨둔 채 손을 떼었다.

"후우—"

자명은 고개를 내려 그림을 바라보았다. 그림의 크기는 그 어느 때보다도 컸다. 자명은 몇 걸음이나 움직여 가며 그림을 그렸던 것이다. 어지간한 사람의 키보다 더 큰 그림 앞에 선 자명의 안색이 어두워졌다.

'이런 느낌이 아니었어.'

수면은 여전히 일렁이고 있었다. 자명이 그은 획만이 평평할 뿐, 다른 부위는 모조리 흔들리고 있었던 것이다. 수면에 부서진 햇살이, 아니, 일렁이는 수면 자체가 자명의 그림을 장식해 주었다.

누구라도 감탄할 만한 그림이었다. 실제로 다리 위나 강변에 서서 자명을 구경하던 사람들은 그야말로 감탄을 금치 못했다.

"서, 선경(仙境)이로구나."

"이 사람 보게. 자네는 그림이 눈에 들어오나 그래? 수, 수면이 깎였는데 신경도 아니 쓰이는 게야?"

중년 사내가 자명의 귀에 들릴까 무섭다는 듯 조그맣게 속삭였다. 그는 연신 자명을 흘끔거리며 중얼거렸다.

"그, 그림도 예쁘지만, 물 위에 그림을 그린 것을 보면 필시 범인이 아닐 걸세. 아마 무림고수 중에서도 아주 무서운 사람일 거야."

일렁이는 수면 위에 떠오른 산수화를 바라보며 중년 사내가 침을 꿀꺽 삼켰다. 중년 사내의 친구가 고개를 저었다.

"하지만 그야말로 아름답지 않은가! 조금 쓸쓸해 보이지만 말일세."

자명은 사람들의 수군거림도 듣지 못하였다. 그림을 그리며 느낀 감정이 아직까지도 남아 있었던 것이다. 수면 위에 그린 그림은 자신이 원하던 그림이 아니었다.

'파파, 파파께서는 저더러 자신의 인생을 살라고 하셨지만 저는 그럴 수가 없을 것 같아요.'

자명의 눈에 슬픔이 고였다. 봉우리가 저렇게 칼날처럼 곧은 까닭은 자신의 마음이 날카롭기 때문일 것이다. 그것은 미움이 형상화된 것이나 다름없었다.

'마음에 이미 미움이 있는데 어찌……'

바위가 모난 것은 자신의 마음이 모났기 때문이다. 자명은 더 이상 그림을 바라보지 못했다. 할아버지는 아름다운 것만을 보고 아름다운 것만을 닮아가라고 했다. 얼마 전까지만 해도 그럴 수 있으리라 여겼다.

'지금도 그럴 수 있을까?'

텅 비어버린 마음이 다시 채워질 수 있을까. 다시 예전처럼 웃으며 아름다운 것을 보고 감탄을 터뜨릴 수 있을까.

자명은 눈을 질끈 감고서 손으로 수면을 가볍게 두드렸다.

"헉!"

구경하던 사람들이 모두 비명을 토해냈다. 찰박, 소리와 함께 펑펑하던 획이 스르르 사라져 버렸으니 어찌 놀라지 않을 수 있으랴!

다리 위에서 구경하던 사람들이 느낀 충격은 더욱 컸다. 그들에게는 그림 전체가 강물의 흐름에 씻겨 내려가 버린 것처럼 보였던 것이다.

강물 위에 그림을 그리고, 수면을 가볍게 두드리는 것만으로 그림을 씻어버린 자명은 허전한 시선으로 주위를 둘러보았다.

"아……."

그림을 그리기 위해 불러낸 무명도원도의 호흡이 취기를 날려 버린 탓에 어느새 자명은 제정신을 차리고 있었다.

수많은 사람이 자신을 보고 있었지만 부끄러움은 조금도 느껴지지 않았다.

자명은 어두운 얼굴로 강물 밖으로 걸음을 옮겼다.

第五章
묘작도(猫雀圖)

1

　복수를 계획할 법도 하건만, 흑호방은 다시 신풍반점으로 돌아오지 않았다. 자명의 무위를 직접 경험한 것으로 모자라 강물 위에 그림을 그리는 기사까지 보았으니 전의를 상실치 않을 수 없었던 것이다.

　신풍반점으로서는 뜻하지 않게 구원을 얻은 셈이었다.

　자명 역시 신풍반점에서 짐을 챙겨 길을 나섰다. 본래는 중광촌에서 하루를 유숙할 계획이었지만, 사람들이 자기만 보면 겁을 집어먹으니 떠날 수밖에 없었던 것이다.

　그렇게 중광촌을 벗어나 한 시진가량을 걸었을 무렵이다. 노을이 뉘엿뉘엿 지는 텅 빈 관도에서 누군가가 자명을 불렀다.

"잠시만 기다려 주시오, 소협!"

자명이 의아한 얼굴로 뒤를 돌아보았다. 흑색 무복을 입은 청년 서너 명이 자신의 뒤편에 서 있었다. 하나같이 검을 찬 것을 보면 아마 강호의 무인들인 모양이었다.

"뉘신지요?"

"본인은 정검문의 사람으로 성은 전(全) 가요, 이름은 대환(大煥)이라 하오. 강호의 동도들은 무연검(舞聯劍)이라 부르지요."

영준하게 생긴 청년이 포권지례를 취해 보였다. 태도 하나하나가 정중하고 명가의 자제인 듯 기품이 있다. 스스로를 그저 '정검문의 사람' 이라고 소개했지만, 알고 보면 그는 정검문의 소문주였던 것이다.

자명도 마주 시립하여 예를 표하였다.

"저는 합비의 사람으로 성은 진 가요, 이름은 자명이라 합니다. 한데 어쩐 일로 저를……."

"묵월랑!"

전대환의 뒤에 서 있던 어느 청년이 크게 놀라며 외쳤다. 그의 얼굴에는 기쁨이 가득 어려 있었다. 그것은 전대환을 비롯한 다른 무인도 마찬가지였다.

"하늘이 정검문을 버리지 않았구나."

전대환이 크게 기뻐하며 다시 한 번 자명에게 포권지례를 취해 보였다.

"실은 중광촌의 한 객잔에 협객이 나타났다 하여 찾아뵙는 길이오. 정검문의 세가 부족하여 흑호방의 문제를 다스리지 못하고 있었는데, 마침 어느 협객이 나타나 흑호방을 꾸짖고 강물에 그림을 그려 교훈을 남기셨다는 소문을 들었으니 어찌 찾아뵙지 않을 수 있겠소이까?"

"과찬이십니다. 예를 거두십시오."

자명이 고개를 저으며 말했다. 한순간의 취기에 저지른 일이니 이렇게 칭송받을 일이 아니라고 생각했던 것이다.

전대환이 정중한 태도로 말을 이어나갔다.

"내심 어떤 기인인지 궁금해하였는데, 설마하니 화공 묵월랑이셨을 줄은 몰랐소이다. 무례한 질문일지 모르오나 혹여 당노태태께서도 근방에 계신지요?"

화공 묵월랑이 독괴 당노독파와 친분을 쌓고 있다는 것은 이제 온 강호가 다 아는 사실이다. 정검문의 소문주, 전대환이 그런 질문을 던진 것은 어쩌면 당연한 일일 것이다.

하지만 자명의 안색은 도리어 어두워질 뿐이었다.

"아니 계십니다."

"이런……."

전대환이 길게 한탄을 토해냈다. 그것은 다른 무인들도 마찬가지였다. 자명은 그들의 반응을 이해하지 못하고 눈을 동그랗게 떴다.

잠시 씁쓸하게 웃던 전대환은 ‘그럼 혹시 당노태태께서 어디에 계신 줄 아느냐’고 물었고, 자명은 고개를 저었다. 파파의 죽음에 얽힌 과정을 설명하고 싶지 않았기에 자명은 그저 먼 곳에 계시다고 얼버무렸다.

전대환이 나지막한 목소리로 중얼거렸다.

“일이 어렵게 되었구려.”

“실례가 아니라면 파파를 찾는 연유를 여쭈어도 되겠는지요?”

전대환이 무거운 얼굴로 고개를 끄덕였다.

“묵월랑께서도 암천의 혈사가 커지고 있다는 소식은 들었을 것이오. 우리 정검문 역시 그것을 피해 가지는 못했소이다. 몇 차례의 공격은 감당해 내었으나 암천의 세는 너무나도 컸다오.”

정검문은 스스로의 힘만으로 암천의 공격을 세 번이나 막아내었다. 그 과정에서 문주가 목숨을 잃었으며, 문파의 장로들을 비롯하여 숱한 무인들이 목숨을 잃었다.

이제는 더 이상 막아낼 여력이 없었다. 멸문을 당하느냐, 몸을 피하여 후일을 기약하느냐 하는 문제가 남았을 뿐이었다.

문파의 책임자가 된 소문주 전대환은 몸을 피하기로 결정했다. 숭산을 찾아가 소림의 그늘에 머물기로 했던 것이다. 문제는 거기까지 무사히 갈 수 있느냐 하는 점이었다.

"하여 근처의 고수들을 초빙하는 중이었소. 세가 불리하여 도망하는 것이 부끄러운 일인 줄은 아오나, 정검문의 뿌리는 사람에게 있지 한낱 목재로 이루어진 집에 있지 않으니……."

짐짓 당당하게 말했지만, 전대환의 표정에는 회한이 가득했다. 무인된 자로서 싸우지 않고 도망하는 것이 달가울 리가 없는 것이다.

"그래서 저를 찾으셨던 것이군요."

"그렇소이다."

자명의 말에 전대환이 고개를 끄덕였다. 삼절기인(三絶奇人)을 초빙하기 위해 중광촌에 들렀던 전대환은 자명의 소식을 듣자마자 황급히 뒤를 쫓아왔던 것이다.

"흑호방을 단신으로 상대한 것만으로도 능히 고수라 불릴 만하오. 강물 위에 그림을 그린 재주는 감히 상상조차 되지 않소이다. 정식으로 부탁드리겠소. 정검문의 소문주, 전대환이 묵월랑께 도움을 청하오."

전대환이 포권지례를 취하자 다른 청년들도 함께 예를 취하였다. 자명은 어두운 얼굴로 고개를 저었다.

"죄송합니다. 지금 저는 누구와 동행을 할 만한 처지가 아닙니다."

남궁세가의 무인들도 뿌리치고 홀로 길을 나선 자명이었다. 마음을 다스리지 못한 지금으로서는 강호와 가까이하기 싫었던 것이다.

전대환이 간곡한 어조로 중얼거렸다.

"다시 한 번 부탁드리오. 부끄러운 일이나, 본 문에는 암천의 공격을 견뎌낼 힘이 없소이다. 이대로라면 수많은 목숨을 잃게 될 것이오."

자명의 몸이 움찔했다. 목숨을 잃는다는 말이 가슴에 가시처럼 박혔던 것이다. 외면하고 싶지만 외면할 수가 없었다.

하지만 무림과 가까이하기 싫은 것도 사실이었다. 힘을 가진 자가 그렇지 아니한 자들을 억누르는 것을 많이 보았다. 또다시 그러한 모습을 보고 싶지가 않았다.

"저는……."

자명이 눈을 지그시 감았다. 어찌해야 할까? 사람의 목숨이 위험하다면 돕지 않을 도리가 없다. 이유야 어찌 되었든 일신의 재주가 무학에 닿았으니 도울 힘은 충분히 있는 셈이다.

만에 하나, 이들이 그간 보아온 무림인처럼 군다면?

'그건 그때 가서 생각하면 될 거야.'

한동안 갈등하던 자명은 결국 고개를 끄덕이고 말았다.

"미력한 재주일 뿐입니다만, 그래도 괜찮다면 함께하겠습니다."

"고맙소이다, 묵월랑!"

전대환이 크게 기뻐하며 예를 취하였다.

화공의 무위가 얼마나 뛰어난지는 모르겠지만, '화공은 서화의 법을 얻어 이능을 부린다'는 말이 돌 정도면 필시 낮지는 아니할 것이다. 더 많은 문도들을 구할 수 있겠다는 생각에 전대환의 얼굴이 밝아졌다.

"조양에 본파가 있으나 부끄럽게도 현재는 암천에게 자리를 내준 상태요. 이쪽으로 가서야 하외다."

"예, 따르겠습니다."

자명이 고개를 끄덕이자 전대환이 앞장서 길을 안내했다.

자명은 그 뒤를 쫓으며 길게 한숨을 토해내었다. 문득 등에 진 당노독파의 유골과 머리카락이 무겁게 느껴졌다. 파파는 '다른 곳에서 시간을 끌거든 내 귀신이 되어서도 화를 낼 게다'라고 했던 것이다.

'죄송해요, 파파.'

하지만 지금의 경우라면 파파도 크게 화를 내지는 않을 것이다. 아니, 화를 내도 어쩔 수가 없다. 자명은 울적한 얼굴로 전대환의 안내에 따라 걸음을 옮겼다.

약 반 시진 정도가 지났을 즈음이었다.

전대환이 갑자기 길도 없는 수풀로 방향을 틀었다. 그 뒤를 쫓아 일각 가까이 더 걸어가니, 두 명의 무인이 흑색 무복을 입고 경계하듯 서 있는 것이 보였다.

그들은 전대환을 보자마자 머리를 숙여 보였다.

"소문주를 뵙습니다."

"예는 거두어라. 문도들은 모두 모였느냐?"

정검문의 모든 문도는 물론, 그 가족까지 소집하라 명을 내렸던 전대환이었다. 몸을 피하기로 마음먹었으니 더 지체할 필요가 없었던 것이다.

"예, 두 시진 전에 문도들의 가족까지 모두 모였습니다. 한데 이분은……."

무인 중 한 명이 경계의 시선으로 자명을 바라보았다. 전대환이 경거망동하지 말라는 듯 엄히 말하였다.

"이분은 진자명이라는 분으로, 호를 묵월이라 한다. 본 문에서 초빙한 명사시니 예를 다하여야 할 것이다."

"아아! 알고 보니 묵월랑이셨군요! 저는 이명현(李明賢)이라 합니다. 이렇게 묵월랑을 뵙게 될 줄은 몰랐습니다."

무인이 흠모의 눈빛으로 자명에게 포권지례를 취해 보였다. 그 태도에서 감탄의 기색까지 느껴졌다. 전대환이 무인의 얼굴을 물끄러미 보더니 씁쓸한 미소를 머금었다.

"그러고 보니 명현이 네가 서화를 좋아했었지."

잠시 알 수 없는 감회에 젖어 있던 전대환이 이내 표정을 바꾸었다. 그는 바위처럼 단단한 표정을 지으며 무인에게 말하였다.

"사숙께서는 무탈하시느냐?"

"기식이 엄엄하여 모두들 걱정하고 있습니다. 들어가 보시지요."

　전대환이 고개를 끄덕이고는 두 명의 무인을 지나 수풀 안
으로 들어섰다. 자명과 무인들이 그 뒤를 쫓았다.

　수풀 뒤에는 자그마한 공터가 자리해 있었다. 이런저런 짐
을 짊어 든 아낙이나 늙은 사내, 겁을 집어먹고 어미에게 칭
얼거리는 어린아이들로 가득한 공터였다.

　자명이 의아한 얼굴로 그들을 돌아보았다.

　"…어찌하여 백성들이 이곳에 있습니까?"

　"암천이 무인만 공격하는 것은 아니라오. 훗날 화근이 되
리라 하여 그 가족들까지 참살하려 하고 있지요. 저들은 바로
우리 문도들의 가족이라오."

　암천은 무인의 가족까지는 공격하지 않겠다고 공언했지
만, 실상은 달랐다. 훗날 복수를 위해 찾아올 것이 분명하나
며 무인의 가족까지 참살했던 것이다.

　암천의 수뇌부는 이를 제지하지 않았다. 복수도 복수거니
와, 그 무맥(武脈)이 이어질까 두려웠던 탓이다. 암천은 무림
을 완전히 지워 버리기로 결심한 것이다.

　자명은 아무런 말도 없이 공터에서 야영을 준비하는 이들
을 바라보았다. 겁을 먹은 아이도 있는 반면, 어디 놀러 나온
줄 아는지 천방지축으로 까부는 아이도 있었다.

　자명의 가슴이 답답해져 왔다.

　"이쪽에 제 사숙 되시는 분이 계십니다."

자명이 전대환이 가리키는 쪽으로 시선을 돌렸다. 풀을 뜯어 바닥에 깔고 천을 덧씌운 자리에 초로의 노인이 누워 있는 것이 보였다.

전대환은 그 노인에게 공손히 예를 갖추었다.

"사숙, 대환이가 돌아왔습니다."

"쿨럭, 쿨럭! 늦었구려, 소문주."

노인이 창백한 얼굴로 기침을 토해냈다.

노인은 정검문의 장로로서, 이름을 고진(高珍)이라 했다. 문주와 함께 암천과 일전을 벌였다가 크나큰 내상을 입은 무인으로, 이제는 문파에 하나밖에 남지 않은 어른이었다.

노인은 호흡을 정리하려 애쓰며 전대환을 바라보았다.

"동행한 분은 누구시오?"

"묵월랑 진자명입니다. 본 문에서 도움을 청하여 모셔온 분입니다."

노인의 눈에 기이한 열망이 깃들었다.

"묵월랑! 그렇다면 당노태태께서?"

"안타깝게도 당노태태께서는 아니 계신다 합니다."

한순간 희망에 젖었던 노인이 고개를 절레절레 젓더니, 이내 피 섞인 기침을 토해내었다. 노인이 입가에 배인 피를 닦으며 자명에게 시선을 돌렸다.

"쿨럭, 쿨럭! 이거 부끄럽구려. 구주에 이름을 떨치는 명사를 이리 누워서 맞이하게 되었으니……."

“구주에 이름을 떨친다니요. 과찬이십니다.”

자명이 씁쓸한 얼굴로 예를 취했다. 의술에는 문외한인 자명이 보기에도 노인의 상태는 심각해 보였다. 피부가 창백한 것은 물론, 가슴팍에 매어둔 붕대에서 피가 흥건히 배어나고 있었던 것이다.

“우리 정검문을 돕기 위해 오셨다니, 참으로 고마운 노릇이오. 이 고진이 따로 감사를… 쿨럭, 쿨럭!”

“몸이 편치 않아 보이십니다. 말씀을 아끼십시오.”

자명이 다급히 말하자 노인이 고개를 두어 번 끄덕였다.

노인의 주위에는 어느새 서너 명의 무인이 다가와 있었다. 그들이야말로 정검문의 수뇌부라 할 수 있는 사람들이었다. 문파의 어른들을 잃은 탓에 그들의 면면은 젊디젊었다.

“삼절기인은 모셔오셨습니까, 소문주?”

유난히 차가운 얼굴을 한 사내가 질문했다. 그의 이름은 유재익(劉滅翼)으로, 정검문의 군사라 할 수 있는 사람이었다.

전대환이 고개를 절레절레 저었다.

“아니, 내가 갔을 때에는 이미 암천의 습격을 받아 귀천하신 후였다.”

“이런……”

유재익의 안색이 어두워졌다. 삼절기인을 초빙하여 척후를 맡기려 했던 계획이 어그러진 것이다.

잠시 무언가를 생각하던 유재익이 고개를 절레절레 젓더

니 전대환에게 질문을 던졌다.

"앞으로 어찌할 참입니까, 소문주?"

"곧 밤이 찾아올 터. 사숙의 안위가 위태롭거니와, 여자와 어린아이들이 많으니 이대로는 이동하기 힘들어. 내일 날이 밝는 대로 이동할 생각이다."

전대환이 무거운 얼굴로 노인을 바라보며 말했다.

"아니 됩니다, 소문주. 이대로 출발해야 합니다."

유재익의 말에 전대환이 얼굴을 찌푸렸다. 하지만 유재익은 조금의 미동도 없었다. 전대환이 길게 한숨을 내쉬고는 질문했다.

"어째서인가?"

"암천의 습격은 대개 야음을 틈타 이루어졌습니다. 아마 이번에도 그럴 테지요. 지금쯤이라면 이곳의 위치 또한 노출되었을 터, 암천의 습격이 있기 전에 이동해야만 합니다."

"으음."

전대환이 신음을 길게 토해냈다. 유재익의 말에 틀린 점이 없었던 것이다. 전대환은 한숨을 길게 토해내며 공터를 바라보았다.

야영을 준비하는 여인과 늙은 사내들의 얼굴에는 하나같이 피로가 끼어 있었다. 난데없이 소집령을 받은 탓에 조금도 쉬지 못하고 이곳까지 찾아와야 했던 것이다.

"만에 하나 지금 암천이 습격해 온다면 전멸을 면치 못할 것입니다. 차라리 피로를 감수하는 것이 낫습니다, 소문주."

정검문의 군사, 유재익이 몇 마디를 더 첨언했다.

전대환이 무거운 얼굴로 고개를 끄덕였다.

"자네의 말이 옳군. 출발을 준비해야겠어."

전대환은 그렇게 말하고서는 이번에는 무인들을 살펴 각자의 무위에 따라 자리를 배치시켰다. 경공에 능한 이를 전방에 두어 척후조의 역할을 맡기고, 무예가 뛰어난 이를 후방에 두어 혹시 모를 습격을 대비하는 식이었다.

"선두에는 나와 명현이가 서겠다. 조금의 방심도 있어서는 아니 될 것이다. 제자들을 엄히 단속하도록."

"그리하겠습니다."

유재익이 목례를 해보이고는 무인들에게 다가가 이런저런 명을 내리기 시작했다.

전대환은 자명을 돌아보며 씁쓸한 웃음을 지어 보였다.

"쉬지도 못하고 길을 떠나게 되었구려."

"저는 괜찮으니 괘념치 마십시오."

자명이 울적한 얼굴로 고개를 끄덕였다. 정검문의 상황이 예상보다 심각하다는 것을 깨달은 것이다.

아녀자들이나 부상자들의 숫자가 많은 것을 보면 그간 이들이 겪은 고초가 결코 작지 않았으리라.

"상황이 다급하니 더 이상 예의를 차릴 겨를이 없구려. 묵월랑께서는 중간 어림에서 문도들의 가족을 보호해 주시오."

"그리하겠습니다."

자명이 응낙하자 전대환이 작게 목례해 보이고는 성큼성큼 무인들에게로 다가갔다.

준비는 빠르게 이어졌다.

야영을 준비하던 사람들은 영문도 모르고 얼른 짐부터 챙겼고, 어린 제자들은 정검문의 장로, 고진을 편히 모실 수 있도록 임시로 작은 침상을 만들어 들어 올렸다.

달이 중천이 떠오른 시각, 마침내 일행이 길을 나섰다. 조양 일대를 호령하던 정검문의 여정이라고 보기엔 너무나 초라한 모양새였다.

2

자명은 옆에서 걸어가는 백성들을 흘끔흘끔 바라보았다. 어떤 아낙이 예닐곱 살쯤 먹은 계집아이의 손을 잡고 종종걸음으로 걷고 있었는데, 아이는 뭐가 그리 마음에 안 드는지 입술을 비죽거리며 주위를 둘러보고 있었다.

'난세로구나.'

무문에 속하였다는 이유만으로 목숨을 잃게 생긴 아이다. 자명은 아이를 물끄러미 관찰하다가 길게 한숨을 토해냈다.

'암천은 이런 아이의 목숨까지 원하는가?'

암천이 꿈꾸는 세상은 예와 법으로 다스리는 세상이었다.

권력을 가진 자가 권력없는 자를 억누르지 못하고, 재물을 가진 자가 재물 없는 자를 핍박하지 못하는 세상. 오로지 예와 법 앞에 모두가 평등한 세상.

'이상(理想)은 옳을지 모르겠으나 그 방법만큼은 틀렸어.'

피와 죽음 위에 서게 될 이상이었다. 이런 어린아이의 목숨을 바탕으로 한 이상이었다. 아무리 그것이 옳다 한들, 자명은 공감할 수 없었다.

자명이 그렇게 상념 속에서 걸어갈 무렵이었다. 문득 자명의 시선과 아이의 시선이 마주쳤다. 자명은 씁쓸한 얼굴로 아이를 바라보았다.

평소라면 웃어주었을 것이나 파파의 죽음 뒤로 한 번도 웃어본 적이 없는 자명이었다. 중광촌에서 술에 취하였을 때를 빼고는 말이다.

아이는 뭐가 그리 못마땅한지, 자명과 눈을 마주치자마자 퉁명스럽게 시선을 돌려 버렸다.

"흥!"

크게 콧방귀를 뀐 아이가 제 어미의 손을 잡고 성큼성큼 걸음을 옮겼다. 자명의 옆에서 걷고 있던 초로의 중년인이 한숨을 내쉬었다.

"허어, 저 녀석이."

"예?"

자명이 중년인을 돌아보았다. 당황한 중년인이 얼른 머리를 숙여 보였다.

"무사님께 한 말이 아니올습니다. 괘념치 마십시오."

"말씀 편히 하세요. 저는 무인이 아니라 화공입니다."

무학과 인연이 닿긴 닿았지만, 역시 스스로를 무인이라 자처하기에는 껄끄러운 자명이었다. 중년인은 이해할 수 없다는 듯한 시선으로 자명을 바라보았다.

"화공? 화공이 여기엔 왜……."

"그럴 만한 사정이 있었습니다. 저는 합비 사람으로 성은 진 가요, 이름은 자명이라 합니다."

자명이 목례를 해 보이자 중년인이 고개를 갸웃했다. 정검문의 높으신 분들이 모셔온 무인이라 들었는데, 스스로를 화공으로 소개하니 기이하게만 여겨졌던 것이다.

중년인이 떨떠름하게 중얼거렸다.

"왕삼(王三)이오. 허참."

잠시 의아하게 자명을 살펴보던 중년인은 이내 관심을 거두어 버렸다. 살던 터도 떠나게 된 마당에 더 신경 쓸 게 뭐가 있으랴 싶었던 것이다.

중년인은 대수롭지 않은 태도로 아이를 가리켰다.

"저 계집아이는 수련(垂蓮)이라는 녀석이라오. 제 아비 보러 간단 소리에 좋아라 나왔는데, 아비는 바빠 보지도 못하고 오히려 타지로 떠난다는 소리를 듣고 말았지 뭐요? 그때부터 볼이 불퉁하더니 아까부터는 온갖 사람에게 시비를 걸더구려."

중년인이 어깨를 으쓱해 보이고는 등에 진 짐을 한차례 추슬렀다.

"해서 혀를 찬 것이라오. 혹시 무사님, 아니, 화공의 심기를 건드렸다면 죄송할 따름이외다."

자명이 괜찮다는 듯 목례해 보였다. 중년인은 더 말할 생각이 없는지 옆에서 걸어가는 아낙의 손을 단단히 움켜쥐었다.

잠시 무거운 침묵이 흘렀다. 본래 피난을 가는 처지에 가가호호 떠드는 사람은 없는 법이다. 중년인과 자명이 나눈 대화가 저 끝까지 들릴 정도니 말 다한 셈이다.

침묵을 깬 것은 수련이라는 계집아이였다.

"화공이면……."

중년인과 자명이 나눈 대화를 들었음일까? 수련이 조심스럽게 질문을 던졌다.

"노리개도 만들 수 있어?"

아이에게는 그림이나 공예품이나 마찬가지인 모양이었다. 만약 노리개를 만들 수 있었다면 아이의 마음에 위로가 될 텐데, 안타깝게도 자신에게는 노리개를 만드는 재주가 없었다.

자명이 고개를 절레절레 저었다.

"아니, 나는 노리개를 만들 줄 몰라."

"쳇, 바보네."

계집아이답게 노리개에 관심을 가졌던 수련이 퉁명스럽게

중얼거렸다. 수련은 도무지 마음에 드는 것이 하나도 없다고 생각했다. 아버지를 보러 왔는데, 아버지는 저만치 서서 고개도 돌리지 않는다.

난데없이 이사를 하게 되었다는 말에는 더더욱 심통이 났다. 내일 뒷산에 칡을 캐러 가기로 했는데 말이다.

"하지만 그림을 그릴 줄 안단다. 본래 화공은 그림을 그리는 사람이거든."

자명이 그렇게 말하자 수련이 다시 관심 어린 표정으로 자명을 돌아보았다.

"어떤 그림?"

"산이나 강도 그릴 수 있고, 또 꽃이나 나비도 그릴 수 있지."

"고양이도 그릴 수 있어?"

자명이 고개를 끄덕였다. 수련이라는 아이가 활짝 웃어 보였다.

"치마에다가도?"

자명이 또다시 고개를 끄덕이자 신이 난 수련이 제자리에서 깡총깡총 뛰었다. 수련은 옆에서 함께 걷고 있는 아낙을 돌아보고는 흥분한 어조로 외쳤다.

"엄마, 저 오라버니가 그림을 그릴 수 있대!"

아낙은 심각한 얼굴로 걸을 뿐, 아이를 돌아보지 않았다. 수련은 실망한 표정으로 마주 잡은 어미의 손을 흔들었다.

"엄마, 나 저 오라버니한테 고양이를 그려달라고 할 거야. 우리 그림 그리고 가자."

"너 조용히 안 할래?"

아낙이 엄한 얼굴로 수련을 꾸짖었다. 상황이 이처럼 심각한데 철없이 조르는 것을 보면 답답하기만 했다.

"다른 사람들 먼저 가라고 하고 우리는 조금 있다 가면 되잖아. 치마에 그림 그리고 가자, 엄마. 응?"

"이 녀석이 정말!"

아낙이 수련의 머리를 세게 쥐어박았다. 수련이 깜짝 놀라 제 어미를 바라보더니, 이내 크게 울음을 터뜨렸다.

"으아앙!"

주위가 침울하다 보니 울음소리는 더욱 크게 들려왔다. 당황한 아낙이 얼른 수련을 품에 안았다. 수련이 도리질을 치며 엉엉 울자 아낙이 수련의 등을 두드려 주었다.

뒤에서 걷고 있던 자명이 씁쓸한 얼굴로 수련을 달랬다. 아이가 가련하기도 했거니와, 지금의 소란은 자신 때문인 것이나 마찬가지였던 것이다.

"지금은 얼른 가야 하니까, 나중에 그려줄게. 약속……."

무어라 말하려던 자명이 눈을 크게 뜨며 입을 다물었다. 걸음도 어느새 멈춘 후였다. 자명의 시선이 이리저리 흔들렸다.

'인기척이다. 누가 이쪽을 보고 있어.'

정검문의 다른 무인들은 아직 아무것도 눈치채지 못하고

있었다. 오로지 자명만이 낯선 기감을 느낀 것이다.

자명은 인기척이 느껴지는 곳으로 시선을 돌렸다. 전신에 거미가 지나가는 듯 소름이 돋았다. 불길한 예감도 함께였다.

자명이 다급히 외쳤다.

"잠깐만요! 모두들 멈추세요!"

자명의 옆에서 걷고 있던 사람들이 걸음을 멈추고 의아하게 자명을 바라보았다. 사방을 경계하던 정검문의 무인들도 마찬가지였다.

"누군가 있습니다! 누군가 우리를……."

자명의 말을 끊고 쐐애액, 하는 소리가 들려왔다. 어디선가 화살이 날아오고 있었던 것이다. 화살은 '엄마가 미안해. 있다가 쉴 때에 그림을 그려달라고 하자' 고 말하던 아낙의 목에 박혔다. 자명의 눈이 크게 떠졌다.

아낙은 비명도 지르지 못한 채 옆으로 쓰러졌다.

"아, 안 돼!"

자명이 크게 외치며 영문을 모른 채 눈을 크게 뜨고 있는 수련에게로 달려갔다. 수련에게도 화살이 쏟아지고 있었던 것이다.

"엄마?"

부지불식간에 자명의 품에 안긴 수련이 넋이 나간 얼굴로 중얼거렸다. 그 자그마한 목소리가 천둥처럼 울려 퍼진다.

수련에게 날아온 화살을 손으로 잡아챈 자명이 멍한 눈으로 수련을 바라보았다. 수련이 자명의 옷자락을 꼬옥 쥐며 말했다.

"엄마? 엄마는?"

"습격이다! 모두 경계하라! 암천의 습격이다!"

정검문의 무인 하나가 크게 외치며 백성들에게로 달려왔다. 근방에서 주변을 경계하던 무인들은 경공을 펼쳐 화살이 날아온 곳으로 쏘아져 나갔다.

그와 동시에 화살비가 쏟아졌다.

"크헉!"

살수(殺手)를 찾으려던 정검문의 무인이 비명을 토해냈다. 검으로 몇 개의 화살을 거둬내긴 했지만 중과부적, 화살이 너무 많았던 것이다. 고슴도치처럼 삐죽삐죽 화살을 온몸에 꽂은 무인이 바다에 털썩 쓰러졌다.

"물러나라! 제길, 물러나!"

멍한 눈으로 수련을 바라보던 자명의 귓가에도 무인의 목소리가 들려왔다. 그 목소리가 자명의 정신을 불러일으켰다. 자명은 왕삼이라는 중년인에게 달려갔다.

"아이, 아이를 부탁합니다."

왕삼이라는 중년인이 놀란 눈으로 고개를 끄덕이고는 자명에게서 수련을 받아 안아 들었다. 그와 동시에 자명의 신형이 사라졌다.

"헉!"

왕삼은 비명을 토해냈다. 마치 유령처럼 자명의 육신이 스르르 사라져 버린 것이다. 사라져 버린 자명은 삼 장은 족히 떨어진 곳에서 나타났다.

"꺄아악!"

화살이 날아오는 것을 본 어떤 아낙이 머리를 부여잡고 몸을 숙였다. 곧 화살에 맞을 줄 알고 눈을 질끈 감았던 아낙은 아무 이상도 없자 조심스럽게 눈을 떴다.

학사의를 입은 어떤 소년이 화살을 움켜쥐고 있는 것이 보였다. 자명이 쏟아지는 화살을 손으로 거둬냈던 것이다. 그러나 자명이 놓친 화살이 있는 모양이었다.

"끄어윽, 끄윽."

목에 화살을 맞은 어떤 노인이 꿀럭꿀럭 피를 토해내고 있었다. 무어라 말을 하려고 입술을 달싹이고 있지만, 말 대신 피가 배어 나올 뿐이었다.

"이, 이게 무슨……"

노인의 모습을 바라본 자명이 나직하게 중얼거렸다.

단 한순간일 뿐이었다. 노인은 조금 전까지만 해도 아무렇지도 않았다. 지친 몰골로 걸음을 옮기고 있었고, 길게 한숨을 토해내기도 했다. 하지만 단 한순간에 모든 것이 달라졌다.

자명은 노인의 눈에서 빛이 사라지는 것을 보며 아랫입술을 질끈 깨물었다. 수련이라는 아이는? 아무것도 모르고 어미를 조르던 그 아이는 어떠한가. 그녀의 어미는…….

자명이 이를 뿌드득 갈았다. 동시에 날카로운 살기도 배어 나왔다. 마음속 깊이 숨겨두었던 미움이 다시금 일어나 울혈이 되었다.

자명은 화살비가 쏟아지는 쪽을 바라보았다.

'파파, 마음을 다스리라고요?'

자명의 신형이 사라졌다. 다시 나타난 자명은 고슴도치가 되어 누워버린 무인이 떨어뜨린 장검을 쥐어 들었다. 제왕검형의 기운이 몸에서 일어났다.

"헉!"

검으로서 화살을 거둬내고 있던 정검문의 무인 하나가 비명을 토해냈다. 그에게는 아무런 기감도 없이 갑자기 사람이 나타난 것으로 느껴졌던 것이다. 정검문의 무인은 믿을 수가 없다는 듯 장검을 든 자명을 바라보았다.

하지만 자명은 그의 시선을 눈치채지 못했다. 그저 차가운 눈으로 수풀 너머를 바라보고 있을 뿐이었다. 바로 그곳에 화살을 날린 자가 있을 터였다.

자명은 자신에게로 날아드는 화살을 몇 개 거둬낸 다음, 크게 고함을 질렀다.

"그만―!"

불문의 사자후(獅子吼)인가!

정검문의 무인들이 한차례 휘청거렸다. 화살을 쏘던 자들도 정검문의 무인들처럼 충격을 받은 모양이었다. 어느새 화살비가 그친 것이다.

자명은 장검을 들고 빠르게 그쪽으로 쇄도했다. 무학을 처음 펼칠 때의 어리숙함은 어느새 사라져 있었다.

수풀 너머에는 다섯 명의 적의인(赤衣人)이 활을 들고 있었다. 그들은 칫, 소리를 내더니 활을 버리고 장검을 꺼내 들었다.

자명은 아무런 말도 없이 적의인에게 달려들어 매화난검의 초식을 펼쳐 나갔다. 적의인 하나가 비명을 토해내며 바닥에 쓰러졌다.

"크헉!"

쓰러지기 직전, 그의 몸이 뒤로 튕겨났다. 자명이 한 손으로 적의인의 단전을 폐해 버린 것이다. 조금의 망설임도 없는 섬뜩한 손속이었다.

자명 역시 자신의 손속이 잔인하다는 것을 알고 있었다. 문득 낯선 감회가 맴돌았다.

'아름다움으로 세상을 대하면 다툼이 없다 했다. 나는 아름다움으로 세상을 대하고 있을까?'

또 다른 적의인이 크게 고함을 지르며 검을 곧게 뻗어 자명의 목을 향해 베어갔다.

"놈!"

자명이 자신의 검을 막아가자 적의인이 회심의 미소를 지었다. 목을 베어갔던 검로는 허초, 상대는 그것을 막으려다가 실초에 심장을 꿰뚫리고 말리라.

"크으윽!"

하지만 비명을 터뜨린 것은 오히려 적의인이었다. 자명의 손이 먼저 적의인의 검보다 빠르게 단전을 깨뜨려 버린 탓이었다. 적의인은 자명의 심장을 노리던 검을 떨어뜨리고 말았다.

"이제는 상관없어."

"그게 무슨 개소리냐!"

또 다른 적의인이 덤벼들자 자명은 이번에는 신풍삼로의 초식을 펼쳐 나갔다. 적의인이 의아한 신음 소리를 토해냈다.

"어……?"

아무런 통증도, 아무런 김긱도 없는데 육신이 넘어져 산다. 적의인은 눈을 크게 뜨고 자신의 다리를 내려다보았다. 두 발은 여전히 바닥에 굳건히 서 있었다, 오로지 두 발만이.

종아리 아래를 잃어버린 채 바닥에 쓰러진 적의인이 비명을 지르며 뒤로 기어나갔다.

그것은 한 명의 적의인에게만 국한된 것이 아니었다. 세 명의 적의인 모두 사지 중 한 군데가 절단되어 있었던 것이다. 단지 근맥만을 절단하려는 생각이었는데도 신풍삼로는 팔이나 다리를 잘라놓고 말았다.

자명의 귓가에 지도 소양극, 소 노사의 말이 맴돌았다.

"자네는 신풍삼로를 펼칠 때마다 자네의 마음을 보게 될 걸세. 하지만 이거 하나는 알아두게나. 자네의 마음이 바뀌어 신풍삼로가 염왕지검이 되거든, 내 자네를 죽일 걸세."

자명이 부지불식간에 조그맣게 중얼거렸다.
"염왕지검……."
자명은 고개를 내려 자신의 손에 든 검을 바라보았다. 피가 잔뜩 묻은 검이었다. 자신의 손에도 피가 묻어 있었다.
"나도 저들과 똑같이 되고 말았구나."
자명은 검을 바닥에 던져 버렸다. 챙그랑, 소리가 들려왔다. 자명은 검에서 시선을 떼어 적의인들을 바라보았다.
적의인들이 신음을 토해내며 뒤로 도망치고 있었다. 그나마 온전한 적의인이 동료들을 이끌고 힘겹게 뒤로 물러나고 있는 것이다. 평소의 자명이었다면 그들의 고통을 안쓰러워했을 테지만, 지금은 그런 생각이 조금도 나지 않았다.
자명은 그들에게서 몸을 돌렸다.
뒤에는 정검문의 무인들이 놀란 눈으로 자명을 바라보고 있었다. 단 삼 초식만으로 적의인들을 제압한 무위를 보았으니 어찌 놀라지 않을 수 있으랴! 정검문의 무인들의 시선에는 흠모의 빛이 가득 어려 있었다.
자명은 그들을 스쳐 걸음을 옮겼다. 긴장이 풀렸는지 비틀거리며 자명은 백성들에게로 돌아갔다.

"묵월랑! 적들은 제압하셨소이까?"

몇 걸음 걷지 않아 창백한 얼굴의 전대환이 나타나 자명에게 물었다. 자명은 슬픔이 가득 어린 눈으로 전대환을 바라보며 고개를 끄덕였다.

"예."

전대환이 안도의 한숨을 토해냈다. 자명은 전대환이 안전한 것을 보고는 다시금 백성들에게로 걸음을 옮겼다. 전대환은 의아한 얼굴로 그 모습을 바라보았다.

"왜 그러시오?"

자명은 대답하지 않았다. 전대환이 고개를 갸웃하며 다시금 자명을 불렀지만, 자명은 여전히 걸음만을 옮기고 있을 뿐이었다.

"이보시오, 묵월랑! 혹시 부상이라도 입은……."

"소문주! 무사하셨소이까?"

전대환이 자명에게서 시선을 떼어 자신을 부른 사람을 바라보았다. 그는 다름 아닌 정검문의 군사, 유재익이었다. 유재익은 전대환이 무사한 것을 보고는 안도의 한숨을 내쉬었다.

"다행입니다. 무탈하셨군요."

"혹시 묵월랑께서 부상을 입으셨던가?"

전대환이 묵월랑의 뒷모습을 흘끔 바라보고는 유재익에게

물었다. 마침 자명의 근방에서 그 무위를 모두 목격했던 유재익이 고개를 절레절레 저었다.

"아니오. 부상은커녕 생채기 하나 없었습니다. 귀신같은 재주였습니다. 단 삼 초식만으로도 멸검대(滅劍隊) 다섯을 제압하셨으니……."

유재익이 기이한 얼굴로 자명의 뒷모습을 바라보고는 고개를 절레절레 저었다. 전대환이 고개를 두어 번 끄덕이고는 다시금 질문했다.

"제자들은 무탈한가? 부상자들은 몇이나 있지?"

"멸검대 열한 명이 습격하였으나 모두 제압하였습니다. 넷이 부상을 입었고, 셋이 사망했습니다. 백성들 일곱이 죽었고……."

유재익이 쉬이 말을 꺼내지 못하고 입을 다물었다.

잠시 입술을 깨물고 서 있던 유재익이 이내 눈을 질끈 감고 말하였다.

"내상이 깊어진 끝에 사숙께서 귀천하셨습니다."

"사숙께서……."

전대환이 눈을 지그시 감으며 한탄했다. 사숙의 내상이 심각한 것은 이미 알고 있었다. 어떻게든 사숙의 목숨을 구해보려 했거늘, 실패하고 말았다. 가슴 한구석이 쓰려왔다.

"이제는 결정하셔야 합니다."

유재익은 무례할 정도로 곧은 시선으로 전대환을 바라보

왔다.

"지금 습격한 자들은 고작 척후조에 불과합니다. 곧 본대가 올 테지요. 이제는 결정하셔야 합니다."

전대환이 인상을 찌푸리며 유재익을 바라보았다. 유재익은 조금의 변화도 없는 차가운 표정으로 전대환의 시선을 받아냈다.

"조사의 절기는 끊어져서는 아니 됩니다. 소문주와 몇몇 제자들은 따로 피하는 것이 옳습니다. 애초에 처음부터 그래야 했지요."

"그 말은 논외로 치자고 하지 않았던가. 그만하도록."

"살아야 할 제자들의 명단을 생각해 두었습니다. 각각의 절기를 이은 자들은 반드시 살아야 합니다. 이명현과 장운삼(張雲三), 소재윤(蕭材尹)과……."

"그만하라고 하지 않았더냐!"

전대환이 버럭 고함을 질렀다. 유재익은 일순 입을 다물었다.

"정검문의 소문주 된 자가 제자들을 버리란 말인가? 나더러 백성들을 버리라 말하는 것인가? 저들이 곧 정검문이야! 저들을 지키는 것이 정검문을 지키는 것이야!"

"소문주께서는 평무사 하나가 죽었다고 자결을 하실 참입니까?"

이번에는 전대환이 아무런 말도 하지 못했다.

유재익이 싸늘한 목소리로 중얼거렸다.

"저들을 가볍게 여기는 것이 아닙니다. 지킬 수 있는 한 지켜야지요. 할 수 있는 한 해야지요. 하지만 중과부적일 때는 어찌합니까. 저들의 무덤에 향을 피워줄 사람이 있어야 하지 않겠습니까. 저들의 복수를 해줄 사람이 있어야 하지 않겠습니까. 저들이 기꺼이 죽음을 택한 이유인, 정검문을 이어나갈 사람이 있어야 하지 않겠습니까!"

유재익의 목소리는 점점 더 커져 나가더니 마침내는 고함 소리로 변하였다. 그라고 어찌 마음이 편하겠는가! 가슴이 천 갈래, 만 갈래로 찢어지는 것은 소문주 전대환이나 유재익이나 다를 바가 없었다.

하지만 정검문의 무맥을 이어야 했다. 이대로 정검문이 사라지는 것을, 무림의 역사 속에서나 꺼내볼 수 있는 이름이 되는 것을 막아야 했다.

유재익이 입을 한일자로 굳게 다물었다.

"무례를 용서하십시오. 하나, 이번만큼은 저도 뜻을 꺾을 수 없습니다. 부디 재고해 주시기 바랍니다."

"나는……."

전대환이 무어라고 말했지만, 유재익은 몸을 뒤로 돌려 성큼성큼 걸어갈 뿐이었다.

전대환은 기운이 몽땅 빠진 얼굴로 고개를 떨구었다. 생각을 정리하려 해도 정리가 되지 않는 기분이었다. 할 수만 있다면 술을 한잔 마시고 싶었다.

전대환은 패검한 검의 검병을 움켜쥔 채 고개를 돌려 하늘을 바라보았다. 동쪽 끝이 불타오르고 있었다. 해가 뜨고 있었던 것이다.

전대환은 하염없이 그 모습을 바라보았다.

백성들이 있는 곳은 통곡으로 가득했다. 자명은 흔들리는 시선으로 백성들의 행렬을 둘러보았다.

노인을 잃은 아낙이 '아버님'이라고 외치며 통곡하고 있었다. 왕삼이라는 중년인이 수련의 눈을 가린 채 몸을 부들부들 떨고 있었다.

수련의 어미, 이름도 알지 못한 아낙의 앞에서는 평소 서화에 관심이 많았다던, 이명현이리는 문도기 아랫입술을 곱씹으며 눈물을 참고 있었다. 바로 그가 수련의 아비였던 모양이다.

이명현은 아낙의 얼굴을 몇 번이나 쓸어 만지더니 이내 고개를 돌려 수련을 바라보았다. 이명현은 몸을 부르르 떨고는 아낙의 육신을 안고 자리를 옮겼다. 차마 딸아이 앞에서 어미의 시신을 보여줄 수는 없었던 것이다.

자명은 비틀거리며 수련에게로 다가갔다.

"으아앙! 엄마, 엄마!"

수련이 발버둥을 치며 울고 있었다. 하지만 왕삼이 힘을 주어 눈을 가리고 있었기에 발버둥을 쳐도 엄마의 모습을 볼 수가 없었다. 왕삼은 자명을 보더니 붉어진 눈시울을 감추려 눈을 끔뻑였다.

"무탈, 무탈하셨구려."

왕삼이 나직한 목소리로 중얼거렸다. 자명은 대답없이 멍한 눈으로 수련을 바라보고만 있었다.

이명현이 아낙의 시신을 들고 사라지자 왕삼은 그제야 여태 수련의 눈을 가리고 있던 손을 뗴었다.

"엄마? 엄마!"

수련이 엉엉 울며 엄마가 쓰러져 있던 자리로 달려갔다. 하지만 아낙은 이미 이명현이 데려간 후였다. 엄마의 모습을 찾지 못한 수련이 훌쩍이며 왕삼을 바라보았다.

"왕 아저씨, 흑, 흐흑. 우리 엄마 어디 있어요?"

왕삼은 대꾸없이 고개를 돌렸다. 수련이 이번에는 자명을 바라보며 말했다.

"흑, 화공 오라버니, 우리 엄마 어디에 있어?"

"엄마는……."

평소처럼 목소리를 내려 했지만 잔뜩 쉰 목소리가 나왔다. 자명은 힘겹게 말을 이어나갔다.

"엄마는 저쪽에, 저쪽에 계셔."

한답시고 한 말이 고작 그것이었다. 자명은 아이의 얼굴을 바라보았다. 아이는 자신의 말을 믿지 않는지 고개를 도리도리 저으며 엉엉 울었다.

"거짓말이지? 으아앙, 우리 엄마! 엄마 어디 있어?!"

수련의 말대로 그것은 거짓말이었다. 하지만 도대체 어떻게 한단 말인가! 어떻게 어미의 죽음을 말해줄 수 있겠는가. 도대체 어떤 방법으로 그것을 말해줄 수 있겠는가.

"으아앙!"

"정말이야. 네게 고양이 그림을 그려주라고 하셨어. 정말이야."

자명이 몇 번이나 '정말이야' 라고 중얼거리며 정신없이 자신이 풀어두었던 바랑으로 향했다. 겨우 생각해 낸 것이 고양이 그림이었다. 아이가 마지막으로 어미에게 졸랐던 고양이 그림.

회구 하니 없었지만 먹민은 가지고 있었다. 왜 그것을 가지고 있는지는 자신도 몰랐다. 하지만 지금 이 순간만큼은 먹을 가지고 있다는 것이 그렇게 다행스러울 수 없었다.

자명은 부들부들 떨리는 손으로 수통 삼아 가지고 다니던 호리병을 쪼개어 아예 거기에 먹을 갈았다. 먹을 갈 때에는 늘 평화로웠지만 지금만큼은 그렇지가 않았다.

마음을 다스리지 못한 채 먹을 갈았기 때문일까? 호리병의 파편에 고인 먹물에는 먹 찌꺼기가 잔뜩 남아 있었다.

"정말이야, 고양이 그림을 그려주라고 하셨어."

자명은 붓 대신 손가락을 담그며 중얼거렸다. 손가락이 부

들부들 떨려왔다. 자명은 근처에 있는 바위에 손가락을 가져
갔다.

엉엉 울던 수련이 조금이나마 정신을 차린 듯 자명을 바라
보았다. 제 어미가 없다는 사실에 놀라 울면서도 자명이 하는
일에 호기심을 가진 것이다. 아직 죽음이라는 것을 온전히 이
해하지 못한 아이였기에 가능한 일이었다.

자명은 그것을 천만다행이라고 여겼다.

"흑, 훌쩍."

뒤에서 들리는 울음소리에 자명의 손이 바빠졌다. 세필 없
이 손가락으로 그리는 것이니만큼 고양이의 크기는 몹시 컸
다. 두터운 획이 털의 형상을 그려 나갔다.

자명은 눈물마저 말라 버린 눈으로 자신의 손끝이 그려 나
가는 획을 바라보았다.

'미안해.'

뭐가 미안한 것일까? 수련의 어미를 구하지 못한 것이, 아
니면 이런 어설픈 거짓말을 하는 것이? 자명은 스스로도 답을
찾지 못했다.

'미안해.'

자명이 다시 그렇게 되뇌었다.

아니, 지금은 그럴 생각을 할 때가 아니었다. 그저 지금 이
순간만이라도 아이가 평안하기를, 잠시의 시간이 지나면 모
든 것을 알게 되겠지만 지금 이 순간만이라도 슬픔을 잊기를

기원할 뿐이었다.

그 마음이 그림에 배어든 것일까?

어느새 사위가 고요해졌다. 자그마한 훌쩍거림 소리를 제외하고는 아무런 소리도 들리지 않았다. 사람들이 경황 중에서도 자명의 그림을 바라보고 있었던 것이다.

자명이 그린 것은 묘작도(猫雀圖)였다.

바위에 아무렇게나 그려진 고목나무에는 참새 한 마리가 앉아 있었고, 고양이가 호기심 가득한 표정으로 그런 참새를 바라보고 있었다. 당장에라도 뛰어오르려는 듯이 몸을 웅크린 모습이 귀엽기도 하고 재밌기도 했다.

자명은 손가락 끝을 들어 고양이의 눈에 점정했다. 우연의 일치일까? 먹이 한 방울 새어 고양이의 눈 밑으로 흘렀다. 마치 눈물처럼 말이다.

어쩌면 그것은 미처 흘리지 못한 자명의 눈물일지도 몰랐다.

第六章
선택

畵工道談

화공도담 畵工道談

1

　사상지들의 수습이 끝났을 즈음, 외진 언덕에 홀로 올라 있던 소문주 전대환이 돌아왔다. 전대환은 피로가 가득 어린 얼굴로 주변을 둘러보았다.

　"더 지체할 겨를이 없다. 곧 적의 본대가 올 터, 출발을 준비시켜라."

　"그렇게 하겠습니다."

　유재익이 고개를 끄덕였다.

　전대환은 흙먼지가 잔뜩 묻은 옷을 털지도 않고 사람들에게로 다가갔다. 명을 받았음에도 움직이지 않고 있던 유재익이 질문했다.

"결정은 하셨는지요?"

전대환이 아무런 말 없이 뒤를 돌아보았다. 그는 흔들리는 시선으로 유재익을 바라보기만 할 뿐, 대답이 없었다. 긍정은 아니었지만 부정도 아니었다.

유재익은 그것을 긍정으로 받아들였다.

"조금만 더 가면 장협(帳峽)이 나옵니다. 암천의 습격이 있다 하더라도 잠시는 방비할 수 있는 곳입니다. 그곳에서 소문주와 제자들의 안위를 도모하도록 하겠습니다."

유재익이 씁쓸한 얼굴로 말했다.

전대환은 여전히 말이 없었다. 그저 알 수 없는 표정으로 시선을 돌려 화공을 바라볼 뿐이었다.

화공은 묘작도를 그리고 있었고, 사람들은 물끄러미 그 모습을 바라보고 있었다. 그림에서가 아니라, 화공 자체에게서 낯선 감흥이 느껴졌다. 마치 진혼제(鎭魂祭)처럼, 사람들의 넋을 위로하는 것처럼 기이하게만 보였다.

유재익은 차가운 시선으로 그런 전대환을 바라보았다.

'기왕이면 조금 더 시간을 끄는 게 좋겠지.'

소문주는 최대한 빨리 출발할 것을 명했지만, 유재익의 생각은 달랐다.

금선탈각(金蟬脫殼)의 계(計)!

유재익은 백성들을 미끼로 삼아 소문주와 몇몇 제자들을 피하게 할 생각이었던 것이다.

그러기 위해서는 암천이 공격할 때까지 기다려야 했는데, 암천이 백성들을 공격하는 틈이 바로 계책을 실행할 기회인 탓이었다.

유재익은 부상자들을 치료한다는 핑계로 최대한 시간을 끌었다. 사망자들을 묻는 데도 그만한 시간이 필요했다. 출발이 느려지자 전대환은 '사망자들의 시신은 훗날 와서 거두겠다'며 시신을 한군데 매장하도록 명했다.

동이 튼 지 한 시진이 지났을 때였다. 마침내 슬픔에 잠겨 있던 일행이 출발했다. 흐느낌과 공포가 한데 얼룩진 고요한 여정이었다.

"화공 오라버니, 흑, 우리 아빠는 어디 있어?"

자명의 품에 안겨서 훌쩍이고 있던 수련이 질문했다.

자명이 물끄러미 수련을 내려다보았다. 아이는 더 이상 어미가 어디 있는지 질문하지 않았다. 어쩌면 어미가 앞쪽에 있다는 자명의 거짓말을 믿었을지도 모른다. 아니면, 어미의 부재를 받아들였거나.

"그분은 아마 저쪽에 계실 거야."

자명이 한쪽 방향을 바라보자 수련이 고개를 돌렸다. 선봉에 선 정검문의 무인들을 살펴보던 수련은 이내 조그맣게 중얼거렸다.

"아빠는 바빠?"

"응. 지금은 많이 바쁘셔."

"그러면 언제 수련이 보러 와?"

자명은 아무런 말도 하지 못했다. 무사히 암천의 마수를 피해낸다면 수련은 그때서야 아버지와 함께 지낼 수 있을 것이다.

자명이 복잡한 얼굴로 변명거리를 생각해 낼 무렵이었다.

"지금부터 경계의 수위를 높여야 할 것이야!"

일행의 가장 앞쪽에서 유재익의 목소리가 들려왔다. 바로 이곳이 장협, 하남과 호북의 경계에 있는 골짜기였다. 좁은 협곡이 굽이굽이 이어진 틈으로 자그마한 소로가 여러 갈래 보였다.

"우리는 이곳의 지리를 알지만 상대는 이곳의 지리를 모른다. 상대가 진입할 수 있는 길은 몇 갈래 없을 터, 하나도 놓쳐서는 아니 된다!"

유재익이 그렇게 크게 외치고는 개중 가장 큰 길로 들어섰다.

이 자리에 식견있는 자가 있었다면 지금 이 길이 사지로 향한다는 것을 알아차릴 터였다. 적이 협곡 위에서 돌을 굴리거나 화살을 날린다면 몰살을 피할 수 없는 것이다.

하나, 또한 가장 도주하기 쉬운 곳이라는 데에도 동의하리라. 거미줄처럼 소로가 이어지니 포위하기가 어렵다. 산개하여 도주한다면 운이 좋은 사람은 목숨을 건질 수 있으리라.

협곡 안에 들어선 사람들은 하나같이 침묵했다. 갑자기 두려움이 밀려든 것이다. 탁 트인 공간에서 좁은 협곡 안에 들어섰으니 겁이 나는 것도 무리가 아니었다.

그렇게 조용히 반 각 정도를 더 걸어갔을 무렵이었다.

"소문주!"

협곡 위에 올라 경계를 서고 있던 정검문의 무인이 전대환을 불렀다. 전대환이 고개를 올려보니 정검문의 무인이 새파랗게 질린 얼굴로 서 있는 것이 보였다.

"사십여 장 앞에……."

정검문의 무인은 그렇게 말하고는 입을 다물었다. 사십여 장 앞에 암천의 멸검대가 있다는 뜻이리라. 그렇다면 남은 시간은 일각뿐인 셈이었다.

전대환은 유재익에게로 고개를 돌렸다.

"때가 되었습니다, 소문주."

유재익의 말에 전대환이 고개를 끄덕였다. 마음이 천근만근 돌덩이를 올려놓은 것처럼 무거웠다. 전대환은 멍한 눈으로 겁에 질린 백성들을 돌아보았다.

위험에 처했을 때에 사람이 느끼는 직감은 무섭도록 정확하다. 백성들은 '사십여 장 앞' 이라는 소리만으로도 앞에 적이 있다는 것을 알 수 있었다.

전대환의 귓가에 유재익의 목소리가 들려왔다.

"이명현, 장운삼, 소재윤은 소문주를 호송하라."

이름이 불린 무인들이 아랫입술을 질끈 깨물었다. 그들은 유재익의 말이 무엇을 뜻하는지 알고 있었던 것이다. 개중에는 분루를 참지 못하는 무인도 있었다.

반면 다른 무인들은 담담했다. 그들은 올 것이 왔다는 표정으로 죽음을 받아들였다. 백성들을 끝까지 지키다 죽게 될 터이니, 아쉬울 것은 없는 셈이다.

유재익은 몇 명의 무인을 더 호명한 다음, 몸을 돌려 자명에게로 향했다. 걱정 말라는 듯 수련의 등을 두드려 주고 있던 자명이 의아한 얼굴로 유재익을 돌아보았다.

"잠시 드릴 말씀이 있소, 묵월랑."

"예, 알겠습니다."

자명은 수련을 왕삼에게 맡겼다. 왕삼은 수련을 단단히 안고 걱정 말라는 듯 자명에게 눈짓했다. 수련이 왕삼의 목에 팔을 두르며 질문했다.

"화공 오라버니, 아빠한테 가는 거야?"

"그래, 잠시 가봐야 한단다."

"그러면 아빠한테 수련이가 여기에 있다고 말해줘. 알았지?"

자명이 고개를 끄덕이고는 옅은 미소를 지어 보였다. 잔뜩 울어 지쳐 버린 수련이 왕삼의 어깨에 얼굴을 파묻었다.

자명은 유재익을 따라 걸음을 옮겼다. 유재익은 아무런 말없이 성큼성큼 걸어갈 뿐, 잠시간 말이 없었다. 불안해진 자명이 먼저 질문했다.

"적의 숫자가 많습니까?"

"묵월랑께 부탁드릴 것이 있소이다."

"예, 말씀하십시오."

자명이 고개를 끄덕였다. 유재익이 포권지례를 취하며 자명에게 머리를 숙여 보였다.

"소문주를 보호해 주시오."

"예?"

언뜻 유재익의 말을 이해하지 못한 자명이 눈을 동그랗게 떴다. 유재익이 말을 이어나갔다.

"소문주께서는 정검문의 맥을 이어야 하오. 이런 곳에서 목숨을 잃을 수 없소이다. 하여 몇몇 제자들로 하여금 소문주를 호종케 하여 따로이 탈출할 계획이오. 묵월랑께서 부디 그것을 도와주시길 바라오."

자명이 미간을 좁히며 유재익을 바라보았다. 유재익의 말을 이해하지 못한 것이 아니었다. 납득할 수가 없었던 것이다.

"그게 무슨 소리입니까? 그러면 백성들은……."

"정검문의 다른 문도들이 보호할 것이오. 정검문의 문도가 모두 죽기 전까지 암천은 감히 백성들을 해하지 못할 것이오."

자명이 백성들을 돌아보았다. 백성들의 숫자는 이토록 많은데 무인들의 수는 너무나 적다. 그 적은 무인들의 숫자를 나눈다는 것은 백성들을 포기한다는 것이나 다름없다.

유재익이 씁쓸한 얼굴로 몇 마디를 첨언했다.

"목숨의 무게는 같을지도 모르오. 하나 짊어진 것의 무게
는 같지 않소이다. 저들의 어깨에는 고작 그들의 생이 얹혀
있으나, 소문주의 어깨에는 정검문이 얹혀 있소. 소문주를 도
우시는 것이 곧 정검문을 돕는 길이오."

"짊어진 것?"

"정검문의 무공이 있다면 정검문은 어디서든 부활하게 되
오. 조사의 뜻을 받들 이가 있거든 정검문은 결코 죽지 않소.
정검문은 살아야 하오. 살아서 이 원한을 갚아야 하오."

자명은 유재익을 바라보며 고개를 절레절레 저었다. 믿을
수 없다는 듯한 표정이었다. 그러나 유재익은 한결같은 시선
으로 자명을 바라볼 뿐이었다.

자명이 허탈하게 중얼거렸다.

"똑같구나. 당신들도 똑같아."

"예?"

자명은 아무런 말 없이 몸을 돌렸다. 문득 지독한 환멸이
들었다. 무학을 위해서 목숨을 버리겠다니. 그것도 자신들의
목숨만이 아닌, 타인의 목숨마저 버리겠다니.

'이들도 암천과 똑같아.'

암천은 자신의 이상을 위해 기꺼이 타인의 피를 보겠다고
했다. 대를 위한 소의 희생은 어쩔 수 없는 것으로 치부했다.

이들 역시 다르지 않았다. 암천의 이상이 새로운 세상이라면, 이들의 이상이 무학이라는 것만이 다를 뿐이었다. 이들 역시 안타까우리 만치 헛된 이상을 위해 백성들을 버리려 하고 있는 것이다. 비록 자신의 손으로 죽이는 것이 아니라지만, 이것은 살인이나 다름없었다.

'소문주는 정검문의 뿌리는 사람에게 있지, 한낱 목재로 이루어진 집에 있지 않다고 했지. 그 말이 이토록 허망한 것일 줄은 미처 몰랐구나.'

어쩌면 정검문과 함께하기로 한 것은 바로 그 말 때문이었는지도 모른다. 무림인 중에도 욕망 대신 소망을 품은 이가 있다는 것을 믿고 싶었던 것일지도 모른다.

'헛된 기대를 했어. 무림이 본래 그런 곳인 것을.'

자명은 문득 전대환을 바라보았다.

전대환은 흔들리는 시선으로 서서 죽음을 각오한 제자들을 물끄러미 바라보고 있었다.

전대환의 머릿속에 복잡한 상념이 떠올랐다.

'유재익의 말이 옳아. 어쩔 수 없는 일이다. 정검문을 강호에서 사라지게 할 수는 없는 일이야.'

그렇게 스스로를 설득해 보았지만 마음은 조금도 편해지지 않았다. 전대환은 눈을 질끈 감고 고개를 절레절레 저었다.

'잊지 않아. 정검문의 이름으로 복수한다. 그러면 돼.'

그때, 협곡 위에서 경계하고 있던 무인이 다급히 외쳤다.

"이제 이십여 장밖에 남지 않았습니다, 소문주님!"

이제는 땅울림이 느껴질 지경이었다. 암천의 무인들보다 먼저 그들의 살기가 도착했다.

전대환은 이번엔 백성들을 돌아보았다.

백성들은 겁에 질려 있었다. 하지만 백성들은 정검문이 자신들을 버릴 거라는 생각은 조금도 하지 못하고 있었다. 그저 이제 어떻게 되는 건지 궁금해하며 초조하게 자신을 바라보고 있을 뿐이었다.

백성들 틈에서 화공이 자신을 물끄러미 바라보고 있었다. 전대환은 화가 치밀어 오르는 것을 느꼈다. 저런 눈으로 자신을 바라보는 화공에게 따지고 싶었다.

'왜 그런 눈으로 보시오, 묵월랑?'

하지만 목소리가 나오질 않았다.

화공의 깊은 눈이 연민을 담고 자신을 바라보고 있었다. 자신의 몰락한 처지를 보고 가련하게 여긴 것이 아니었다. 헛된 미망에 얽매인 사람을 보는 듯한 시선이었다. 무맥을 잇는다는 명분에 얽매인 자신을 불쌍하게 바라보는 시선이었다.

'나도 어쩔 수가 없소. 정검문을 이대로 지워 버릴 수는 없단 말이오!'

전대환은 화공의 시선을 피해 눈을 돌렸다.

그때, 누군가가 전대환을 불렀다.

“소문주님.”

전대환이 자신에게 말을 건 사람을 바라보았다. 어떤 노인이 불안한 듯 서성이며 질문했다.

“우리는 어떻게 됩니까요?”

전대환의 시선이 흔들렸다. 노인의 이름은 장소(張昭)로, 정검문에서 숙수 노릇을 하던 사람이었다. 어렸을 적 스승께서 탁기를 다스린다며 화식을 금하게 했을 때에 몰래 전병 하나씩을 안겨주던 마음 좋은 노인네였다. 그 아들이 정검문의 문도가 되었다고 온갖 곳에 자랑을 하던 모습이 떠올랐다.

전대환은 이제야 화공의 시선이 마음에 걸렸던 이유를 깨달았다. 백성들과 아무 연관이 없는 사람이었는데도 화공은 진심으로 그들의 죽음을 안타까워하고 있었다. 자신이 백성들을 버릴 궁리를 하던 때에 말이다.

전대환은 다시 한 번 화공을 바라보았다. 화공은 여전히 연민이 가득한 눈으로 자신을 바라보고 있었다. 그 순간 전대환의 마음속에서 무언가가 깨어졌다. 도대체 무공이 무엇이기에! 정검문이 무엇이기에!

전대환은 마침내 선택했다.

“정검문의 제자들은 들어라!”

전대환이 크게 소리쳤다. 정검문의 무인들이 전대환을 돌아보았다.

“정검문의 문도들은 방어진(防禦陣)을 구성하라! 백성들을 보호하여 퇴로를 구축한다!"

"소문주!"

유재익이 비명처럼 고함을 질렀다.

"정검문의 맥을 끊어버릴 참입니까!"

전대환이 활활 불타는 눈으로 유재익을 돌아보았다.

"조사께서는 소림 속가로, 소림의 무공을 기반으로 정검문을 세웠다! 그러나 강호는 우리를 소림이라 부르지 않고 정검문이라 부른다! 그 까닭이 무엇이겠느냐!"

유재익은 일순 할 말을 잃고 말았다.

전대환이 무인들을 번갈아보며 말했다.

"정검문의 사람이 무공을 펼치기 때문이다. 소림 승려가 펼치는 것이 아니라 정검문의 사람이 펼치기 때문이야! 정검문의 사람이 남아 있는 한, 정검문의 맥은 영원히 끊어지지 않는다!"

뿌리와 전통에 집착하는 정도 문파의 소문주가 할 말이 아니었다. 하지만 전대환은 조금의 거리낌도 없었다. 오히려 가슴 한구석이 비로소 시원해지는 것을 느꼈다.

"저들을 보호한다!"

전대환은 그렇게 말하고는 화공을 돌아보았다. 화공이 미약한 미소를 짓고 있는 것이 보였다. 전대환은 비로소 화공의 시선을 당당하게 마주할 수 있을 것 같다고 생각했다.

"십여 장도 남지 않았습니다, 소문주!"

협곡 위에 서 있던 무인이 외쳤다. 전대환이 고개를 돌려보
니, 협곡의 소로에서 적의를 입은 수십 명의 무인들이 경공을
펼쳐 달려오는 모습이 보였다.

그들이 바로 멸검대, 암천의 흑풍대와 쌍수를 이루는 암천
의 마두들이었다.

정검문의 소문주, 전대환은 패검한 검을 들어 올렸다.

'오늘, 이 자리에서 죽겠구나.'

"유재익! 서둘러 백성들의 퇴로를 구축하라!"

유재익이 얼굴을 찌푸리며 백성들을 돌아보았다.

반발심이 아니 드는 것은 아니었으나, 그 역시 정검문의 문
도. 감히 소문주의 명을 거역할 수는 없었다. 그는 본래 소문
주를 탈출시키려 했던 길로 백성들을 인도했다.

"모두들 이쪽으로! 이쪽으로 피해라!"

유재익이 빠르게 뒤로 물러났다. 백성들을 이끌기 위함이
었다.

전대환은 아랫입술을 질끈 깨물었다.

'제자들의 숫자가 너무 부족해.'

인원이 터무니없이 적다. 고작 이 정도의 제자들로 얼마나
버틸 수 있을까. 언뜻 보기에도 수십 명은 되어 보이는 적들
을 상대로 얼마나 버틸 수 있을까.

'거기에 화살이라도 날아온다면……'

화살을 막을 재주를 가진 문도는 채 열 명도 아니 된다. 멸

검대의 악적과 싸워가며 화살까지 막을 수는 없을 터, 아마 수많은 백성들이 목숨을 잃게 되리라.

'하는 데까지는 해봐야겠지.'

전대환은 패검한 검을 뽑아 들고 우렁차게 외쳤다.

"단 한 명의 적도 진입치 못하게 하라! 우리들이 쓰러지기 전까지 저들은 백성들을 해하지 못할 것이다!"

"존명!"

정검문의 문도들이 크게 외쳤다. 검을 빼어 든 전대환과 정검문의 문도들은 협곡 한가운데를 바라보며 천천히 뒤로 물러났다.

그때, 오히려 앞으로 나서는 이가 있었다.

"묵월랑?"

앞장선 사람은 다름 아닌 자명이었다.

전대환은 멍하니 화공의 눈을 바라보았다. 화공의 눈은 맑디맑았는데, 지금과 같은 위험 속에서도 저 눈을 마주하니 마음이 편안해진다.

"위험하오, 묵월랑! 아무리 그대의 무위가 뛰어나다 한들……."

자명은 아무런 말 없이 웃어 보였다. 자신의 작은 눈으로 세상 전체를 담을 수는 없다. 그간 본 무림의 모습은 이해할 수 없는 것뿐이었지만, 모든 무림이 그런 것은 아닐 테다. 바로 지금의 경우처럼 말이다.

자명은 작은 희망을 가졌다.

"잠시라면 막아낼 수 있을 것 같습니다."

"그게 무슨 소리요?"

전대환이 다급히 말했지만, 자명은 대답하지 않았다. 몸을 돌리고 천천히 암천의 무인들에게로 걸어갈 따름이었다.

키야 훤칠하다지만 아직 어린 태가 묻어나는 소년이 수십 명의 적 앞으로 걸어가는 모습은 참으로 기이한 것이었다.

'잠시라면 가능할 거야.'

자명은 그렇게 생각하며 달려오는 암천의 무인들을 바라보았다. 그리고는 무명도원도의 호흡을 불러일으켰다. 호흡이 느려지고 길어지더니, 저만치서 제왕을 닮은 노인이 나타나 재미있다는 듯 웃어 보였다.

자명은 그 노인을 따라 크게 발을 굴렀다.

'홍의무관을 상대했을 때처럼……'

쿵―!

자명의 진각을 따라 커다란 울림이 일어났다. 그와 동시에 바닥이 물결이 일듯 일렁였다. 자명에게서 시작된 파동은 이어지고 이어져 마침내는 암천의 무인들에게로 향했다.

그것은 어떤 전설의 시작이었다.

2

정검문의 문도들은 백성들에게로 쏟아지는 화살비를 막아
내며 서서히 후퇴하고 있었다. 백성들은 비명을 지르며 걸음
을 재게 놀렸지만, 사람의 숫자가 많다 보니 후퇴하는 속도는
느리기만 했다. 문도들의 마음이 다급해진 것은 당연한 일일
터였다.

다급함만큼이나 경악도 컸다. 어떤 문도 하나가 조그맣게
속삭였다.

"믿을 수가 없구나."

그것은 곧 모두의 마음을 대변하는 것이었다.

"한 명, 단 한 명이……."

전대환 역시 놀라기는 마찬가지였다.

협곡 한가운데에는 화공이 홀로 서 있었다. 묵월랑의 앞에
는 약 백여 명 가까이 되는 멸검대의 악적들이 격렬하게 공격
을 하고 있었지만, 묵월랑을 뚫지는 못했다.

단 한 명이 홀로 백여 명의 무인들을 상대하고 있는 것이
다.

"재주가 보통이 아닌 놈이로다!"

후방에서 우렁찬 목소리가 들려왔다. 상황을 주시하고 있
던 멸검일대주(滅劍一隊主)의 목소리였다. 곧 적의인들의 어
깨를 밟고 적포를 입은 어떤 노인이 뛰어나왔다.

전대환이 비명처럼 외쳤다.

"추, 추혈마(追血魔) 한대훈(韓大勳)!"

추혈마 한대훈은 멸검일대의 대주로, 무서운 검공(劍功)을 지닌 자였다. 한때 정검문의 문주와 장로들 중 네 명이 추혈마에게 목숨을 잃었으니 말 다한 셈이었다.

그러나 놀람은 전대환만의 것이 아니었다. 추혈마 한대훈의 놀람은 오히려 전대환의 것보다 훨씬 컸으리라.

'조양 땅에 이런 고수가 있는 줄은 몰랐구나!'

학사의를 입은 앳된 소년이 진각을 밟을 때에만 해도 대수롭지 않은 일로 생각했다. 하지만 진각이 땅을 뒤흔들자 멸검대 전부가 멈춰 서고 말았다. 천하를 종횡하던 멸검대로서는 처음 당하는 수치라 할 수 있었다.

어디 그뿐이랴? 상대는 스르르 움직여 멸검대원의 검을 빼앗더니, 단 삼 초식만으로 두 명의 멸검대원을 쓰러뜨리고 말았다. 다른 멸검대원들이 공격했지만, 상대는 성치는커녕 생채기조차도 입지 않았다.

'오늘의 행사는 길보다 흉이 더 많겠어.'

추혈마가 이를 뿌드득 갈았다.

학사의를 입은 앳된 소년의 손속은 섬뜩하리 만치 잔혹했다. 그는 조금의 거리낌도 없는 태도로 어떤 멸검대원의 양팔을 잘라 버린 후, 장을 펼쳐 멸검대원의 단전을 폐하고 있었다.

"으아아악!"

양팔을 잃어버린 멸검대원이 피에 젖은 얼굴로 처절하게

비명을 질렀다. 텅 빈 어깨를 바동거리며 뒤로 기어가는 모습이 차라리 죽는 것이 낫다 싶을 정도였다.

학사의를 입은 앳된 소년은 무심한 얼굴로 멸검대원을 바라보고는 별 감흥 없다는 듯 고개를 돌렸다.

노기가 치민 추혈마가 크게 공력을 일으켜 학사의를 입은 소년에게로 뛰어들었다.

"놈! 어디, 내 검도 받아보아라!"

학사의를 입은 앳된 소년이 검을 기기묘묘하게 흔들며 공격해 왔다. 마치 원을 그리는 듯 움직이는 검로가 현현하기만 하다. 추혈마는 비로소 상대의 정체를 짐작할 수 있었다.

"매화검법! 알고 보니 화산의 말코였군!"

챙강! 소리와 함께 추혈마가 뒤로 두어 걸음 물러났다. 그것은 학사의를 입은 앳된 소년 역시 마찬가지였다. 소년 역시 추혈마의 검에 담긴 경력을 온전히 해소해 내지는 못한 것이다.

하지만 추혈마는 오히려 자신이 몇 수 밀렸다는 인상을 지울 수 없었다. 추혈마의 등허리가 오싹해졌다.

'아니, 보통의 매화검법이 아니야. 그보다 더 높은……'

직접 본 적은 없으나 전대의 고수였던 매화검선(梅花劍仙)이 저러한 검로를 펼쳤다고 들었다. 추혈마가 경악이 담긴 눈으로 학사의를 입은 앳된 소년을 바라보았다.

"매, 매화검보!"

그때였다. 적의인 몇 명이 크게 몸을 떨쳐 자명의 뒤로 넘어갔다. 백성들을 먼저 공격하려는 것일까, 아니면 학사의를 입은 앳된 소년의 후위를 점하려는 것일까? 아니, 어느 쪽이든 상관없다. 추혈마는 슬쩍 미소를 지었다.

'옳도다! 후위에서 약간의 시간만 끌어준다면……'

추혈마는 허리춤을 슬쩍 어루만져 보았다. 묵직한 유성추(流星錐)가 잡혀왔다. 자신의 애병인 청하유성추(淸河流星錐)였다. 멸검대원들이 잠시의 시간만 끌어준다면 유성추는 틀림없이 상대의 피를 빨아들일 수 있을 것이다.

그러나 세상일은 그렇게 간단하게 풀리는 것이 아니었다.

"으헉?"

갑자기 대기가 무겁게 느껴졌다. 천 근 무게의 돌이 어깨를 짓누르는 것만 같았다. 추혈마는 신음을 흘리며 다리에 힘을 주었다. 자명 근처에 있던 적의인들은 추혈마만큼 버텨내질 못했다.

"크허억!"

처참한 비명과 함께 네 명의 적의인이 뒤로 튕겨났다. 상대의 기세에 눌려 움직이지도 못한 채 일검을 얻어맞고 만 것이다. 단 일검에 네 명을 튕겨낸 것을 보면 중검(重劍) 중의 중검이라 할 수 있었다.

추혈마는 그러한 수법을 알고 있었다.

'제, 제왕검형… 그렇다면……'

추혈마가 학사의를 입은 앳된 소년을 노려보았다. 그는 매화검보와 제왕검형을 펼치는 이를 알고 있었다. 회에서 그토록 죽이고자 했던 인물, 그러나 아직까지 뜻을 이루지 못한 인물.

"묵월랑 진자명!"

자명이 흘끔 추혈마를 돌아보았다.

추혈마의 미간이 좁혀졌다. 묵월랑 진자명의 주위에는 독괴 당노독파가 있다고 한다. 만약 자신의 예상이 맞다면 여기 있는 멸검대는 모조리 전멸하고 말리라. 추혈마는 기감을 펼쳐 주위를 살펴보려다가 무언가를 떠올렸는지 고개를 절레절레 저었다.

'아니, 아마 독괴는 근처에 없을 것이다. 만약 근처에 있다면 지금까지 나타나지 않았을 리가 없어.'

그렇다면 속전속결, 최대한 빨리 일을 마무리 지어야 한다. 독괴가 나타나기 전에 묵월랑을 제압해야만 하는 것이다.

추혈마가 주위에 눈짓하여 신호를 보냈다. 적의인들이 고개를 끄덕이고는 경공을 펼쳐 협곡의 벽면을 타고 오르기 시작했다.

묵월랑이 유일한 길을 가로막고 있으니 협곡의 벽을 타고 오르려는 것이다.

"이, 이런!"

자명은 그만 당황하고 말았다. 열다섯 명 남짓한 무인들이 마치 개미 떼처럼 벽을 타고 자신의 후위로 넘어가고 있었다. 다급히 뒤를 돌아보니 아직까지 몸을 피하지 못한 백성들이 창백한 얼굴로 비명을 지르는 것이 보였다.

자명이 다급히 마음을 다스리며 눈을 감았다. 중용의 법을 따라 천지와 조화를 이룬다면 하지 못할 일이 무엇이 있으랴? 물 위에 서는 것처럼 공기 위에도 설 수 있으리라.

"후우—"

작게 숨을 내쉬는 소리가 들리더니 자명의 신형이 사라졌다. 추혈마가 경호성을 터뜨렸다.

"허, 허공답보!"

묵월랑은 마치 계단을 오르듯 허공을 밟고 협곡의 벽면으로 달려가고 있었다.

추혈마는 물론, 적의인들 하나하나가 놀란 눈으로 자신들의 머리 위를 달려 올라가는 묵월랑을 바라보았다.

허공을 밟고 올라선 자명이 검을 날카롭게 쥐어 들 무렵이었다. 추혈마가 적의인들처럼 협곡의 벽면을 밟고 뛰어올랐다.

"놈!"

추혈마가 허리춤에 숨겨둔 유성추를 빼 던졌다. 추혈마의 진신절기가 유성추라는 것을 아는 사람은 아무도 없었다. 그것을 본 사람이 모두 죽었으니 알려지지 않은 것이 당연한 일이었다.

자명은 놀란 눈으로 자신에게 쏘아져 오는 유성추를 바라
보았다.

쿵—!

허공을 밟고 뛰어오르던 자명이 뒤로 튕겨나 바닥에 처박
혔다. 흙먼지가 자욱하게 일어났다.

그러나 추혈마는 통쾌하게 웃지 못하였다.

'아직도 살아 있다? 허어, 믿을 수가 없구나.'

"무엇들 하느냐? 지금을 놓치면 기회가 없으니!"

놀란 듯 추혈마와 자명을 돌아보던 적의인들이 재빨리 자
명에게 덤벼들 무렵이었다. 흙먼지 틈으로 자명이 힘겹게 몸
을 일으켰다. 반쯤 일어났다가 다시 넘어지는 것을 보면 상처
가 적잖이 큰 모양이었다.

자명은 시야가 흐릿해지는 것을 느꼈다. 이마와 볼에서 끈
적한 무엇인가가 흐르는 것도 느껴졌다. 피한다고 피했지만
유성추가 머리를 스치듯 지나가며 큰 충격을 선사했던 것이
다.

귓가에 위잉, 하는 이명이 들렸다.

'어떻게 해야 하지?

적의인들의 발걸음 소리가 들려왔다. 협곡의 벽면을 타고
자신의 옆을 지나가는 적의인들도 보였다. 자명의 아랫배에
서 무언가가 꼬물거리며 일어났다. 무명도원도의 호흡이었
다. 무명도원도의 호흡은 곧 청허심결의 기운을 불러왔다.

자명은 청허심결의 기운을 가득 담아 주먹으로 바닥을 내려쳤다. 쿵! 소리가 사방에 울려 퍼졌다.

"헉!"

적의인들이 비명을 토해냈다. 처음 묵월랑이 진각을 밟았을 때처럼 땅이 뒤흔들리기 시작한 것이다. 아니, 처음보다 더욱 심했다.

땅의 흔들림은 협곡마저도 뒤흔들어 놓았다. 협곡을 타고 오르던 적의인들이 균형을 잃고 바닥으로 추락했다. 더 이상 협곡 위에서 경공을 펼칠 수가 없었던 것이다.

추혈마가 비명을 토해냈다.

"처, 청허심결? 이, 이놈이!"

추혈마는 도저히 지금의 상황을 믿을 수가 없었다. 제왕검형도, 매화검보도, 청허심결도 하나같이 무림의 질학이다. 단 하나만 익혔더라도 감히 대적할 자가 없을진대, 상대는 세 가지나 익히고 있었다. 그것도 모두 허투루 익힌 것이 아니었다.

어디 그뿐이랴? 온갖 수를 부려 공격해 보아도 단 한 명을 뚫을 수가 없다. 인간을 상대하는 것이 아니라 철벽을 상대하는 듯한 기분이었다.

'괴, 괴물……'

추혈마와 적의인들이 움직임을 멈춘 틈에 자명이 마침내 자리에서 일어났다. 자명은 소매로 이마를 훔쳤다. 붉은 피가 소매에 묻어났다.

자명은 적의인들을 흘끔 바라보고는 뒤를 돌아보았다. 협곡의 벽면을 타고 오르던 적의인들은 자신의 뒤로 넘어가지 못했다.

'다, 다행이다.'

자명이 안도의 한숨을 내쉴 때였다. 문득 줄기차게 쏟아내던 화살비가 멎었다. 자명은 의아한 얼굴로 뒤를 돌아보았다.

자신이야 적의인들과 한데 섞여 있었기에 화살의 권역 밖에 있었지만, 자신의 뒤에 있는 정검문의 제자들은 화살의 권역 안에 있었다. 그들은 쏟아지던 화살비가 멎자 의아한 얼굴로 주위를 둘러보고 있었다.

그때, 백성들의 행렬 한가운데서 비명 소리가 들려왔다.

백성들을 피신시키던 유재익의 다급한 외침도 함께였다.

"꺄아악!"

"소, 소문주!"

자명의 안색이 창백하게 변했다. 소문주 전대환의 얼굴도 마찬가지였다.

"멸검대입니다! 열다섯 명 가까이……!"

유재익의 외침에 소문주가 당황한 얼굴로 자명을 바라보았다. 그로서도 갈등이 심하지 않을 수 없었다. 잠시간이야 버티고 있었다지만, 묵월랑 혼자 백여 명의 적들을 감당해 내지는 못할 것이다.

　하지만 묵월랑을 도울 수도 없었다. 그랬다가는 백성들의
목숨이 위험한 것이다.
　자명이 버럭 고함을 질렀다.
　"백성들을 구하십시오!"
　"하오나 묵월랑께서는……!"
　전대환이 다급히 외쳤다. 자명이 고개를 저었다.
　"잠시라면 괜찮습니다! 먼저 저쪽부터 수습하십시오!"
　소문주는 어찌할 바를 모르겠다는 듯 아랫입술을 질끈 깨
물었다. 고민은 컸으나 결단은 빨랐다. 소문주가 잇소리를 내
며 몸을 뒤로 뺐다.
　"부디 보중하시오, 묵월랑!"
　묵월랑에게 큰 짐을 지우는 꼴이었지만, 소문주 전대환은
백성들의 안위를 먼저 보살피기로 한 것이나. 진대환이 신형
을 날려 백성들 틈으로 사라져 갔다.
　자명이 다시금 고개를 돌렸다. 백성들이 목숨을 잃고 있다
고 생각하자 가슴속이 부글부글 끓어올랐다. 자명은 그 어느
때보다 차가운 눈으로 추혈마를 돌아보았다.
　"저들을 물려."
　"하! 수하들을 물리라고?"
　추혈마가 비웃듯 말했다. 멸검대의 본대는 이곳에 있었지
만, 몇몇 멸검대원들은 따로 빼어놓았다. 도주하는 사람들을
사냥하기 위함이었다. 백성들을 공격하고 있는 이들이 바로

그들이었다.

추혈마가 싸늘하게 웃으며 말하였다.

"내가 왜 수하들을 물려야 하는가?"

자명은 그만 할 말을 잃고 말았다. 가슴속 깊은 곳에 숨겨두었던 살기가 일어났다. 파파의 죽음과 어린 딸을 둔 어떤 어미의 죽음이 가슴 한군데서 뭉쳐진 기분이었다. 가슴속에 맺힌 울혈을 풀지 않으면 견딜 수가 없었다.

자명이 이를 뿌드득 갈며 억눌린 목소리로 말했다.

"당신들은 끝까지……"

"이미 거절한다고 말했는데 더 무슨 말이 필요하랴!"

추혈마가 그렇게 외치며 자명에게로 덤벼들었다.

자명은 천천히 검을 들어 올렸다.

자명의 검에 미움과 살기가 실렸다. 돌이킬 수 없을 만큼 변해 버릴 것 같아서, 다시는 예전의 모습으로 돌아가지 못할 것 같아서 참아두었던 살기가 자명의 전신을 휘감았다.

자명은 더 이상 그것을 제지하지 않고 마음껏 풀어놓았다.

'이제는 상관없어. 나도 너희들과 똑같이 할 테다. 나도 아름다움이 아니라 미움으로 대할 테다.'

자명의 검이 기이한 궤적을 그렸다. 곧이어 세 갈래의 바람이 불어왔다. 자명은 눈을 지그시 감았다. 곧이어 자명에게서 불어오는 세 갈래의 바람이 더욱 크게 일어났다.

그와 동시에 폭풍이 몰아닥쳤다.

“크허억!”

추혈마가 크게 뒤로 튕겨났다. 그것은 다른 적의인들 역시 마찬가지였다. 세 갈래의 바람이 하나로 합쳐지는 것과 동시에 거센 바람이 크게 일어나 적의인들을 밀쳐 버린 것이다.

그것은 염왕의 검이었다.

쿠쿠쿵! 소리와 함께 땅이 진동했다. 검의 궤적에 따라 바닥이 움푹 파였고, 협곡의 벽면에 크나큰 상흔이 남았다. 상흔을 이겨내지 못한 협곡의 벽면이 무너지기 시작했다.

“어, 어떻게… 쿨럭, 쿨럭!”

추혈마가 피를 토해내며 자명을 바라보았다. 마지막 검공만큼은 추혈마조차 눈치채지 못하였다. 단 일검, 단 일검이었다. 도대체 어떤 검공이기에 이런 무위를 선보일 수 있단 말인가!

자명은 길게 호흡을 토해내고 있었다. 가진 모든 것이 빨려나가는 기분이었다. 체력이 몽땅 떨어져 서 있기도 힘들었다. 자명은 고개를 홰홰 젓고는 자신이 저지른 참상을 바라보았다.

스무 명 남짓한 무인이 사지육신 곳곳을 배인 채 바닥에 쓰러져 있었다. 그 뒤에 있던 적의인들의 눈에는 공포가 가득 어려 있었다.

순진한 사람이 화를 내면 더 무섭다던가? 그 모습에도 불구하고 자명의 마음에 어린 살기는 아직 사라지지 않았다. 자명은 또다시 검을 들어 올렸다.

'한 번 더……'

기운이 몽땅 사라진 줄 알았는데, 몸이 저절로 움직였다. 방금 전과 조금도 다를 바 없는 세 갈래의 바람이 불어왔다.

자명이 앞으로 한 걸음을 내딛었다. 적의인들이 그에 맞추어 한 걸음을 뒤로 물러났다. 단 한 명의 무인에게 압도되어 전의를 상실해 버린 것이다.

추혈마가 기침을 크게 토해냈다.

"쿨럭, 쿨럭!"

'사, 사람이 아니야. 유 노사나 한 노사가 아니거든 상대할 수가 없으리라……'

이대로라면 몰살을 피할 수 없을 것이다. 추혈마는 처음으로 후퇴를 염두에 두었다.

그때, 추혈마의 결단을 돕는 사건이 일어났다. 멸검대원들이 백성들을 도륙하던 곳에서 고함 소리가 들려온 것이다.

"무림맹! 무림맹의 구원대다!"

일찍이 조양의 중요성을 간파한 신산자 제갈경은 무림맹주 엄세진에게 청원하여 정검문에 무림맹의 구원대를 보내게 했다.

필요하지 않을 때에는 외면하다가 뒤늦게 손을 내미는 꼴이었지만, 지금의 정검문에게는 그 어떤 것보다 소중한 손길이었다.

추혈마의 안색이 어두워졌다.

"후, 후퇴하라!"

콰아앙—!

그 순간 커다란 굉음과 함께 또다시 세 갈래의 바람이 하나로 합쳐졌다. 적의인들은 바람 앞의 낙엽처럼 뒤로 튕겨났다. 자명이 또다시 신풍삼로를 펼쳤던 것이다.

바람이 걷히자 열다섯 명 어림의 적의인들이 바닥에 쓰러져 있는 것이 보였다. 추혈마가 다시금 고함을 질렀다.

"후퇴하라고 하지 않았더냐!"

추혈마가 뒤로 물러나자 후방에 있던 적의인들 역시 재빨리 몸을 빼기 시작했다. 자명은 물끄러미 그 모습을 바라보았다.

"묵월랑! 묵월랑께서는 무탈하시오?"

무림맹의 구원대가 도달하자마자 자명에게로 돌아온 소문주 전대환이 자명을 발견하고는 크게 놀란 듯 몸을 멈추었다.

구원대로 파견된 청룡대(靑龍隊)의 대주(隊主)도 마찬가지였다. 백여 명의 멸검대를 한 명이 상대하고 있다는 소리를 듣고 다급히 뛰어왔는데, 막상 도착하자 허탈해지고 말았다.

협곡 안에 서 있는 사람은 자명밖에 없었다. 저만치서 추혈마와 멸검대원들이 재빨리 도주하고 있었고, 바닥에는 사지 육신이 온전치 않은 무인들이 신음을 흘리고 있었다.

한 명이 쓰러지기는커녕, 오히려 군대가 휩쓸고 지나간 듯

한 흔적만이 남은 것이다.

"어떻게 단 한 명이……."

청룡대의 대주가 믿을 수 없다는 듯 중얼거렸다.

챙그랑, 소리가 들려왔다. 자명이 검을 바닥에 떨어뜨리고 만 것이다. 자명은 눈물마저 마른 무심한 얼굴로 자신이 만든 참상을 내려다보았다.

자명은 오래도록 그렇게 서서 움직이지 않았다.

第七章
탱화(幀畵)

畫工
道談

화공
도담

1

　난세는 영웅을 낳는다던가?

　어느 날부터인가 강호에 한 가지 소문이 떠돌았다. 단신으로 암천의 멸검대를 상대한 소년 영웅에 관한 소문이었다.

　묵월검랑(墨月劍郞) 진자명!

　서화(書畵)의 법(法)을 얻어 이능(異能)을 부린다는 화공이 바로 소문의 주인공이었다.

　소문에 따르면, 묵월검랑은 입즉사(入卽死)가 펼쳐져 있음을 알면서도 청성산에 들어 정도의 무인들을 구하였고, 조양에 이르러서는 정검문을 도와 암천의 습격을 물리쳤다 한다. 신인(神人)의 경지에 달한 놀라운 무공으로 말이다.

어디 그뿐이랴? 부육현에서 백성들을 돌본 협객행(俠客行) 역시 뒤늦게 세인들의 입가에 오르내렸다. 묵월검랑은 단 몇 장의 그림만으로 백성들을 구휼하였는데, 그 공(功)에도 불구하고 스스로를 내세우지 않았다고 한다.

강호는 묵월검랑에 대한 소문에 열광했다. 강호에 암운이 드리운 이때에 신성(新星)이 나타났으니 어찌 아니 반길 수 있으랴! 아무도 알지 못할 음지(陰地)에서 정도의 의기를 지켜온 협객, 묵월검랑의 명성은 그야말로 하늘 높은 줄 모르고 솟아올랐다.

조양을 떠난 지도 벌써 한 달이 지났다.

무림맹의 구원대를 만나 정검문이 안전해진 것을 확인한 자명은 그길로 숭산으로 향했다. 무림맹의 구원대가 무림맹으로 초빙한다며 붙잡았지만, 파파를 소림사로 모셔야 했던 자명은 응낙하지 않았다.

숭산의 초입에 들어선 자명은 바랑을 추슬러 메고는 길게 한숨을 토해냈다.

'어느새 검(劍) 자가 붙었구나. 묵월검랑이라니.'

숭산으로 향하며 온갖 소문을 다 들었다. 묵월검랑의 무위가 천하오절을 능가한다느니, 알고 보면 천하제일인이라느니 하는 소문들이었다. 하늘이 암천의 악행을 벌하기 위해 낸 영웅이라는 소문을 들었을 때에는 할 말마저 잃고 말았다.

덕택에 자명은 자신의 이름을 숨기는 법을 배워야 했다. 이름을 말하면 온갖 사람이 들러붙으니, 이름을 밝히지 않는 수밖에 없었던 것이다.

'차라리 묵월랑일 때가 나았다.'

묵월랑에게 무학의 재주가 있다는 얘기는 진즉부터 돌았으나 대다수의 무림인들은 그것을 헛소문으로만 여겼다. 서화의 법으로 이능을 부린다는 말이 상식 외인 탓이었다. 그때까지만 해도 자신은 한낱 화공일 뿐이었다.

'이렇게 못난 사람을……'

자명이 울적한 얼굴로 걸음을 옮겼다. 살기를 다스리지 못하여 표출하였을 뿐, 영웅이라 불릴 만한 일을 한 적이 없는 자신이었다. 파파를 잃고 슬퍼하기만 했던 자신이었다.

'아니, 되었다. 한낱 소문일 뿐이니 신경 쓸 것 없어.'

자명은 고개를 절레절레 젓고는 걸음을 옮겼다.

청아한 공기가 코끝을 간질였다. 은은한 향내도 함께였다. 이제 조금만 더 오르면 소림사의 일주문(一柱門)이 보이리라.

'다 왔어요, 파파.'

자명은 바랑을 다시 한 번 추슬러 멨다. 마치 파파를 등에 업고 있는 것만 같았다. 파파가 심술궂게 굴며 때리고 꼬집었을 때처럼, 자명은 파파를 업고 하염없이 길을 올랐다.

일주문에는 두 명의 승려가 서서 참배객을 맞이하고 있었다. 승려 중 하나가 자명에게 반장해 보였다.

“아미타불.”

자명도 마주 합장해 보였다. 머리를 밀고 계인을 찍은 승려가 은은한 미소를 지으며 자명에게 말하였다.

“시주께서는 어떤 일로 폐찰을 찾으셨는지요?”

“다비(茶毘)를 부탁드리기 위해 왔습니다.”

“그러셨구려.”

강호가 혈란으로 뒤덮인 지금도 소림은 한결같았다. 평소처럼 백성들의 참배를 받았으며, 때때로 법회를 열기도 했다.

그것은 소림이 강호의 일을 외면하기 때문이 아니었다. 소림은 무림의 태산북두, 비록 난중(亂中)이라고 하나 흔들림을 보일 수 없었던 것이다.

“소승이 안에 이르리다. 시주의 성함은 어찌 되시는지요?”

“저는 합비 사람으로 성은 진 가요, 이름은 자명이라 합니다.”

승려가 당황한 표정을 지었다. 승려는 믿을 수가 없다는 듯 자명을 바라보며 눈을 끔뻑였다.

“그, 그렇다면 시주께서 묵월검랑이라 불리는…….”

“…모두 허명일 뿐입니다.”

자명이 씁쓸한 표정을 짓자 승려가 길게 한탄을 토해냈다. 묵월검랑이 아직 어린 나이라는 것은 들어 알고 있었지만, 설마하니 이렇게 어릴 줄은 몰랐던 것이다. 승려가 곧 고개를 절레절레 저었다.

"소승이 너무 무례했구려. 진 시주께서는 부디 용서하시길 바라오. 그래, 어떤 분의 다비를 준비하시려는 것인지요?"

"고인께서는 당 씨 성에 함자는 설 자, 련 자를 쓰십니다."

파파의 죽음을 다른 이에게 말하는 것은 거의 처음 있는 일이었다. 파파의 죽음에 얽힌 사정을 일일이 설명하고 싶지 않아 그간 대충 뭉뚱그리기만 했던 것이다.

자명의 가슴에 지독히 쓸쓸한 바람이 불었다.

승려는 그야말로 경악했다.

"도, 독괴께서?"

자명은 아무런 대답 없이 고개를 끄덕일 뿐이었다.

승려는 날카로운 눈으로 다시금 자명을 살펴보았다. 천하오절 중 하나인 독괴가 목숨을 잃었다니, 이게 말이나 되는 소리인가! 이찌면 이 획사의를 입은 소년은 진짜 묵월검랑이 아닐지도 모른다.

그렇게 생각하니 갈등이 커졌다. 이 일을 어찌 처리해야 하는지 가늠이 되지 않는 것이다. 잠시 고민하던 승려가 어두운 얼굴로 말하였다.

"이 일은 소승이 처리할 일이 아니로구려. 방장께 알려야겠습니다. 소승을 따라오시지요."

승려는 반장을 해보이고는 몸을 돌려 일주문 안으로 걸어갔다. 이 시주가 묵월검랑이 맞다면 당연히 방장께 알려야 한다. 독괴의 사망이 진실이라면 강호가 뒤흔들리게 되는 것이다.

이차가 묵월검랑이 아니더라도 마찬가지다. 묵월검랑은 강호의 영웅이니, 상도 벌도 방장의 몫이라 할 수 있었다.

자명은 바랑을 한 번 추스르고는 승려의 뒤를 쫓았다.

천하공부(天下功夫) 출소림(出少林)이라던가!

그 명성만큼이나 소림사의 크기는 웅장했다. 피안교(彼岸橋)를 넘어 금강역사(金剛力士)가 그려진 금강문(金剛門)을 지난다. 사천왕상이 내려 보는 천왕문(天王門)과 불이문(不二門)을 지난 뒤에도 한참을 걸어야 했다.

그렇게 걷다 보니 작은 폐허가 나왔다.

그것이 바로 이조(二祖) 혜가(慧可)께서 달마에게 법을 구하여 팔을 잘랐다는 입설정(入雪亭)이었다. 화재로 인해 소실되었으나 소림사의 승려들은 혜가의 마음을 잊지 않기 위해 그것을 치우지 않았던 것이다.

입설정을 지나 조금 더 걸으니 탑림이 보였다. 임제종(臨濟宗)의 대가람(大伽藍), 소림사의 선사들의 사리가 모셔져 있는 곳이다. 크고 작은 탑이 숲을 이루고 있는 모습은 장관이었으나, 그곳은 또한 금지(禁地)이기도 했다.

승려는 그 어림에서 자명을 잠시 기다리게 하고는 서둘러 어떤 요사채(寮舍寨:승려들이 생활하는 곳)로 향했다. 약 일각이 지났을 즈음, 승려가 다시금 뛰어와 자명에게 반장해 보였다.

“방장실(方丈室)로 드시지요. 방장께서 기다리고 계십니다.”

소림사의 주지승이 주지가 아니라 방장이라고 불리는 까닭은, 방장실이 주지승의 요사채이기 때문이다. 가로와 세로 모두 폭이 일 장밖에 되지 않는 작은 선실이 바로 방장실이었다.

팔대호원(八大護院)을 지나 방장실 앞까지 자명을 안내한 승려가 반장하여 보이고는 뒤로 물러났다.

자명은 물끄러미 방장실을 올려다보았다. 그렇게 한참을 서 있던 자명은 길게 한숨을 내쉬고는 방장실 안으로 들어섰다.

선방(禪房) 안에는 흰 수염을 그럴듯하게 기른 노승이 앉아 있었다. 그가 바로 천하무림의 태산북두라는 소림의 방장, 각원 대사(覺圓大師)였다.

각원 대사가 은은한 미소를 지으며 말하였다.

“오랜만에 뵙소이다, 진 시주.”

“예?”

자명이 놀란 표정으로 각원 대사를 바라보았다. 각원 대사가 수염을 한차례 쓰다듬었다.

“지난날, 명천회에서 뵈었지 않소이까.”

자명이 작게 감탄을 터뜨렸다. 그렇지 않아도 얼굴이 낯익다 했더니, 무림맹의 연회에서 보았던 스님이었다.

"방장 스님을 뵙습니다."

자명이 합장하여 머리를 숙이자 각원 대사도 마주 반장해 보였다. 각원 대사는 옆자리에 놓인 녹옥불장(綠玉佛杖)을 한 차례 어루만졌다.

"아니 뵌 사이에 협명을 떨치셨더구려. 명천회에서는 무학을 모른다 하시더니, 알고 보니 세상을 속이려 했던 게지요."

"송구합니다. 어찌하다 보니 무학과 인연이 닿았습니다."

"허허, 서화의 법을 말씀하시나 보구려."

각원 대사가 알고 있다는 듯 허허롭게 웃어 보였다. 그는 명천회에서 화공이 화산파의 장로, 무연 진인을 청정에 들게 하던 것을 직접 보았던 것이다.

"아직 어린데도 그만한 재주를 지니고 있으니 소승의 나이쯤 되거든 대기(大器)를 이루실 겝니다. 부디 자만치 마시고 정진하시구려."

자명의 심성을 흡족히 여긴 각원 대사가 축원했다. 그리고는 씁쓸한 얼굴로 말했다.

"사실 본승은 진 시주께서 진짜 진 시주가 아니길 바랐다오. 누가 진 시주를 사칭한 것이기를 얼마나 바랐는지 모른다오."

각원 대사가 자명이 가져온 바랑을 바라보며 말했다. 각원 대사의 앞에 앉은 자명이 바랑을 조심스럽게 내려놓고 끈을 끌렀다. 각원 대사가 씁쓸한 얼굴로 그것을 내려다보았다.

"이것이……."

바랑 안에는 작은 나무 상자와 비단으로 감싸인 한 줌의 머리칼이 있었다.

"파파의 유골입니다. 소림사에서 다비를 치르고 싶다는 유언이 계셨습니다."

자명이 차분하게 말하였다. 노승은 설마 했던 것이 사실로 왔다는 듯 한숨을 길게 토해냈다.

"믿을 수가 없구려. 독괴께서는 감히 당할 자가 없는 무림 고수인데……."

노승은 나무 상자를 살짝 쓸어보았다. 문득 손이 부르르 떨려왔다.

'불타여, 이제 속세는 어찌한단 말입니까.'

명천회가 열린 후부터 청성의 혈사가 마무리될 때까지 무림맹에 머물렀던 각원 대사는 암천이 여기저기서 준동하자 소림으로 돌아왔다. 아직 소림에는 암천의 마수가 뻗치지 않았으나, 언제 그렇게 될지 모른다는 생각이 들었던 것이다.

천하의 소림사의 방장이 그런 걱정을 할 만큼 강호무림은 혼란스러웠다. 하루에도 수많은 중소 문파가 멸문을 당했으니 더 말해서 무엇 하랴.

그런 와중에 독괴께서 귀천하셨다고 한다. 천하오절의 일인인 독괴가 말이다.

이제 앞으로의 판도가 완전히 뒤바뀌게 될 것이었다.

잠시 불호를 읊조리던 각원 대사가 질문했다.

"사정을 여쭈어도 되겠소이까, 진 시주?"

자명은 차분한 목소리로 입을 열었다. 남궁세가의 가주와 맺은 일년지약의 내용은 굳이 설명하지 않았지만, 파파와 함께 나누었던 대화들, 갑자기 나타난 화무백, 무형지독이라는 기물과 벽력진천뢰에 대한 이야기는 하나도 빼놓지 않고 설명해 나갔다.

자명이 이야기를 마친 것은 반 시진이 지난 후였다.

"그랬구려."

각원 대사가 한탄을 토해냈다. 그토록 납득되지 않던 독괴의 죽음이 두 기물의 이름을 듣자 납득이 되었다. 오히려 무형지독에 중독되고도 벽력진천뢰의 폭발을 감당해 냈다는 말이 믿어지지 않을 지경이었다.

잠시 한탄하던 각원 대사가 눈에 이채를 띠며 자명을 바라보았다.

"시주께서는 독괴의 죽음을 다른 이에게 말한 적이 있소이까?"

"아니오. 아직은 말한 적이 없습니다."

자명이 조그맣게 중얼거렸다. 도대체 왜 그랬을까? 처음에는 파파의 죽음에 얽힌 사정을 설명하고 싶지 않았기 때문이라고 생각했다. 하지만 이제는 확신할 수가 없었다. 어쩌면 파파의 죽음을 인정하고 싶지 않았기 때문일지도 몰랐다.

"잘하셨소, 참으로 잘하셨소. 아미타불."

자명이 고개를 젓자 각원 대사가 안도의 한숨을 토해냈다. 진 시주에게 혜안이 있어 아직 독괴의 죽음이 강호에 알려지지 않은 것이다.

'무림맹에 서신을 보내야겠구나. 한시도 지체할 수가 없겠다.'

각원 대사는 그렇게 생각하며 고개를 끄덕였다.

"내 직접 다비를 준비할 터이니 진 시주께서는 너무 염려치 마시오. 다만 사람들에게 알릴 일이 아닌 듯하니, 다비를 크게 치를 수 없음을 양해해 주시오."

"파파께서도 바라는 일일 겁니다."

자명은 고개를 끄덕였다. 평생 사람과 가까이하지 않고 홀로 떠돌았던 파파였다. 장례에 사람이 많이 몰린다면 오히려 불편해하실 것이다.

각원 대사가 천천히 자리에서 일어나 자명에게로 다가와 어깨로 손을 가져갔다. 마치 어깨를 두드리려는 듯한 몸짓이었다.

하지만 자명은 각원 대사의 손길이 닿기도 전에 몸을 피해버렸다. 각원 대사가 손을 주춤하자 당황한 자명이 죄송하다는 듯 합장해 보였다.

"죄, 죄송합니다, 방장 스님. 무심코……."

"아니, 아니오. 사과하실 것 없소이다. 허허허! 사실 소승이 실례를 한 것이라오.”

본래 어깨를 두드리는 각원 대사의 손에는 불영수(佛影手)의 기운이 실려 있었다.

한데 묵월랑은 미처 손을 다 뻗기도 전에 그것을 피해 버리고 말았다. 소림사 방장의 불영수를 그렇게 쉽게 피했다는 것은 그 무위가 몹시 뛰어나다는 것을 뜻한다.

각원 대사가 흡족하게 웃어 보였다.'

'강호의 소문이 헛된 것만은 아니로구나. 선재(善哉)로다, 선재.'

잠시 불호를 읊조리던 각원 대사의 눈빛이 가느다랗게 변했다.

'하나 살기가 짙으니…….'

단순히 불영수를 피하려는 것만이 아니었다. 각원 대사는 묵월랑의 어깨가 움찔하는 것까지 모두 보았던 것이다. 자명을 살피던 각원 대사가 길게 한탄을 토해냈다.

“허어—”

'어쩌면 소림사가 도움이 될 수도 있겠지.'

각원 대사는 자명에게서 시선을 떼고는 방장실 밖으로 걸어나갔다. 독괴 당노독파의 다비라면 그가 직접 준비하는 것이 옳았다. 지금 당장 승려들을 일러 분구(焚口)를 준비하라 이를 참이었다.

그것은 또한 축객령이기도 했다. 주인이 떠났는데 자명 혼자 방장실에 남아 있을 수는 없는 것이다. 자명은 서둘러 노승을 쫓아 나섰다.

2

다음날이었다.

겨울 하늘은 구름 한 점 없이 쾌청했다. 비라도 쏟아졌으면 좋았을 것을, 햇살을 머금은 하늘은 눈이 시리도록 아름답기만 했다. 파파의 다비식은 숭산의 암벽이 내려다보이는 산야에서 치러졌다.

소림사의 방장 각원 대사가 직접 삼귀의례(三歸依禮)를 치렀고, 착어(着語)는 소림사의 승려 중에서도 설법에 가장 능하다는 가우 대사(覺牛大師)가 맡았다. 가우 대사가 간단한 설법을 마치자 각원 대사가 요령을 흔들며 창혼(唱魂)하였다.

다음은 자명의 차례였다. 자명은 연꽃을 들이 목단 위에 놓인 파파의 머리카락 앞에 그것을 내려놓았다.

'실감이 나지 않아.'

자명은 멍한 눈으로 파파의 머리카락을 바라보았다. 파파의 다비를 치를 때가 되면 눈물이 쏟아질 줄 알았다. 가슴속에 맺힌 울혈을 그렇게라도 토해낼 수 있을 줄 알았다.

그러나 여전히 눈물은 나오지 않았다. 생각해 보면 파파의 죽음 이후로 웃어본 적도, 울어본 적도 없는 것 같다. 그저 이

것이 파파의 다비식이 아닌 것 같다고만 생각할 뿐이었다.

하지만 가슴 한구석에서 무엇인가가 빠져나간 것만은 분명했다. 그렇지 않으면 가슴이 이렇게 텅 빌 리가 없다.

법우 대사가 독경을 시작했다.

"아제 아제 바라아제 바라승아제 모지 사바하(揭諦 揭諦 波羅揭諦 波羅僧揭諦 菩提 娑婆訶:가자, 가자. 피안으로 가자. 우리 모두 피안으로 가자. 가서 깨달음을 얻자)."

자명은 타인의 장례 치르듯 그 모습을 바라보았다. 머릿속으로 파파의 얼굴을 떠올려 보려 했지만, 도무지 생각이 나지 않았다. 파파의 목소리도 생각이 나질 않았다.

자명은 파파를 떠올리려 애썼다.

소향(燒香)이 끝나고 곧 영결식이 끝났다. 승려 두 명이 분구(焚口)에 불을 붙였다. 타닥, 타닥 소리와 함께 불이 붙어 올랐다. 불은 금방 타올라 매캐한 연기를 뿜어냈다.

파파의 육신은 임시로 화장한 후였기 때문에 쇄골의 과정도 필요가 없었다. 이제 봉안하는 일만이 남았을 뿐이다.

'끝난 건가?'

자명은 멍한 눈으로 앉아 있다가 고개를 들었다. 단 한순간만에 모든 것이 끝나 버린 기분이었다. 목단이 모두 타버리는 것도, 승려들이 빠져나가는 것도 금방이었다.

아무도 자명에게 말을 걸지 않았기에 자명은 멍하니 그 모습을 바라보기만 했다.

각원 대사가 무어라고 말한 것도 같았고, '저 사람이 바로 묵월검랑 진 시주로구려'라고 말하는 승려도 있었던 것 같다. 알고 보면 소림의 고승(高僧)들이 모조리 다비에 참석했던 것이다.

하지만 아무것도 기억이 나지 않았다.

승려들이 모두 떠난 뒤에 자명은 홀로 걸어 접객당(接客堂)으로 돌아갔다.

'허탈하구나.'

한순간 만에 상이 끝난 줄로만 알았는데, 알고 보니 그런 것은 아니었나 보다. 어느새 노을이 지고 있었으니 말이다. 자명은 제자리에 서서 노을을 바라보았다.

'이제 어찌해야 하지?'

자명은 자신이 앞날을 고민해 본 적이 한 번도 없었다는 것을 깨달았다. 이제 무엇을 해야 할까? 어디에 가야 할까.

자명의 머릿속에 화란 아가씨가 떠올랐다. 화란 아가씨는 아직 합비의 남궁세가에서 내상을 다스리고 있을 터였다. 그곳은 또한 채화당이 있는 곳이기도 했다.

육신의 고향은 아니었으나, 마음의 고향이었다.

'가서 화란 아가씨를 만나자. 그리고 다시는 세상 밖으로 나오지 말자.'

자명은 그렇게 생각하며 고개를 떨어뜨렸다. 할아버지는 세상천지에는 아름답지 않은 것이 없다고 했는데, 자신은 아름답지 못한 것만 잔뜩 보고 말았다. 아름답지 못한 것을 따라 자신의 마음마저 상하게 한 뒤에야 이렇게 합비로 돌아가게 생겼다.

자명이 울적하게 몸을 돌릴 때였다. 문득 코끝에서 안료 향내가 났다.

'안료?'

자명이 향기가 나는 곳으로 고개를 돌렸다. 자명은 부지불식간에 그쪽으로 걸음을 옮겼다.

안료 향내가 나는 곳은 천불전(千佛殿)이었다.

깨달음을 얻으면 누구나 부처가 될 수 있는데, 과거와 현재, 미래에 각각 천불씩이 존재한다고 한다. 천불전은 현재의 천불을 모신 법당이었다.

천불전 안에 들어선 자명은 향내를 따라 중앙에 위치한 감실(龕室)에 들어섰다.

초를 켜놓았는지 감실 안에는 은은한 불빛이 감돌고 있었다. 자명은 감실의 문을 슬쩍 열고는 고개를 들이밀었다.

"아아!"

감탄이 절로 배어났다. 감실의 벽면 앞에서 어떤 화상(和尙)이 그림을 그리고 있었던 것이다. 종이를 몇 겹을 대었는지, 그림을 그리는 종이가 두텁기만 하다.

화상이 등진 벽면에는 목재를 얼기설기 얽어 만든 작업장이 높게 서 있었다. 높은 벽면은 그 위에서 작업하고, 낮은 벽면은 그 밑에서 작업하는 식이었다.

자명은 화상의 주변에 널린 화구들을 바라보았다. 세필과 액자필, 주련필, 양모필 등 각종 붓이 널린 것은 물론, 벽토와 석회, 단청에 필요한 색색의 안료들까지 있다. 자명은 화구들 속에서 어떤 그리움을 느꼈다.

한동안 그림을 그리던 화상이 물끄러미 고개를 돌려 자명을 바라보았다.

"죄송합니다. 인기척이 느껴지기에 문득……."

자명이 합장하였지만, 화상은 말을 하지 않았다.

자명을 조심스럽게 살펴보던 화상은 이내 어깨를 움츠리며 자명의 시선을 피했다. 천성이 소심하고 예민한 사람인 모양이었다.

"실례가 아니라면 단청(丹靑)을 구경해도 되겠는지요?"

화상이 허락의 의미로 고개를 끄덕였다.

자명은 조심스럽게 천불전을 둘러보았다. 비로자나불(毘盧遮那佛)을 중심으로 아미타불(阿彌陀佛), 석가모니불(釋迦牟尼佛)이 모셔져 있었다. 기이한 것이 있다면, 불상 뒤에 있어야 할 탱화가 없다는 사실이었다.

자명은 법당 안을 물끄러미 둘러보다가 북쪽 벽면에 그려진 그림을 바라보며 찬탄을 터뜨렸다. 화상이 미리 작업해 둔 벽면인가 보다.

'팔상성도(八相聖圖)인가?'

팔상성도는 부처의 인생을 여덟 단계로 나누어 그린 그림으로, 법당의 벽면에 그리는 그림을 말한다. 비로자나불을 모시는 감실에는 어울리지 않는 그림이었지만, 이처럼 그려놓은 것을 보니 제법 어울리는 데가 있었다. 비로자나불은 법신불(法身佛)로, 석가모니불은 바로 그 화신(化身)이라고 하지 않던가!

자명은 그림 앞에 서서 고개를 올려다보았다.

"아름답다."

자명이 조그맣게 중얼거렸다. 자명의 앞에 있는 그림은 팔상성도 중에서도 쌍림열반상(雙林涅槃相)이었다.

수많은 사람들에게 법을 전한 후 사라쌍수 아래서 열반에 드는 석가, 세상의 모든 고통을 굽어보는 염화미소가 그려져 있었다. 그간 보았던 어떤 벽화보다도 아름다운 그림이었다.

'솜씨가 굉장한 화공이로구나.'

자명은 다시금 화상을 흘끔 바라보았다. 화상은 그림이 손에 잡히지 않는지 자신을 흘끔거리고 있었다. 자명은 북쪽 벽면으로 고개를 돌리고서 눈을 지그시 감았다.

'나는 이런 그림을 그릴 수 있을까?'

잠시 조용히 서 있던 자명은 마음속에서 붓을 한 자루 들어올렸다. 오랜만에 마음으로 그림을 그려보려는 것이다. 과거 무명도원도를 그렸을 때처럼 눈을 감고 마음속에 화상이 그린 팔상성도를 모작해 본다.

잠시 뒤, 자명이 실망한 듯 고개를 떨어뜨렸다.

'달라. 부처가 웃지를 않으니……'

마음을 다하지 못했거든 차라리 그림을 그리지 말라 했다. 지금 자신의 마음에 부처는커녕 악귀가 들어있는데 어찌 팔상성도를 그릴 수 있겠는가!

그것은 또한 실력이 부족하기 때문이기도 했다. 자신의 실력으로는 화상을 따를 수 없었던 것이다. 기술만이라면 능히 따라 할 수 있겠지만, 기술 뒤에 숨은 것, 형상 뒤에 숨은 것은 감히 자신이 쫓을 수 없었다.

'할아버지와도 비견될 만하다.'

자명은 문득 소름이 돋는 것을 느꼈다. 세상 사람들은 모두 자신의 그림을 뛰어나다 칭찬했지만, 이렇게 알려지지 않은 곳에 기인(奇人)이 숨어 있었던 것이나.

자명은 길게 한숨을 내쉴 때였다. 뒤에서 재미있다는 듯한 목소리가 들려왔다.

"왜 그리 화가 났는고?"

"예?"

자명이 의아한 듯 뒤를 돌아보았다. 선장을 지팡이처럼 짚은 조그마한 노승이 굽은 허리를 두드리며 서 있었다.

노승은 천천히 자명의 옆에 다가오더니 그것으로도 힘겨운지 길게 한숨을 내쉬었다.

자명이 떨떠름하게 중얼거렸다.

"화가 나지는 않았습니다만……."

"하지만 표정이 개 핥은 죽사발 같은걸. 헐헐헐!"

노승은 제 말이 재미있는지 헐헐 웃으며 자명이 바라보는 그림으로 고개를 돌렸다. 자명이 무어라 말하기도 전에 노승이 입을 열었다.

"이걸 바라보고 있었나 보구나."

"예? 예, 그렇습니다."

자명이 고개를 끄덕이자 노승이 눈을 지그시 감더니 나직한 목소리로 중얼거렸다.

"급고독장자(給孤獨長者)가 어느 날 부처님께 그림을 그려 법당을 장식하고 싶다고 말했단다. 부처님께서는 뜻대로 가서 그림을 그리라고 말씀하셨지."

자명이 의아한 듯 노승을 바라보았다. 노승이 도대체 무슨 말을 하는지 이해할 수가 없었던 것이다.

노승은 계속해서 말을 이어나갔다.

"하지만 급고독장자는 무엇을 그려야 할지 몰랐단다. 하여 부처님께 물으니, 부처님께서 말씀하셨지. 문의 양쪽에는 집 장약차(執杖藥叉)를 그리고, 그 옆의 한 면에는 대신통변(大神通變)을 그리라고 말이다."

노승이 말한 것은 근본설일체유부비나야잡사(根本說一切有部毘那耶雜事)라는 경전에 나온 이야기로, 불화(佛畵)가 어떻게 생겨났는지를 설명하는 이야기였다.

　노승이 의미심장한 눈빛으로 자명을 바라보았다.

　"또한 식당에는 음식 든 야차를, 창고에는 보배를 가진 야차를, 대소행처(大小行處)에는 시체의 모습을, 방 안에는 마땅히 해골을 그려야 한다고도 하셨지. 그것이 바로 법당을 장식하는 옳은 도리란다."

　"야차를……?"

　"그래, 야차. 바로 네놈처럼 말이다."

　노승이 한숨을 길게 내쉬고는 고개를 절레절레 저으며 뜻 모를 한탄을 했다.

　"피 냄새가 진동을 하기에 쫓아 내려와 봤더니, 천 근은 될 만한 무거운 짐이 이곳에 있었구나. 어쩐지 천수(天壽)가 끝나지 않더라니."

　"그게 무슨 소리입니끼?"

　"내일부터 해가 뜨거든 소실봉에 있는 계명암(鷄鳴菴)으로 오너라."

　자명이 의아한 얼굴로 질문했지만 노승은 대답 대신 엉뚱한 말을 주워섬기고는 몸을 돌려 감실 밖으로 걸어나갈 뿐이었다. 자명이 이해할 수 없다는 듯 노승을 바라보며 말했다.

　"저는 제(祭)가 끝나면 소림을 떠날 생각입니다만……."

　노승이 자명을 흘끔 바라보더니 선장으로 자명의 머리를 두들겼다. 기운없는 노인인지라 선장으로 때려도 아프지도 않았다.

"당 노괴가 좀스런 짐을 맡겼구나. 오라면 올 일이지, 무슨 말이 그리 많단 말이냐?"

자명의 눈이 동그랗게 떠졌다. 설마하니 이곳, 소림사에서 파파를 아는 사람을 만나게 될 줄은 몰랐던 것이다.

"파파를 아십니까?"

"암, 알고말고. 헐헐, 그런데 대답은 아니 할 참이냐?"

노승은 헐헐 웃음을 터뜨리며 말했다.

자명은 일순 할 말을 잃고 말았다. 잠시 멍한 시선으로 노승을 바라보던 자명이 결국 고개를 끄덕였다.

잠시 자명을 들여다보던 노승이 말했다.

"그런 표정 지을 것 없느니라. 석 달 뒤에는 내보내 줄 테니. 그때쯤이면 이 늙은 육신을 내팽개치게 될 터, 붙잡고 싶어도 붙잡을 수가 없지."

자명의 의아함이 더욱 커졌다. 석 달 뒤에 늙은 육신을 내팽개친다는 말은 곧 죽음을 맞는다는 말이었다. 하지만 사람이 어떻게 자신의 죽음을 알 수 있단 말인가!

'아무래도 정신이 이상한 스님인 모양이다.'

자명은 고개를 절레절레 저었다.

노승은 뒤도 돌아보지 않고 감실 밖을 빠져나갔다.

第八章
보내주어라

畵工
道談

공
화 도담

1

자명은 간밤에 잠을 이루지 못하였다. 정신 나긴 노승이라 치부하면 될 터인데 신경이 쓰여 견딜 수가 없었던 것이다.

뜬눈으로 밤을 지새우다시피 한 자명은 아침 일찍 소실봉을 찾아 나섰다.

하지만 경내(境內)도 잘 모르는데 숭산 구석에 박힌 암자를 찾을 수 있을 리가 없다. 잠시 주변을 서성이던 자명은 지나가던 승려를 붙잡고 물었다.

"죄송합니다만, 스님. 계명암으로 가려면 어찌해야 하는지요?"

승려의 표정이 이상하게 변했다. 마치 자명이 올 것을 알고 있었다는 듯한 얼굴이었다. 승려가 조심스럽게 자명을 살펴보며 질문을 던졌다.

"시주께서는……."

"저는 합비 사람으로 성은 진 가요, 이름은 자명이라 합니다."

자명이 합장하며 말했다. 승려가 감탄을 터뜨렸다.

"묵월검랑! 그 사람이 바로 진 시주였구려!"

자명이 의아한 얼굴로 승려를 바라보았다. 승려가 허탈한 얼굴로 고개를 절레절레 저었다.

"실은, 어젯밤 제 사조(師祖) 되시는 분께서 뜬금없이 찾아와 이상한 명을 내리고 가셨다오. 해가 뜨거든 계명암을 찾는 이에게 길을 안내하라는 명이었지요. 그가 누구인지, 어디에서 만나야 하는지 알려주시지 않아 의아하게 여기던 참이었습니다."

자명의 안색이 이상하게 변했다. 아무래도 눈앞의 승려에게 명을 내린 사람은 어제 만난 노승인 모양이다. 잠시 무언가를 생각하던 자명이 승려에게 질문을 던졌다.

"사조 되시는 분의 법명을 여쭈어도 괜찮겠는지요?"

"그분의 법명은 혜공(蕙空)이라 합니다. 생불(生佛)이라고도 불리지요."

"혜공이라 하시면……?"

승려가 그 짐작이 옳다는 듯 고개를 끄덕였다.

자명은 자그마한 감탄을 토해냈다. 혜공이라는 법명을 이미 알고 있었던 것이다. 천하오절 중 일인, 은자(隱者)의 법명이 바로 혜공이었다.

승려는 놀라는 것이 당연하다는 얼굴로 자명을 바라보고는 가던 길을 돌려 소실봉으로 자명을 안내했다. 자명은 복잡한 상념을 애써 지우며 승려를 따라 소실봉에 올랐다.

소실봉의 입구에 선 승려가 반장을 해 보였다.

"조금만 더 올라가시면 계명암이 나올 겁니다."

"감사합니다, 스님."

"실례가 아니라면 시주께 한 가지 부탁을 드려도 되겠습니까?"

자명이 의아한 얼굴로 승려를 바라보며 고개를 끄덕였다. 승려가 흠모의 표정을 지으며 말했디.

"소승은 불무(佛武)에 인연이 닿은 무승(武僧)입니다. 언제진 시주와 무를 견주어보면 어띨까 합니다만……."

자명은 할 말을 잃고 말았다. 선종의 본산인 소림사는 또한 무림문파이기도 했다. 이 승려에게도 무학이 지니는 가치는 결코 적지 아니한 모양이다.

"죄송합니다. 그럴 만한 사정이 아닌지라……."

자명이 씁쓸한 얼굴로 고개를 저었다. 승려가 실망으로 얼룩진 표정을 지었지만 자명은 합장을 해 보이고서 몸을 돌릴 뿐이었다.

그렇게 올라선 암자는 너무나 조그마했다. 마당에 자그마한 텃밭이 하나 있었고, 암자는 반쯤 기울어가고 있었다. 노승은 암자에 앉아 하늘을 올려다보고 있었다.

인기척을 느낀 노승이 자명을 돌아보았다.

"헐헐, 왔느냐?"

"혜공 성승을 뵙습니다."

자명은 노승의 앞에 서서 시립하여 예를 표했다. 어제 이름조차 밝히지 않았던 자명이 머뭇거리며 다시 한 번 머리를 숙여 보였다.

"어제는 결례했습니다. 저는 합비 사람으로 성은 진 가요, 이름은 자명입니다."

"헐, 혜공이면 어떻고 자명이면 어떠하냐? 그만 굽실거려라. 허리 부러지겠다."

노승은 대수로울 것 없다는 듯 중얼거리고는 끙차, 소리를 내며 천천히 몸을 일으켰다.

"차나 한잔할 테냐?"

자명은 언뜻 대답하지 못하고 머뭇거렸다.

노승은 대답을 들을 생각이 없다는 듯 뒤에 있는 우물가로 걸음을 옮겼다. 허리를 두드리며 걷는 걸음은 너무나 느릿하기만 하다.

'천하오절이라더니……'

자명이 의아한 표정으로 노승을 바라보았다. 본래 무학을

익히면 신체가 강건해지게 마련이다. 파파도, 신개 어르신도
나이가 많았지만 건장하기만 했던 것이다. 하지만 노승은 너
무나 작고 왜소했으며 힘도 없었다.

자명은 한숨을 길게 내쉬고는 노승에게로 걸어갔다.

"제가 하겠습니다, 스님."

"그럴 필요 없느니라. 헐헐, 평생을 빌어먹고 살았는데 나
도 보시 한 번쯤은 해야지."

노승이 고개를 절레절레 저었다. 자명이 그게 무슨 소리냐
는 듯 바라보자 노승이 입을 쩝쩝거리며 말하였다.

"탁발해서 빌어먹고, 남이 주는 시주로 빌어먹으니 평생을
빌어먹었다 해도 과언이 아니지. 그러니 승려가 공덕을 쌓을
수가 없는 게야. 그러니……."

우물가에 도착한 노승은 그렇게 말하고는 소매를 슥슥 부
쳤다. 나뭇가지마냥 앙상한 팔이 부르르 떨렸다. 노승은 두레
박을 우물에 던져 넣고 힘겹게 물을 길어 올렸다.

그다음에는 암자로 들어가 화톳불을 꺼내 불을 붙인다. 반
쯤 죽어버린 불씨를 살리느라 노승은 수염 볕이 탈 때까지 바
람을 불어야 했다.

화톳불 위에 물을 올린 노승이 길게 한숨을 토해냈다.

"늙으면 죽어야 돼. 차를 끓이는 것도 힘에 부치니, 원."

노승이 다기에 차를 담고 데운 물을 붓고는 잠시 우러나길
기다리더니, 이내 자명에게 차를 내밀었다.

"내 직접 덖은 건데, 맛이 제법 그럴듯하단다."

그렇게 말한 노승은 헐헐 웃으며 차를 한 모금 들이켰다. 그리고 세상 모두를 가진 사람처럼 행복한 미소를 지으며 한숨을 내쉬었다.

난데없이 차를 대접받게 된 자명이 찻잔을 빙글빙글 돌리며 고개를 숙였다. 노승이 왜 자신을 불렀는지 짐작할 수가 없었던 것이다. 차를 앞에 둔 노승은 하늘을 떠도는 구름 조각을 바라볼 뿐, 말이 없었다.

노승은 차를 모두 마신 후, 찻잔을 내려놓고 빙글빙글 웃으며 자명을 바라보았다.

"차는 아니 마실 참이냐?"

"아……."

자명은 자신이 차를 한 모금도 마시지 않았다는 것을 깨달았다. 자명은 얼른 차를 들이켜고는 노승을 올려다보았다. 노승이 클클, 웃음을 터뜨렸다.

"그래, 다 마셨으면 노납을 좀 도와다오. 사실 네놈을 부른 것은 바로 그것 때문이라 할 수 있지."

"무엇입니까?"

자명이 궁금증 가득한 얼굴로 물었다.

"텃밭을 가꾸는 일이지. 파채(菠菜:시금치)를 기르고 있는데, 저절로 자란다는 소문과 달리 기르기가 쉽지가 않아."

파채는 겨울 작물인지라 벌레가 잘 먹지 않으며, 추위와 바람에 강하다. 하지만 노승은 벌써 이 년째 실패를 맛보고 있는 중이었다.

노승이 허리를 두드리며 마당의 텃밭으로 걸어가자 자명이 그 뒤를 쫓아가며 떨떠름한 얼굴로 질문했다.

"터, 텃밭을 가꾸기 위해 저를 불렀단 말씀이십니까?"

"헐헐헐! 왜, 그러면 아니 될 까닭이라도 있느냐?"

노승이 그렇게 말하자 자명으로서도 할 말이 없어지고 말았다. 노승은 고개를 절레절레 젓더니 이내 한숨을 토해냈다.

"참으로 좀스러운 놈이로다. 노납의 부탁을 거절할 생각인 모양이니……."

"아니, 아닙니다."

자명은 결국 노승의 앞에 주저앉고 말았다. 노승은 파채를 어루만지며 세세히 훑어보았다. 중간중산 무어라고 꿍얼거리기도 했다. 자명은 노승을 따라 파채를 어루만져 보았지만, 무어가 잘못되었는지 알 수가 없었다.

"저는 무엇을 해야 합니까?"

"아직 다 자라지도 않았는데 잎이 시들하고 누런 것이 있다. 포기가 썩어서 그렇지. 그런 것은 다른 파채에도 병을 전염시키니 뽑아버려야 할 것이야."

자명은 고개를 두어 번 주억거렸다. 노승이 깜빡했다는 듯 말을 이어나갔다.

"아참, 잡초도 좀 뽑아라. 뽑아도, 뽑아도 자라는데 요 며칠 신경을 쓰질 못했어."

노승은 그렇게 말하고는 부들부들 떨리는 손으로 손가락 두 마디 정도 자란 잡초를 집었다. 한겨울의 혹독한 추위 속에서도 살아남았던 잡초는 곧 노승의 손에 뽑혀 사라지고 말았다.

하지만 그다지 억울하지는 않을 터였다. 잘 뽑히지 않은 탓에 힘을 주던 노승이 엉덩방아를 찧고 말았으니 말이다.

"어이쿠!"

노승의 행동거지는 하나하나가 우스꽝스러웠다. 잘 잡히지도 않는 잡초를 쥐어 드는 모습도 그랬고, 뿌리도 깊지 않은 잡초를 뽑지 못하는 것도, 마침내 엉덩방아를 찧는 모습도 희학적으로만 보였다.

노승은 헐헐거리며 웃더니 잡초를 쥐어 볕이 잘 드는 땅에 묻어주었다.

"평소에도 이렇게 텃밭을 돌보십니까?"

자명이 조심스럽게 질문을 던졌다. 노승은 고개를 두어 번 끄덕였다.

"그럼. 매일 텃밭을 돌보는 것이 일과란다. 승려가 아니라 농부가 될 걸 그랬어."

"농부요?"

자명이 반문하자 노승이 인자한 미소를 머금었다.

"그래, 농부. 사실 농부만큼 덕을 쌓는 사람이 없지."

법력이 그토록 드높아 생불이라 불린다는 사람이 오히려 농부만큼 덕을 쌓은 사람이 없단다. 자명이 의아한 목소리로 입을 열었다.

"어째서입니까?"

노승이 문득 움직임을 멈추고 기이한 시선으로 자명을 바라보았다. 잠시 그렇게 자명을 바라보던 노승이 다시금 파채로 시선을 돌렸다.

"인생은 고통이지. 고통은 집착에서 오는 법이고 말이야."

노승은 누렇게 죽은 파채를 뽑아 들었다.

"하지만 농부에게는 집착이 없단다. 햇살을 많이 내리게 하고 싶어도 뜻대로 할 수 없고, 비가 오게 하고 싶어도 마음대로 할 수 없지. 자신의 힘으로 할 수 있는 일이 없으니 겸허해지고, 순리를 따르니 집착이 없을 수밖에. 그렇게 농사일을 하다 보면… 어이쿠, 이거, 잘 안 뽑히는구나."

노승이 작은 잡초를 잡고서 끙끙거렸다. 잡초는 우두둑 뜯어질 기미를 보일 뿐, 쉬이 뽑혀주지 않았다. 노승은 언 손에 입김을 호호 불어가며 잡초 주변의 땅을 파헤치기 시작했다.

"그렇게 농사일을 하다 보면 마음이 넉넉해져 저절로 덕을 쌓게 된단다. 아마 내가 평생 쌓은 공덕보다 농부가 쌓은 공덕이 더 클 게야."

노승은 대수롭지 않게 말하고 있었지만, 말속에 어딘가 현기가 흘렀다. 자명은 노승의 말을 곰곰이 되씹어보았다. 잠시 무어라 되뇌던 자명이 반문했다.

"그러면 어찌하여 농부가 되지 않았나요?"

마침내 잡초를 뽑아낸 노승이 헐헐 웃음을 터뜨렸다.

"어떤 몹쓸 땡초에게 속았거든."

"예?"

"어떤 몹쓸 땡초가 밥을 준다기에 따라갔더니, 붙잡아 머리를 밀어버리고 계인을 찍어버리지 뭐냐?"

노승이 말한 땡초는 다름 아닌 요료 신승(了了神僧)이었다. 암천의 혈사 때에 수많은 중생을 구제했던 고승이 바로 노승의 스승이었던 것이다. 자명은 몰랐지만, 요료 신승은 파파의 자제들의 장례를 치러주었던 고승이기도 했다.

'스승을 땡초라고 칭하다니……'

자명이 당혹스러운 얼굴로 노승을 바라보았다. 노승은 파채 한 포기에 얼굴을 들이밀고 있었다.

"이게 상한 건지, 아닌지 모르겠구나."

자명은 한숨을 내쉬고는 노승을 따라 텃밭을 돌보았다. 손바닥만 한 텃밭에 뭐가 그리 볼 게 많은지 노승은 두 시진 동안 허리 한 번을 펴지 않았다.

두 시진이 지나자 노승이 허리를 두드리며 말하였다.

"오늘은 예까지 하자꾸나."

설마 했는데, 정말로 텃밭을 돌보기 위해 자신을 부른 것이었다. 자명이 나지막한 목소리로 중얼거렸다.

"그러면 저는……."

"응? 하릴없으면 가서 그림이나 구경하지 그러냐? 천불전 화상의 그림이 제법 볼만하단다."

자명은 고개를 푹 숙였다. 천불전에서 본 화상의 재주는 그야말로 뛰어났다. 장안과 낙양에 삼백여 점의 벽화를 그렸다는 당(唐)대의 오도자(吳道子)가 환생한 것이 아닐까 싶을 정도였다.

자명이 생각에 잠긴 얼굴로 질문했다.

"저, 그분의 법명은 무엇입니까?"

"헐, 한낱 화승(畵僧) 이름은 알아서 뭐 하게? 무명(無名)이라고 부르면 제 놈도 만족할 게다."

화상은 만족할지 몰라도 자명은 만족할 수 없었다. 자명이 여전히 궁금한 얼굴이자 노승이 혀를 끌끌 찼다.

"그놈은 본래 천하에 널리 이름이 알려진 화공이었단다. 하나뿐인 아들이 살해당하는 일이 벌어지기 전까지는 말이다."

노승은 그렇게 말하고는 허리를 숙여 승복에 묻은 흙을 털어냈다. 하지만 이야기를 멈추지는 않았다.

"그놈이 장안 어딘가에서 그림을 그리고 있을 틈에, 술에 취한 어떤 미친놈이 강가에서 노니는 아이를 물에 빠뜨려 죽여 버렸단다. 뒤늦게 술이 깬 미친놈은 후회하고 자책했고, 마침내는 승려가 되었지. 저 화상이 소림에 온 까닭은 바로 자식 죽인 놈을 찢어 죽이기 위해서였느니라.”

자명은 그와 비슷한 사정을 가진 사람을 알고 있었다. 파파를 떠올린 자명이 눈을 지그시 감았다.

“하지만 화상은 그놈을 찢어 죽이지 못했단다. 그놈 인상이 어디 사람 죽일 상인가, 오히려 뒤꽁무니 빼고 도망이나 다닐 상이지. 결국 그놈은 자식 죽인 놈을 용서하고 묵언수행(默言修行)이나 하는 화상이 되고 말았어. 사실 말이다, 세상은 각무(覺武)인가 하는 놈이 내 법을 이은 줄 알고 있지만, 내 진짜 법을 이은 것은 그림 그리는 화상, 바로 그놈이란다.”

노승이 장난스러운 표정을 지으며 말하고는 크게 기지개를 켰다. 조그마한 몸에서 우드득, 소리가 들려왔다. 노승은 무르팍을 두어 번 두드리고는 말하였다.

“늙어서 그런지 일찍 지치누나. 오늘은 이만 들어가서 잠을 자야겠는걸.”

자명이 무어라 말하기도 전에 노승이 먼저 암자 안으로 들어가 버렸다. 홀로 남은 자명은 멍하니 그 모습을 바라볼 뿐이었다.

노을이 뉘엿뉘엿 지는 저녁, 자명은 결국 천불전으로 향하고 말았다. 화상의 과거를 들었거니와, 그 그림이 너무 궁금했던 것이다.

화상은 자명을 어려워하고 겁을 내는 듯 보였지만, 자명이 감식 구석에 앉아 조용히 구경만 하자 이내 마음을 놓는 듯 보였다. 눈치를 살피던 횟수도 줄어들었고, 그림에 집중하는 시간이 길어졌다.

자명은 한참 동안이나 화상이 그리는 그림을 구경했다. 화상은 자명이 그림을 바라보는 것도 모른 채 그림에만 열중하고 있었다. 자명은 조금씩 화상에게 다가가 조심스럽게 질문했다.

"백묘화(白描畫)인가요?"

백묘화는 먹으로만 그리는 그림으로, 채색이나 명암을 주지 않는 그림을 말한다. 남북조시대에 시작되어 당대에 확립된 화풍이었다.

화상이 문득 자명을 올려다보니 이내 시선을 피하고 고개를 절레절레 저었다.

"그러면 분본(粉本 : 밑그림)을 하는 것인가요?"

화상은 고개를 끄덕였다가 이내 고개를 저었다. 맞기도 하고 틀리기도 하다는 뜻이었다. 묵언수행 중이라더니, 과연 말 대신 표정과 행동으로만 의사를 전달하는 화상이었다.

자명은 물끄러미 그림을 내려다보았다.

사실 화상이 그림을 그리는 것은 출초(出草)라는 것으로, 단청(丹靑)이나 벽화를 그림에 있어 기초가 되는 작업이었다. 한지를 두 겹, 세 겹으로 배접한 두꺼운 초지(草紙)에다가 밑그림을 그리는 것이 바로 출초였다.

그다음으로는 끝에 바늘이 달린 막대기를 하나 쥐어 들더니, 획 위에 신중하게 구멍을 뚫었다. 그 간격이 너무 멀어지지 않게 촘촘히 구멍을 뚫는다.

자명이 조그맣게 감탄을 터뜨렸다.

'아아, 이제 보니 타초(打草)를 하려던 것이로구나.'

그제야 자명은 비로소 상황을 이해할 수 있었다. 벽화를 그려본 적은 없지만 그 과정에 관하여는 들어본 바가 있다.

자명은 작업대가 설치된 벽면으로 시선을 돌렸다. 벽면에는 바탕색이 가득 칠해져 있었고, 바탕색 위에는 먹이 아닌 흰색 선이 그림을 이루고 있었다. 군데군데 빠진 곳이 있었지만 말이다.

자명은 벽면을 세세하게 바라보았다.

'그렇다면 저것이 바로 가칠(假漆)을 한 흔적이겠구나.'

가칠은 벽면에 바탕색을 칠하는 과정인데, 그러기 위해서는 몇 가지 준비가 필요했다.

먼저 벽면에 접착제를 도포하는 포수(泡水)라는 작업을 해야 한다. 그다음에는 초칠(初漆)이라는 작업을 하는데, 그것은 곧 정분(丁粉)이나 밀타승(密陀僧)을 발라 벽화를 그릴 준비를 하는 것을 말한다.

이야기는 많이 들었지만 실제로 벽화를 그리는 것을 보는 것은 처음인 자명의 시선에 이채가 떠올랐다.

자명이 관찰하는 것을 아는지 모르는지 화상은 종이를 가져가 벽면에 대고 고정시킨 다음, 호분 가루가 가득 묻은 주머니를 들어 종이를 두드렸다.

호분 가루는 종이에 난 구멍을 통과하여 가칠한 벽면에 묻어났다. 종이에 그려져 있던 그림이 고스란히 벽면으로 옮겨지는 셈이었다.

그것이 바로 타초, 혹은 타분(打粉)이라 불리는 과정이었다.

'저 화상 혼자 이 많은 작업을 해낸 것이로구나.'

벽면은 너무나도 넓었다. 화상이 들고 있는 두꺼운 종이도 벽면의 일부를 겨우 가릴 수 있을 뿐이었다. 흰색 선으로 된 밑그림은 거의 완성되어 가고 있었는데, 화상 혼자 이 많은 작업을 다 했다는 사실이 믿어지지 않을 정도였다.

마침내 화상이 타초의 과정을 모두 끝냈다. 화상은 벽면을 한차례 주욱 둘러보고는, 작업장 밑으로 내려가 화구들을 정리하기 시작했다.

"채색은 하지 않습니까?"

화상이 묵묵히 고개를 끄덕였다. 그러더니 손짓, 발짓으로 무언가를 설명했다. 절을 하는 시늉을 한 다음, 그림을 그리는 시늉을 하자 자명이 작게 감탄을 토해냈다.

"하기 전에 불공을 드리기 위해서……?"

화상이 주눅 든 얼굴로 고개를 끄덕였다.

자명은 화상의 마음에 감탄을 금하지 않을 수 없었다. 불공을 드리는 것은 그저 좋은 그림이 나오기를 기원하는 것이 아니라 스스로의 마음을 정화하는 것이나 다름없다. 잡념 하나 없는 마음으로 불화를 그리고자 하는 것이다.

'정말 대단하구나.'

자명은 이 화상의 재주를 쫓지 못하였다. 단청의 재주와 문인화의 재주가 달라서가 아니었다. 화상의 그림에는 자신에게는 없는 무엇인가가 있었다.

'그게 무엇일까?'

자명은 생각에 잠겨들었다. 기술적인 면에서라면 화상의 기술은 별로 대단한 것이 아니었다. 단순히 그림의 일부만을 떼어놓고 본다면, 그쯤은 자명도 능히 해낼 수 있으리라.

하지만 완성된 그림은 달랐다. 아마 같은 기술로 똑같은 그림을 그려낸다고 해도 화상의 그림과 자신의 그림은 차이가 나리라.

자명은 한숨을 길게 내쉬었다.

"후우—"

한숨 소리를 들은 화상이 자명을 돌아보았다. 그리고 겁먹은 듯 뒤로 물러나 화벽 뒤로 사라졌다. 자명은 물끄러미 그 모습을 바라보았다.

2

소림사에서의 자명의 일상은 단조로웠다. 아침이 되면 노승을 찾아가 차를 한잔 마시고 텃밭을 돌본다. 그 이후에는 천불전에 가서 그림을 그리는 화상을 구경한다. 어느새 자명은 천불전의 벽화에 마음을 빼앗기고 있었다.

타초의 과정을 마친 화상은 혹여 가루가 흩어진 부분이 있는지 점검하고는 가루를 대신해 먹 선으로 밑그림을 그려놓았다. 먹계화(墨界畵)의 과정이었다.

먹계화를 마치는 데는 무려 칠 주야의 시간이 소요되었다.

그 다음날부터 화상은 천불전이 아닌 대웅보전(大雄寶殿)으로 향했다. 채색에 들어가기 전에 삼천 배를 올리기 위함이었다.

무학을 익히지 않았던 화상은 하루에 오백 배 이상을 하지 못하였다. 배를 올리고 나면 짐도 쉽게 이루지 못하고 끙끙대는 듯했다. 그래도 화상은 삼천 배를 멈추지 않았다.

사흘이 지나자 화상은 삼천 배를 마쳤다. 목욕재계를 하고 하루를 쉬는가 싶던 화상은 이내 천불각으로 돌아왔다.

자명은 화상이 안료를 섞은 과정을 물끄러미 바라보았다.

'도채(圖彩)의 차례다.'

도채란 채색을 하는 과정을 말함이다. 자명은 붓을 들고 채색에 들어간 화상을 물끄러미 바라보다가 안료로 시선을 돌렸다. 쉬이 탈색되는 것을 막기 위해 아교와 부레풀을 섞은 안료들이었다.

자명은 무릎을 꿇고 안료들을 만져 보다가 조심스럽게 말하였다.

"스님, 실은 저도 화공을 업으로 삼고 있습니다."

화상은 자명을 돌아보지도 않았다. 자명이 나직한 목소리로 말을 이어나갔다.

"괜찮으시다면, 스님을 돕고 싶습니다."

이번에도 마찬가지였다. 채색에 온갖 정신을 쏟고 있던 화상은 역시 돌아보지 않았다. 마치 그림을 그릴 때의 자명처럼, 주위의 소리는 하나도 들리지 않는 모습이었다.

'허락하신 것일까?'

화상이 자명을 흘끔 보더니 이내 다시 채색에 집중했다. 답변을 기다리던 자명은 그것이 허락의 의미라고 생각했다. 자명은 붓을 쥐어 들었다.

'어디 한번……'

자명의 호흡이 점차 느려지더니 마침내는 쉬지 않는 것처럼 변해갔다. 무명도원도의 호흡이 일어난 것이다. 자명은 붓을 안료에 가져갔다. 붓에 은은한 색이 묻어나는 것을 물끄러미 바라보던 자명은 이내 벽화로 고개를 돌렸다.

"앗!"

작은 신음과 함께 자명의 손이 움찔했다. 부지불식간에 화상이 자명의 앞을 가로막은 것이다. 화상은 근심 어린 표정으로 자명을 살펴보고 있었다.

자명이 난감한 얼굴로 고개를 숙였다.

"제가 혹시 결례를 한 것이라면 용서하십시오. 허락의 의미인 줄 알고……"

화상이 고개를 절레절레 저었다. 자명이 의아한 표정으로 화상을 바라보았다.

"허락을 하신다는 뜻인지요?"

화상이 고개를 끄덕였다. 자명이 답답한 시선으로 화상을 바라보았다. 채색을 하는 것을 막으면서 허락한다니, 그 의미를 이해할 수가 없었던 것이다.

화상이 주눅이 든 얼굴로 자명의 시선을 피하더니 이내 그림을 그리는 시늉을 했다. 손가락으로 바닥을 가리켰다가 손을 휘휘 젓기도 했다.

"이 자리에서는 아니 된단 뜻인시요?"

화상이 고개를 절레절레 젓고는 똑같은 행동을 반복했다. 화상이 그렇게 세 번을 반복할 때에야 자명은 그 의미를 알 수 있었다.

"지금은 아니 된다는 뜻인가요?"

화상이 조심스레 고개를 끄덕였다. 마치 미안하다는 듯한 표정이었다. 자명은 이해할 수 없다는 듯 화상을 바라보았다.

"어찌 된 까닭인지 여쭈어도 되겠습니까? 허락은 하지만 지금은 아니 된다니……"

자명이 화를 낸다고 생각했는지 화상이 한 걸음 뒤로 물러났다. 자명이 가까이 다가가자 화상이 어깨를 움츠리며 겁먹은 눈으로 자명을 올려다보았다.

"그렇게 경계하지 않으셔도 됩니다."

자명이 그렇게 말했지만 화상은 도통 마음이 놓이지 않는 모양이었다. 화상이 도망치듯 작업장으로 돌아갔다. 할 말은 다 했으니 그림을 그리겠다는 뜻이었다. 화상이 흘끔흘끔 자명의 눈치를 살피며 붓을 들어 올렸다.

"저기……."

자명은 더 이상 말을 할 수가 없었다. 허락은 하지만 지금은 아니 된다는 것이 무슨 뜻인지 묻고 싶었지만, 화상이 겁을 먹으니 어찌할 도리가 없었던 것이다.

자신이 화상을 방해하고 있다는 느낌이 들기도 했다. 화상은 삼천 배를 드려가며 마음을 다스렸는데, 자신이 그의 심상을 혼란케 하고 있었다. 마치 석가의 수행을 방해하러 온 마라(魔羅)가 된 기분이었다.

자명은 천천히 뒷걸음질쳐 천불전을 빠져나왔다. 갑자기 억울함이 밀려왔다. 자명은 무언가가 울컥 솟아오르는 것을 느끼고 눈을 질끈 감았다.

자신은 그림을 그릴 자격이 아니 되는 모양이었다.

다음날, 자명은 평소보다 조금 늦게 노승을 찾아갔다.

노승은 자명이 늦은 것을 탓하는 대신 차를 한 잔 내밀었다. 차를 다 마신 후에는 텃밭에 가서 함께 파채를 돌보았다.

마음이 어지러웠던 자명은 텃밭을 돌보는 둥 마는 둥 다른 생각에 잠겨 있었다. 노승은 그런 자명을 바라보며 오만상을 찌푸렸다.

해가 중천에 떴을 때였다. 노승이 몸을 한차례 부르르 떨었다. 햇살은 따사로웠으나 그 바람은 차갑기 그지없었던 것이다.

"살이 에이는 것 같구나. 솜으로 누볐는데……."

노승이 억울한 듯 중얼거리며 붉은 승복을 어루만졌다. 겨울이 되기 전에 솜을 구해다가 직접 누빈 승복이었다.

"각원 그놈이 새 가사를 마련해 주겠다고 할 때 받을 걸 그랬어."

천하오절은 어떤 문파에도 관여할 수 없나는 오절지약 때문일까? 혜공 성승은 각원이 주는 어떤 것도 받지 않았다.

팔을 자른 혜가를 따라 반장을 하거나, 혜가가 내리게 한 붉은 눈을 기념하기 위한 붉은 승복을 입는 등 소림의 전통을 따르고 있었지만, 혜공 성승은 소림사의 일을 조금도 돌보지 않았으며 소림사가 주는 어떤 것도 받지 않았던 것이다.

"가사쯤은 괜찮았을 텐데……."

후회 어린 목소리로 중얼거리는 노승의 모습은 우스꽝스러웠다. 투덜거리는 모습만 보면 천하오절 중 하나인 은자 혜공 성승이 아니라 며느리가 따듯한 밥을 안 준다고 투덜거리는 어느 시골의 노인네 같았다.

옷자락을 몇 차례 어루만지던 노승이 자명에게 질문했다.

"시간이 지나면 나아질까 했는데, 여전히 안색이 썩은 돼지 간 같구나."

"예?"

자명이 의아한 표정으로 노승을 바라보았다. 그리고는 손가락을 들어 자신의 얼굴을 어루만져 본다. 자신의 얼굴이 어떤지 알 수가 없었던 것이다.

"평소에도 차가운 표정이었지만, 오늘은 유난히 더 차가워. 에잉, 쯧쯧."

노승이 혀를 두어 번 차고는 파채로 고개를 숙였다. 그리고는 더 말할 생각이 없는지 바닥을 다독이며 잡초를 뽑아갔다.

"평소에도?"

자명이 조그맣게 중얼거리며 평소의 자신의 표정을 상상해 보았다. 한 번도 자신의 표정이 차갑다고 생각해 본 적이 없었다. 늘 일상 그대로의 표정을 짓고 있다고 생각했는데, 알고 보니 표정을 딱딱하게 굳히고 있었던 모양이다.

자명은 고개를 떨어뜨렸다.

"실은 마음에 저어되는 바가 있습니다."

"그렇더냐?"

노승이 시큰둥하게 중얼거리고는 흙을 골랐다. 문득 어제의 일을 떠올린 자명은 가슴에 무엇인가가 울컥 치솟는 것을 느꼈다.

"천불전의 화상께서 그림을 그리지 못하게 한 일이 있었습니다."

노승이 갑자기 행동을 멈추더니 아무런 말 없이 자명을 바라보았다. 그 눈빛이 깊고 현현하여 감히 마주 볼 수가 없었다. 자명은 노승의 시선을 피해 고개를 숙였다.

"…아직 자격이 되지 않는 모양입니다."

"헐, 그래서 억울하냐?"

노승은 헐헐 웃음을 터뜨렸다. 그러더니 이내 좋은 생각이 났다는 듯 허리를 펴고 몸을 일으켰다.

"옳거니, 옳거니. 그러고 보니 네놈이 방귀깨나 뀐다는 화공이라 들었다. 오늘은 별로 할 일이 없으니 그림을 그려보는 것도 괜찮겠구나."

"예? 지금 말씀입니까?"

"그래, 지금 말이다."

노승은 그렇게 말하고는 허리를 두드리며 암자 안으로 들어섰다. 그리고는 무언가를 뒤지는지 바스락거리는 소리가 들리더니, 곧 먼지가 가득 낀 먹과 벼루를 들고 나타났다.

"먹이 이거밖에 없다. 종이도 없고."

노승이 먹과 벼루를 자명에게 건네었다. 자명이 노승과 주위를 번갈아 둘러보며 말하였다.

"지금 그리라는 말씀이십니까?"

"그래. 왜, 어려우냐?"

"아니, 아닙니다. 그럼 암자로……."

"응? 굳이 암자까지 갈 필요 있겠느냐?"

노승이 그렇게 말하고는 몸을 데우기 위해 가져온 화톳불을 끌어당겨 손을 쬐었다. 자명은 물끄러미 그 모습을 바라보다가 중얼거렸다.

"하지만 바람이 많습니다. 또한 바닥이 고르지 않아서……."

무어라 말하려던 자명은 곧 입을 다물어 버리고 말았다. 저 잣거리 화공으로 살 때에는 밖에서 그림을 많이도 그렸었다. 지금 와서 못하겠다 말하는 것도 사실 어불성설이었다.

바닥이 고르지 않다는 것은 문제였지만, 노승의 태도를 보아하니 암자 안으로 들어가자고 할 것 같지가 않다.

'어디에서 그리던 마음만 다한다면…….'

자명이 길게 한숨을 토해냈다. 그리고는 입고 있던 학사의를 벗어 바닥에 깔았다. 종이가 없다고 했으니 옷 위에 그림을 그리려는 것이다.

자명은 우물가로 걸어가 물을 길은 다음, 벼루에 붓고 먹을 갈았다. 노승은 옆에서 물끄러미 그 모습을 바라보았다.

자명은 먹에 붓을 적셔 옷 위로 가져갔다. 곧 자명의 손이 부드럽게 꺾어 상단으로 치듯이 올렸다. 조금의 망설임도 없는 준법이었다.

그림을 그리기 전에 충분히 사의하여야 한다지만, 이 경우
에는 그럴 필요가 없었다. 무엇을 그릴지는 이미 정해져 있는
것이나 마찬가지였던 것이다.

자명이 그려 나가는 것은 황산이었다.

'황산은 지금 어떨까?

어쩌면 흰 눈에 가득 쌓여 있을지도 모른다. 아니면 차가운
바람 속에서 텅 빈 나뭇가지를 흔들고 있을지도 모르겠다. 파
파가 있던 그때처럼 말이다.

자명은 눈물조차 마른 텅 빈 눈으로 처음 파파를 만났을 때
를 생각했다. 나무를 깎아 만든 장난감이나 인형 따위를 구해
황산을 찾은 파파의 모습이 떠올랐다.

"허어―"

노승이 인상을 찌푸리며 자명의 그림을 내려다보았다.

산은 산이로되, 그 기세가 섬뜩하다. 칼날 같은 바람 속에
서도 굳건하게 서서 누구의 출입도 허용하지 않는 듯한 모습
이었다. 운두준법(雲頭皴法)으로 그리고 있었지만 부벽준보
다도 날카롭게만 느껴지니 참으로 기이한 노릇이었다.

황산에는 한 명의 노파가 앉아 하늘을 올려다보고 있었다.
한쪽 무릎을 올리고 주저앉은 노파는 양손을 무릎 위에 놓고
지친 표정을 짓고 있었다.

비록 그 형식은 문인화이나, 노파가 풍류를 즐기거나 자연
과 합일하기는커녕 수만 가지 감정을 안고 있으니 엄밀히 따

지면 민화라 할 수 있는 그림이었다.

노승이 혀를 끌끌 찼다.

"아프구나."

그림을 완성하고 붓을 수습한 자명이 노승을 올려다보았다. 노승은 자명에게는 시선도 돌리지 않고 그림만을 바라보며 말했다.

"아파."

자명도 그림을 내려다보았다.

예전, 수면 위에 그림을 그렸을 때와 같은 기분이 들었다. 청아한 산을 그리고자 했으나 쓸쓸하고 외로운 준봉만이 사람들을 굽어다보고 있을 뿐이었다. 그것은 자명이 원했던 그림이 아니었다.

"헐헐, 법당과는 어울리지 않는 그림이야. 자비는커녕 고통만 느껴지니, 승려들이 보면 당장 네놈부터 계도하려 들 게다."

자명은 노승의 말을 듣는 둥 마는 둥 그림만 내려다보고 있었다. 무명도원도의 호흡은 마음을 다하지 않으면 그림을 그릴 수 없게 만든다. 그렇다면 이 그림은 곧 자신의 마음을 표현한 것일 테다.

'나는 늘 파파를 생각하고 있었구나.'

파파의 다비식을 행하면서도 그 죽음을 실감하지 못한 까닭이 여기에 있었다. 마음속에 파파가 살아 있으니 다비식이 아니라 무엇을 했더라도 실감치 못하였을 것이다.

　노승이 웃음을 터뜨렸다.

　"헐헐, 하나 속세의 눈으로 보자면 제법 재주가 있다 할 수 있으리라. 노납의 눈이 호강을 한 게지. 내 이렇게 좋은 그림을 보았으니 부처님께 공양하지 않을 수가 없구나."

　노승이 손을 녹이고 있던 화톳불을 자명에게로 슬쩍 밀었다. 자명은 멍한 눈으로 화톳불을 바라보았다.

　"공양이라니요?"

　"태우자꾸나."

　자명이 화들짝 놀라 노승을 바라보았다. 노승이 헐헐 웃으며 말하였다.

　"왜, 싫으냐?"

　"비록 모자란 재주지만 그럴 수는 없습니다."

　자명이 고개를 저었다. 영원한 것이 없다는 것은 안다. 평소 그림을 그릴 때에도 대대손손 이어지기를 바라는 마음보다는, 한순간에 사라지더라도 진정으로 아름다운 것이 되기를 바라는 마음만이 가득했다.

　하지만 그림을 그리자마자 태우라니, 이런 경우는 본 적도, 들어본 적도 없었다. 마음에 거리낌이 일어난 것은 어쩌면 당연한 일일 터였다.

　"왜 그럴 수 없느냐? 어디다 내다 팔기라도 하려고 그러느냐?"

"그런 것은 아닙니다만……."

"그러면 영구히 들고 다니며 사람들에게 자랑하려고?"

노승이 눈을 가늘게 뜨고 말하였다.

자명은 말문이 막히고 말았다. 다른 이에게 줄 것도 아니고, 영구히 들고 다닐 것도 아니었다. 그림을 그리는 것은 화공이었지만, 완성한 그림은 화공의 것이 아닌 것이다.

"헐헐헐! 다른 이에게 넘기지도, 영구히 들고 다닐 것도 아니라면 이것은 그저 미망일 뿐이로구나. 부처님께 공양하지 않더라도 마땅히 태워야겠다. 넣어라."

자명은 노승을 멍하니 바라보다가 화톳불로 시선을 내렸다. 그리고 부들부들 떨리는 손으로 그림을 들어 화톳불 위로 가져갔다.

하지만 자명은 그림을 태우지 못했다. 집어넣으려는 것처럼 손을 뻗었다가 화들짝 놀라며 손을 거두기를 반복할 뿐이었다.

'공양이야, 공양일 뿐이야.'

자명은 아랫입술을 질끈 깨물고는 그림을 불속에 집어넣으려 했다. 하지만 마음만 그러할 뿐, 손은 꼼짝도 하지 않았다. 머릿속이 혼란스러웠다. 수많은 상념이 깃들었고 수많은 감정이 일어났다.

자명이 힘을 주어 그림을 움켜쥐었다.

"저는… 저는……."

"아이야."

노승이 인자한 목소리로 자명을 불렀다.

자명이 붉어진 눈시울을 들어 노승을 바라보았다.

노승의 눈동자는 기이했다. '무림에 들지 않았다면 좋았을 것을' 이라고 말하던 파파의 시선처럼도 느껴졌고, '네 아비와 어미도 봄이 되었을 게다' 라고 말하던 할아버지의 시선처럼도 느껴졌다. 그 어떤 시선보다 따듯했고, 그 어떤 시선보다 서글펐다.

"보내주어라."

자명의 눈동자에서 눈물이 한 방울 흘러내렸다.

파파의 죽음 이후로 말라 버려 더 나올 것도 없다고 생각했던 눈물이다. 하지만 눈물은 사라진 것이 아니라 가슴속 어딘가에서 얼어붙어 있었던 모양이다. 이렇게 눈물이 나는 것을 보면 말이다.

파파의 죽음 이후, 처음으로 자명은 울음을 터뜨렸다.

"흑, 흐흑."

울음은 점점 커지고 커져 마침내 통곡으로 변하였다. 움켜쥔 그림에 얼굴을 묻은 자명은 아이처럼 한참을 울다가 부들부들 떨리는 손을 내밀어 화톳불로 가져갔다.

그림이 화톳불 위로 떨어졌다.

가장 먼저 황산의 봉우리가 주홍빛 불빛에 휩싸이더니 이내 새카만 재가 되었다. 불길은 점점 옮겨 붙어 하늘을 올려다보는 파파에게로 향했다. 마침내 파파의 육신이, 파파의 얼굴이 불길에 휩싸였다.

자명의 눈물이 파파의 얼굴로 떨어졌다. 습기 때문에 잠시 불씨가 멈추었다. 매캐한 연기를 뿜어내며, 아주 천천히 파파의 얼굴이 불길 속으로 사라졌다.

어쩌면 그것이야말로 파파의 다비식이었는지도 모른다. 파파의 머리카락을 태울 때가 아닌, 바로 지금이 말이다.

노승은 따스한 시선으로 그런 자명을 바라볼 뿐이었다.

자명이 울음을 그친 것은 한 시진하고도 반이 지났을 때였다. 울기도 하고 멍하니 화톳불을 바라보기도 하던 자명은 한참이 지나서야 노승을 돌아보았다.

눈물자국이 묻은 자명의 얼굴을 본 노승이 헛웃음을 터뜨렸다.

"헐헐, 가관이로다. 너는 얼굴을 좀 씻어야겠다."

자명은 고개를 떨어뜨렸다. 노승을 따라 웃을 수도 없었고, 또다시 눈물을 흘릴 수도 없었다. 지친 사람처럼 주저앉은 자명이 조그맣게 중얼거렸다.

"왜……."

자리에서 일어나 우물가로 걸어가던 노승이 의아한 얼굴로 뒤를 돌아보았다. 자명이 잔뜩 쉰 목소리로 질문했다.

"왜 그림을 태우라고 하셨는지요?"

"글쎄다."

노승은 그렇게 말하고는 다시 걸어가 우물에 두레박을 던졌다. 그리고 힘겹게 물을 길어 자그마한 대야에 물을 부었다. 자명의 얼굴을 씻을 물을 대신 마련해 주는 모양이었다.

"검댕이 묻었으니 얼굴이나 씻어라. 쯧쯧, 화톳불에 얼굴을 들이밀었으니……."

노승이 대야를 가져다가 자명의 앞에 놓아주었다. 자명은 멍한 눈으로 대야를 바라볼 뿐, 움직이지 않았다.

잠시 그렇게 앉아 있던 자명이 다시금 입을 열었다.

"말씀해 주세요, 스님."

"무엇을 말이냐?"

다 들어놓고도 짐짓 모른 체하는 노승이었다.

자명이 대야의 물에 비친 자신을 바라보며 중얼거렸다.

"왜 그림을 태우라고 하셨나요?"

"헐! 이놈 보게."

노승이 혀를 끌끌 차고는 눈을 가늘게 뜨며 자명을 바라보았다.

"아직도 아니 태운 게냐?"

"예?"

"나는 그림을 한참 전에 태운 줄 알았는데, 너는 아직도 그림을 손에 들고 있구나."

노승은 불가에 내려오는 고사에 빗대어 말하고 있었다.

어떤 늙은 승려와 동자승이 길을 걷던 와중 물길이 거센 개울을 만났다고 한다. 개울 앞에는 한 여인이 있었는데, 늙은 승려가 왜 여기 있느냐고 물으니 ‘급히 개울을 건너가야 할 일이 있는데, 물이 불어 건너지 못하고 있다’ 고 답하였다.

하여 늙은 승려가 여인을 업고 대신 개울을 건넜는데, 동자승은 도저히 계율을 어긴 늙은 승려를 이해할 수 없었다. 잠시의 시간이 지난 뒤 동자승이 ‘어찌하여 스님께서는 여인을 안으셨는지요?’ 라고 물으니, 늙은 승려가 대답하기를 ‘나는 여인을 개울가에 놓고 왔는데 너는 여기까지 여인을 안고 왔구나’ 라 했다 한다.

자명 역시도 그 고사를 알고 있었다. 고개를 푹 숙인 자명이 손을 부르르 떨며 흙을 한 움큼 쥐었다.

“과거는 없는 것입니까?”

고사 속의 늙은 승려는 계율에 집착하지 않고 여인을 안았지만, 동자승은 계율에 집착하였다. 또한 늙은 승려는 여인을 내려놓고 곧 잊었으나 동자승은 여인과 계율을 어긴 스님을 잊지 못하였다.

자명의 질문은 후자에 관한 것이었다. 여인을 내려놓고 잊은 늙은 승려처럼, 미망을 불러오게 될 과거는 잊어버려야 하느냐는 질문이었다.

노승이 답하였다.

“집착이 없는 것이다.”

자명은 할 말을 잃고 말았다.

잠시 머뭇거리던 자명이 흔들리는 시선으로 다시금 질문했다.

"정(情)은 집착입니까?"

"헐헐헐! 마음에 일어나는 상이 모두 집착이지. 깃발이 바람에 나부끼는 것일까, 아니면 바람에 깃발이 나부끼는 것일까?"

깃발이 바람에 나부끼는 것도, 그 반대도 아니었다. 오로지 자신의 마음이 나부끼는 것일 뿐이었다. 그렇다면 정에 집착하는 것 역시 자신의 마음이 일어난 탓일 터였다.

"버려야… 버려야 합니까?"

자명이 주먹을 부르르 떨며 말했다.

노승이 갑자기 말을 멈추고 인자한 시선으로 사명을 바라보았다. 한동안 침묵이 흘렀다.

잠시 뒤, 노승이 작은 목소리로 중얼거렸다.

"색즉시공, 공즉시색[色卽是空, 空卽是色]이라. 색이 곧 물질이라면, 그것은 결코 영원한 것이 아니란다. 바위가 깨어져 자갈이 되는 것처럼 말이다. 모두 때마다 변하는 것이니 색은 곧 없는 것이나 마찬가지, 집착할 필요가 없느니라."

노승이 자명의 마음을 위로하듯 부드러운 미소를 지었다.

"그러나 그것은 곧 색이니라. 존재는 고정된 데 있지 아니하고 공(空) 속에 있으니, 공이 곧 색이 아니고 무엇이겠느냐?

그러니 버려라, 버려! 헐헐, 할 수 있으면 다 버려라!"

자명이 멍하니 노승을 바라보았다.

노승이 주먹으로 자명의 머리에 꿀밤을 먹였다.

"소세 안 할 참이면 대야 내놓아라. 늙은이를 부려먹다니, 나쁜 놈이야."

노승은 그렇게 말하고는 대야를 들고 힘겹게 걸음을 옮겼다. 대야를 암자 구석에 둔 노승이 헐헐 웃으며 암자 안으로 향했다.

어느새 해가 져가고 있었다.

3

그로부터 며칠 뒤의 일이었다.

천불전의 화상이 도채에 빠져 있을 무렵이었다. 경첩이 우는 소리가 들리더니 누군가가 모습을 드러냈다. 화상은 흘끔 뒤를 돌아보고는 작게 반장하여 예를 표했다.

천불전에 들어선 자명은 마주 합장하여 예를 갖추고는 구석에 쪼그려 앉았다. 화상이 도채하는 모습을 구경하려는 것이다.

잠시 무거운 침묵이 흘렀다.

화상은 주눅 든 얼굴로 자명의 눈치를 살폈다. 자명이 어렵기도 했거니와, 어두운 모습이 마음에 턱하니 걸렸던 것이다.

그때, 조용히 앉아 있던 자명이 조그맣게 중얼거렸다.

"혜공 성승께서 화상의 과거를 말씀하신 적이 있었습니다."

화상이 움찔하며 뒤를 돌아보았다.

자명이 시무룩한 표정으로 바닥을 내려다보고 있었다.

"저는 화상과 같은 사람을 한 분 알고 있습니다."

자명이 알고 있는 사람은 물론 파파였다. 평생 그리워했던 어떤 노파를 떠올린 자명은 고개를 푹 숙였다.

화상은 채색을 하면서 들을 이야기가 아니라고 생각했는지 작업대에서 내려와 자명의 앞으로 다가왔다. 그리고는 울적한 자명을 내려다보고는 우물쭈물 서성였다. 자명의 얼굴이 어딘가 슬퍼 보였던 모양이다.

"그분은 자식을 많이 사랑하셨습니다. 평생 동안 자식에 대한 사랑을 놓지 못하셨고, 평생 동안 그리움을 간직하고 계셨습니다. 자식을 잃은 복수심 또한 평생 놓지 못하였지요."

파파는 평생 동안 원수를 찾아다녔고, 무림을 증오하여 무림인을 만나면 핍박했다. 복수를 위해 목숨을 바쳤으며, 그 끝에 죽음을 맞았다. 가련하고 가련한 일생이었다.

그것은 자신의 모습이기도 했다. 파파의 죽음 이후 자신이 어떤 마음을 가지고 살았는지 깨달은 자명이 화상을 올려다보았다.

"화상은 어떻게 복수심을 버릴 수 있었습니까?"

물론 화상과 파파는 다를 것이었다. 화상의 원수는 화무백과 달리 죄책감을 느꼈고, 이후에는 승려가 되었으니까.

하지만 자명은 궁금했다. 어떻게 그 한을 떨칠 수 있었는지, 어떻게 미움을 버릴 수 있었는지. 그걸 알게 되면 자신 역시도 미움을 버릴 수 있을 것 같았다.

자명이 말간 얼굴로 화상을 올려다보았다. 화상은 자명의 눈을 뚫어져라 바라보고 있었다. 자명은 자신의 마음을 들킨 듯한 착각에 빠졌다. 화상은 그렇게 자명을 바라보더니 이내 몸을 돌려 벽화 쪽으로 걸어가 버렸다.

자명은 실망을 감추지 못했다.

'대답해 주지 않는구나.'

화상은 처음부터 자신을 꺼려했다. 자신만 보면 겁을 내고 두려워했던 것이다. 어쩌면 그것은 자신이 살기에 젖어 있었기 때문일지도 몰랐다. 자신의 미움을 느낀 것이라면 겁을 내는 것도 이상한 일은 아니었다.

'모두 내 잘못인걸.'

자명은 그렇게 생각하며 한숨을 내쉬고는 천천히 자리에서 일어났다. 답을 얻지 못하였으니 이만 돌아가려는 것이다.

그때, 화상이 달려와 자명의 어깨를 붙잡았다.

"어……?"

자명이 천천히 뒤를 돌아보았다. 화상이 걱정스러운 얼굴로 고개를 절레절레 젓고 있었다.

“가지 말라는 뜻인지요?”

화상이 환한 미소를 지으며 고개를 끄덕였다. 그리고는 그림을 가리키며 붓질을 하는 시늉을 했다. 자명이 언뜻 알아듣지 못하고 눈을 동그랗게 뜨자 화상이 자명의 손을 덥석 잡고 벽화 쪽으로 이끌었다.

“저, 저기…….”

벽화 앞에 도착한 자명이 당황한 표정을 짓자 화상이 안료와 붓을 번갈아 가리켰다. 그리고는 환한 미소를 지으며 벽화에 붓질을 하는 시늉을 했다.

화상의 미소는 참으로 기이한 것이었다. 근심 걱정이라고는 하나도 없는 사람 같기도 했고, 자식을 굽어보는 어버이처럼 보이기도 했다. 누구라도 그 미소를 접하면 화를 내지 못하리라.

홀린 듯 화상의 미소를 바라보던 자명이 조그맣게 중얼거렸다.

“그림을 그리라는 말씀이십니까?”

화상이 고개를 끄덕이고는 붓을 쥐어 자명에게 건네었다. 자명은 떨떠름한 얼굴로 붓을 받아 들었다. 자명이 붓을 잡자 화상이 다시 한 번 벽면을 가리키고는 자신이 작업하던 곳으로 돌아갔다.

자명이 화상에게 물었다.

“하지만 며칠 전에는 아니 된다고 하셨지 않습니까?”

　화상이 자명을 가리키고, 그다음으로는 조금 전까지 자명이 무릎을 모으고 앉아 있던 곳을 가리켰다. 그리고는 자신의 귓가를 톡톡, 두드린다.

　"조금 전에 질문했던 것을 말씀하시는 건가요?"

　화상이 고개를 끄덕이자 자명이 다시금 질문했다.

　"어떻게 복수심을 버릴 수 있었는지 가르쳐 주신다는 건가요?"

　화상이 고개를 끄덕이고는 부처의 일생을 그린 팔상성도를 가리켰다. 자명은 멍하니 고개를 돌려 벽면에 그려진 부처를 바라보았다. 자명이 작은 감탄을 터뜨렸다.

　이제야 화상의 미소가 무엇을 닮았는지 알 수 있었다. 화상의 미소는 바로 저 미소를 닮아 있었다.

　자명이 다시 화상을 바라보니, 화상이 부처를 가리키며 자신의 입가를 들어 올리는 시늉을 하는 것이 보였다. 화상은 곧 벽에다가 숫자 하나를 써 내려갔다.

　자명은 조금 뒤에야 그 행동의 의미를 이해할 수 있었다. 자명이 알아들은 것을 확인한 화상이 환하게 웃어 보이고는 안료를 주워 들었다. 다시 그림을 그리려는 것이다.

　붓을 쥐어 든 자명은 알 수 없는 시선으로 화상을 바라보았다.

　―부처의 미소를 만 번 그리면 부처의 미소를 지을 수 있

게 돼.

　어떻게 미움을 버렸느냐고 물었더니, 부처의 미소를 만 번 그리란다. 자명은 한참 동안이나 움직이지 않고 그림을 그리는 화상을 바라보았다.

　자명은 고개를 숙여 붓을 내려다보았다. 문득 혹호방과 정검문, 암천이 떠올랐다. 그들을 상대하던 미움에 가득 찬 자신도 떠올랐다.

　정말로 부처의 미소를 만 번 그리면 미움을 버릴 수 있을까? 어쩌면 그럴지도 모르겠다. 화상의 미소는 정말로 그러했으니까.

　등잔의 기름이 떨어지고, 임시로 켜둔 초마저 모두 타올라 촛농이 되었을 때였다. 자명은 붓을 들어 연분홍빛 안료를 묻혔다.

　그리고 벽화 속 연꽃을 칠해 나갔다.

第九章
나무를 옮기는 법

화공도담
畵工道談

1

자명은 느릿한 걸음으로 계명암으로 향했다. 노승은 매일 찾아오라는 투로 말했지만, 지난 며칠간 자명은 계명암을 찾지 않았다. 어제 천불전에서 화상과 함께 그림을 그리고 나서야 노승을 찾아온 것이다.

계명암의 텃밭에서는 노승은 홀로 파채를 돌보고 있었다. 흙을 다독이던 노승이 인기척을 느끼고는 고개를 들었다.

자명이 합장하여 머리를 숙였다.

"며칠 찾아뵙지 못했습니다, 큰스님."

"이제야 왔구나. 그래, 며칠 농땡이를 피우니 좋더냐?"

노승은 헐헐거리며 웃고는 힘겹게 자리에서 일어났다. 그리고는 우물가로 가서 부들부들 떨리는 손으로 물을 길어 손을 씻고는, 화톳불과 다기를 꺼내어 차를 우릴 준비를 했다.

"이리 오너라. 차나 한잔하자꾸나."

자명의 얼굴에 은은한 미소가 떠올랐다. 며칠 만에 뵙는 것이었지만 마치 어제 본 사람 같다. 노승의 태도는 며칠 전이나 지금이나 한결같기만 했던 것이다.

자명이 암자로 와서 앉아 구름 한 점 없는 맑은 하늘을 올려다보았다. 차를 다 우린 노승이 향긋한 차를 한 잔 내밀었다.

"헐헐, 표정이 제법 나아졌구나. 미간에 주름이 없어졌는걸."

노승이 자신의 이마를 가리키며 말했다. 자명은 노승을 바라보고는 고개를 끄덕였다. 며칠 전의 일에 감사를 드리고 싶었지만, 말이 쉬이 나오지 않았다. 자명은 말을 꺼내려다 말고 고개를 푹 숙였다.

"보아하니 천불전의 화상과 노닐다 온 모양이다. 그래, 그놈은 무어라더냐?"

"그림을 그리라 하였습니다."

"그림을 그리라?"

노승이 다향을 즐기듯 눈을 감았다. 차를 한 모금 들이켜고는 잠시 침묵하던 자명은 조금 뒤에야 입을 열었다.

"부처의 미소를 만 번 그리면 부처의 미소를 지을 수 있다더군요."

"헐헐! 그래, 그렇구나."

노승이 마치 재미있는 농담을 들은 사람처럼 웃음을 터뜨렸다.

자명도 노승을 따라 미소를 지었다. 부처의 미소를 만 번 그리면 부처의 미소를 지을 수 있다는 말은 아직 모르겠다. 하지만 미움을 지울 수 있다는 것은 이제 알 수 있을 것 같았다.

"헐! 이제 보니 웃을 줄도 아는구나."

"입만 웃고 있을 뿐이에요, 스님."

입가에는 미소가 어려 있었지만 그것은 쓴웃음이라 할 수 있었다. 자명이 고개를 조금 숙이며 말하였다.

"제가 아무리 부처의 미소를 그린다 한들, 세상은 그대로일 테지요."

자명이 손가락으로 찻잔을 쓸어보았다. 손끝에서 따스한 감각이 느껴지더니 전신으로 퍼져 나갔다. 하지만 그럴수록 마음은 더욱 무거워져 갔다.

"세상은 부처의 미소를 그리기 싫어하나 봅니다, 스님."

자명이 작은 목소리로 중얼거렸다. 자신이 마음을 다스리면 뭐 하겠는가! 세상은 여전히 그대로일 텐데 말이다. 합비로 돌아가 다시는 세상 밖으로 나오지 말자는 생각이 점점 더 커져 갔다.

노승이 대수롭지 않은 듯 중얼거렸다.

"그렇다면 세상을 바꾸어 버리면 될 일이 아니냐?"

자명이 물끄러미 노승을 바라보았다. 암천이 하고자 하는 일이 바로 그것이었다. 암천은 그들이 옳다고 여긴 이상을 좇아 세상을 바꾸고 있었던 것이다.

그러나 암천이 하는 일은 마음이 아니라 외형을 바꾸는 일이었다. 그것도 억지로 말이다. 힘으로 강제하여 수많은 피를 부르는 꼴이라 할 수 있었다.

다른 생각도 들었다. 눈앞의 노승은 무공이 뛰어나 천하오절이라 불리고 그 법력이 하늘에 닿아 생불이라 불린다. 무공을 아는지 모르는지는 모르겠지만 말이다.

"스님이라면 가능하실 것도 같습니다. 세상을 바꾸는 것도, 암천을 상대하는 것도……."

"요놈! 이제는 아예 노납을 부려먹으려 드는구나."

자명이 말을 끝맺기도 전에 노승이 선장으로 자명의 머리를 후려쳤다. 별로 아프지 않았건만 자명은 입술을 비죽이며 투덜거렸다. 예전, 파파가 꼬집고 괴롭힐 때처럼 말이다.

"왜 때리십니까?"

"사람에게는 업보라는 것이 있는데, 그것은 벗고 싶어도 벗을 수가 없고 피하고 싶어도 피할 수가 없는 것이니라. 세상이니 암천이니 하는 것들은 이제 이 노납의 업이 아닌데 내가 왜 그것을 대신해 주어야 한단 말이냐?"

자명은 한숨을 길게 내쉬었다. 노승의 말이 무엇을 뜻하는 것인지 이해한 것이다. 노승이 말을 계속 이어나갔다.

"어쩌면 그것은 네놈의 업보일지도 모르지. 헐헐, 노납으로서는 즐겁지 않을 수 없는 노릇이야. 노납은 편하고 다른 놈들은 힘들다니, 어찌 즐겁지 않으랴!"

노승이 통쾌하다는 듯 말하고는 헐헐 웃음을 터뜨렸다. 자명은 얄밉다는 듯 노승을 바라보고는 찻잔으로 시선을 내렸다.

"제 업보도 아니었으면 좋겠습니다. 세상을 바꿀 방법이 있을 것 같지가 않아요."

자명이 중얼거린 것은 혼잣말에 더 가까웠다. 애초에 노승의 대답을 기대하지도 않았던 것이다. 하지만 노승은 대수롭지 않게 대답했다.

"있어."

자명이 놀란 눈으로 노승을 바라보았다. 노승은 호르륵, 소리를 내며 차를 들이켰다. 찻잔에서 입을 뗀 노승은 쩝쩝거리며 입맛을 다셨다.

"무엇입니까?"

"법(法)을 얻으면 되지."

노승은 그렇게 말하고는 찻잔을 들고 자리에서 일어났다. 다기를 정리하려는 것이다. 자명은 입술을 비죽이며 투덜거렸다.

"그런 말은 저도 하겠습니다, 성승."

"그럼 네가 성승하려무나. 내가 화공을 할 테니. 헐헐헐!"

노승은 자기 농담이 재미있다고 생각했는지 헐헐 웃음을 터뜨렸다. 노승을 따라 미소 짓던 자명이 이내 진지한 표정을 지으며 질문했다.

"알려주세요, 성승."

다기를 정리하던 노승이 자명 쪽으로 시선을 돌렸다. 물끄러미 자명을 살펴보던 노승이 손가락을 들어 나무를 한 그루 가리켰다.

"저 나무가 보이느냐?"

노승이 가리킨 것은 작은 언덕 위에 있는 굽이굽이 세월을 머금은 굵직한 노송이었다. 자명이 고개를 끄덕이자 노승이 조그맣게 중얼거렸다.

"저 나무를 여기로 옮겨보아라. 그러면 내 답을 가르쳐 주마."

노승은 그렇게 말하고는 다시금 다구를 정리했다.

자명은 잠시 노승을 바라보았다. 농담을 하는 것인지, 진담을 하는 것인지 가늠할 수가 없었던 것이다.

'나무를 옮기라니.'

자명은 멀찍이 떨어져 있는데도 굵게만 보이는 나무를 바라보고 한숨을 내쉬었다. 농담이라고 말해주면 좋겠는데 노승은 다구를 정리해 우물가로 걸어갈 뿐, 자신은 신경도 쓰지 않았다.

'해보자.'

굵은 노송이었지만 사실 못할 것은 없었다. 과거 파파를 업고 다닐 때에 무게를 견디지 못할 것 같으면 무명도원도의 호흡을 일으켰었다. 그러면 파파가 아무리 무거워도 들 수가 있었다.

'무명도원도의 호흡을 일으키면 될 거야.'

그렇게 생각한 자명이 노승이 가리킨 나무를 향해 걸어갈 때였다. 다구를 정리하던 노승이 자명을 돌아보았다.

"표정을 보아하니 잔재주를 부릴 참이로구나. 힘으로 나무를 뽑을 생각이냐?"

도대체 어떻게 자신의 생각을 안 것일까! 자명이 일순 대답하지 못하고 머뭇거렸다. 우물 두레박도 제대로 못 드는 노승이 어깨를 으쓱해 보였다.

"헐헐, 그런 잔재주라면 나도 못하지 않지."

노승이 헐헐 웃고는 마치 꿀밤을 때리듯 우물가 옆에 있는 바위를 콩, 쥐어박았다. 노승보다 세 배는 큰 바위는 당연히 꼼짝도 하지 않았다.

하지만 잠시 뒤였다. 자그마한 바람이 바위를 스치듯 어루만지고 지나갔다. 그 순간, 멀쩡한 모습으로 서 있던 바위가 자갈이 되어 우수수 떨어졌다.

자명의 전신에 소름이 돋아 올랐다.

"어, 어떻게……."

자명은 믿을 수 없다는 듯 노승을 바라보았다. 노승은 허리를 두들기며 암자로 돌아가고 있었다.

"나무를 옮기려거든 그런 잔재주 말고 진짜 재주로 해야 할 것이야."

"그게… 그게……."

자명이 더듬더듬 중얼거리자 노승이 투덜거리듯 말했다.

"응? 백보신권(百步神拳)이라는 재주니라. 몹쓸 땡초한테 속아서 배운 별 쓸모도 없는 재주지."

자명은 멍하니 노승을 바라볼 뿐, 함부로 입을 열지 못하였다. 만약 조금 전에 지질(紙質)을 닮은 새하얀 세계를 불러일으켰더라면 노승은 틀림없이 먹에 가려 보이지 않았으리라. 조금 전 노승에게서 느껴지는 기운은 결코 가볍지 않았던 것이다.

"오랜만에 노구를 굴렸더니 피곤하구나. 좀 쉬어야겠어."

노승은 그렇게 말하고는 암자 안으로 들어갔다. 노승은 한 번 암자로 들어가면 다시 나오지 않으니, 그것은 곧 축객령이나 마찬가지였다.

하지만 자명은 쉬이 물러나지 못하고 머뭇거릴 뿐이었다.

결국 자명이 천불전으로 출발한 것은 그로부터 반 시진 후의 일이었다. 어느새 익숙해진 것일까? 경내를 다니던 승려들은 자명을 보고 자연스럽게 반장했다.

어쩌면 그것은 자명이 학사의에서 감색 행자복(行者服)으로 갈아입었기 때문일지도 몰랐다. 천불전의 화상이 마련해 준 행자복이었는데, 자명의 학사의가 더럽혀질까 봐 배려해 준 것이었다.

천불전에 도착하자 작업대 위에서 채색을 준비하던 화상이 고개를 돌려보고는 환하게 미소를 지어 보였다. 어느새 화상은 자명을 두려워하기는커녕 지우(知友)로 여기고 있었던 것이다.

자명은 화상에게 합장해 보였다.

"늦었습니다."

화상은 신경 쓰지 말라는 듯 고개를 절레절레 저었다. 자명이 와서 안료들과 붓들을 뒤적거리자 화상은 다시 채색에 신경을 쏟았다.

천불전의 벽면에 그려진 벽화는 화엄경변상도(華嚴經變相圖)였다. 당대의 실차난타(實叉難陀)가 역한 화엄경에 따라 일곱 장소에서 벌어진 아홉 번의 설법[七處九會]을 벽면 하나에 그려내는 것이다.

타초가 처음 끝났을 때에는 도대체 언제 채색하나 싶을 정도였는데, 이제는 절반 정도가 완성되어 있었다. 화상 홀로였다면 두 배의 시간이 걸렸을 것이나, 자명이 도우니 그 속도가 훨씬 쾌속했던 것이다.

작업장 밑에 선 자명은 비로자나불을 그려 나가고 있었다. 화상이 그려낸 비로자나불은 은은한 미소를 짓고 있었는데, 설법을 듣기 위해 모인 대중들에게도 미소가 전염되어 가고 있었다.

그림을 칠해 나가는 자명의 얼굴에도 미소가 어렸다. 아직 화상처럼 부처의 미소를 지을 수는 없었지만, 그것을 닮아갈 수는 있을 것 같았다.

비로자나불의 법의를 칠해 나가던 자명은 한참이 지나서야 길게 호흡을 토해냈다. 붓을 내려놓은 자명은 발색(發色)이 잘되었나 섬세하게 벽면을 들여다보았다.

그때, 화상이 뒤에서 자명의 어깨를 툭툭, 두드렸다.

"예?"

자명이 뒤를 돌아보자 화상이 손가락으로 감실 구석을 가리켰다. 소금으로 간을 하여 대나무 잎으로 싼 밥이 놓여 있었다.

"아, 그러고 보니……."

도대체 시간이 얼마나 지난 것일까? 일다경도 안 지난 것 같기도 하고, 두 시진이 족히 지난 것 같기도 했다. 자명은 문득 허기를 느끼고는 멋쩍게 웃어 보였다.

화상이 고개를 저으며 손가락으로 자기를 가리켰다. 자신도 자명과 마찬가지라는 뜻이었다. 화상이나 자명이나 그림을 그릴 때에는 누가 와서 잡아가도 모르는 것은 매한가지였다.

자명은 밥이 놓인 곳에 가서 한숨을 길게 내쉬었다. 그림을 그릴 때면 늘 식은 밥을 먹었기에 이제는 아예 적응이 될 지경이다. 자명은 주먹밥을 한입 우물거리며 말하였다.

"예상보다 빨리 끝날 것 같아요."

화엄경변상도의 크기는 그야말로 엄청나게 컸다. 처음 보았을 때에는 도대체 이것을 언제 완성하나 겁을 냈던 것도 사실이었다.

화상이 환한 미소를 지으며 고개를 끄덕이고는 자명을 가리킨 다음 반장을 해 보였다. 모두 자명 덕택이라는 뜻이었다.

"공연한 소리를 하십니다, 스님."

자명이 민망한 듯 말하고는 다시 식사를 계속했다. 문득 머릿속에 잡념이 떠올랐다. 그림을 그릴 때에는 아무것도 생각지 못했는데, 이렇게 쉴 때가 되니 별의별 생각이 다 드는 것이다.

'나무를 옮길 수 있는 방법이라……'

자명이 밥을 우물거리며 생각에 잠겨들었다. 허기가 지긴 했지만 생각을 좇다 보니 밥이 코로 들어가는지 입에 들어가는지 모를 지경이었다.

'무명도원도의 호흡을 일으켰으면 편했을 텐데.'

자명은 밥을 꿀떡 삼키고는 길게 한숨을 내쉬었다.

화상이 걱정스러운 얼굴로 그런 자명을 바라보았다. 이번에는 별다른 행동도 하지 않았지만, 자명은 화상이 '무슨 일이라도 있느냐' 라고 하려 했다는 것을 알 수 있었다.

"생각할 거리가 있어서요."

화상이 손가락으로 관자놀이를 톡톡, 두드렸다. 생각할 거리가 무엇이냐는 뜻이었다. 자명이 멋쩍은 듯 뒷머리를 긁적거리며 말하였다.

"나무를 옮기는 법이요."

화상이 고개를 갸웃했지만 자명으로서도 설명할 방법이 없었다. 그저 '멀리 있는 나무를 옮겨 심는데, 힘을 써서는 아니 된다' 고 말해줄 도리밖에 없었다.

화상은 고개를 두어 번 끄덕이고는 자명의 어깨를 두드려 격려해 주었다. 수행하는 이에게는 언제나 화두라는 것이 있게 마련인데, 그것은 다른 이가 대신해 줄 수 있는 것이 아닌 것이다.

식사가 아직 끝나지도 않았건만 자명의 고민은 점점 더 깊어져만 갔다.

2

자명의 일상에 약간의 변화가 일어났다. 여전히 아침에는 노승과 함께 시간을 보내고 저녁에는 화상과 함께 그림을 그렸지만, 거기에 다른 일상 하나가 더해진 것이다.

오후가 되면 자명은 작은 언덕에 올라 솟아오른 나무를 하염없이 바라보았다. 머릿속으로는 온갖 궁리를 다 하면서 말이다. 노을이 질 때까지 고민하고 나면 천불전으로 향한다. 그곳에서 거의 밤을 새다시피 하니, 자명이 잠을 자는 시간은 몇 시진 없다고 봐야 할 터였다.

노을이 뉘엿뉘엿 질 때까지 나무 앞에 오도카니 앉아 궁리하는 자명의 모습은 기이한 감흥을 남겼다. 승려들은 자명을 목견자(木見子)라 부르곤 했고, 그 별명은 일파만파 퍼져 소림사에서는 모르는 사람이 없게 되었다.

그러거나 말거나 자명은 나무를 바라보는 일을 멈추지 않았다.

그러기를 달포가량 했을 무렵이었다.

"진 시주."

나무 앞에 쪼그려 앉아 물끄러미 솔잎을 바라보던 자명이 의아한 얼굴로 고개를 돌렸다. 뒤에서 어떤 승려가 자명을 바라보고 있었다.

자명은 얼른 자리에서 일어나 엉덩이를 털고 합장했다.

"예, 스님."

"방장께서 뵙기를 청하십니다만."

"방장께서요?"

자명이 고개를 갸웃했다. 처음 소림에 들었을 때를 빼고는

얼굴도 뵌 적이 없는 방장이 무슨 일로 자신을 찾는단 말인
가!

자명이 의아한 얼굴로 승려를 바라보았지만, 승려 역시도
영문을 모르기는 마찬가지였다. 그저 데려오라는 명을 받았
으니 데려갈 뿐인 것이다.

자명은 승려와 함께 경내로 걸음을 옮겼다. 평소라면 곧바
로 천불전으로 향했겠지만, 오늘은 팔대호원을 지나 방장실
로 향했다.

방장실에 도착하자 승려가 조심스럽게 불호를 읊조렸다.

"아미타불, 진 시주를 모셔왔습니다."

"뫼시게."

승려가 길을 비켜주자 자명이 가로세로 폭이 일 장밖에 되
지 않는 작은 방 안에 들어섰다. 안에는 소림사의 방장, 각원
대사가 허허로운 미소를 짓고 있었다.

"오셨소이까, 진 시주."

"방장 스님을 뵙습니다."

각원 대사가 어서 앉으라는 듯 손바닥을 들어 하늘로 향했
다. 자명은 작게 목례해 보이고는 각원 대사의 앞에 앉아 눈
을 굴렸다.

각원 대사가 손수 찻잔에 차를 따랐다.

"최근 혜공 사백과 함께 시간을 보낸다 들었소이다."

"예, 그러합니다."

자명이 고개를 두어 번 끄덕였다. 각원 대사가 이채로운 눈으로 자명을 바라보았다.

"아미타불. 아무래도 진 시주께서 본승의 사제가 되려나 보오."

"예?"

자명이 의아한 표정으로 각원 대사를 바라보았다. 각원 대사가 무슨 말을 하는지 쉬이 알아듣질 못한 것이다.

"혜공 사백께서는 무공은 물론이거니와, 그 깨달음 또한 깊은 분이라오. 굳이 무학이 아니라도 진 시주께서 혜공 사백께 배운 바가 있다면 당연히 사제가 되지 않겠소이까."

"가, 감당키 어렵습니다."

소림사 방장의 사제가 된다는 말에 자명이 고개를 절레절레 저었다. 소림사를 흔히 무림의 태산북두라고 한다는네, 그런 소림사 방장의 사제가 된다니 그게 가당키나 한 소린가 말이다.

내심 꺼리는 마음도 들었다. 지금도 묵월검랑이니 뭐니 하면서 쫓는 사람이 있는데, 천하오절의 제자에, 방장의 사제가 되면 더 큰 소란이 일어날 것 같았다.

자명의 모습에 각원 대사가 웃음을 터뜨렸다.

"허허, 그렇게 놀라지 마시지오, 진 시주. 농을 해본 것뿐이니."

그러나 농담 속에 진담이 섞여 있었다. 각원 대사로서는 자명과 혜공 성승을 신경 쓰지 않을 수 없었던 것이다. 외인(外人)이 혜공 성승의 깨달음을 훔쳐 간다 생각하면 걱정이 커졌고, 기재가 깨달음을 얻는다는 생각에는 기쁨이 일어났다.

그렇다고 생불이라 불리는 혜공 성승을 말릴 수도 없었다. 혜공 성승이 하고자 하는 일에는 반드시 그럴 만한 까닭이 있을 것이기 때문이었다.

각원 대사는 자명이 혜공의 깨달음을 얻는 사태가 벌어지면 그를 소림사의 속가로 만들기로 결정했다. 배분을 뛰어넘는 일이었지만 당금 강호에 묵월검랑의 명성이 높으니 못할 일도 아니었다. 더군다나 이미 묵월검랑은 독괴와도 관계를 맺지 않았던가!

하지만 몇 마디 운을 떼자마자 묵월검랑이 아연실색을 하고 만다. 다른 이였다면 어떻게든 이 기회를 잡아보려고 애를 쓸 텐데, 이제는 아예 피하는 기색마저 느껴질 지경이다.

각원 대사는 흡족한 듯 그 모습을 바라보았다.

"저기, 한데 어인 일로 저를 부르신 것인지요?"

"으음……."

각원 대사가 길게 신음을 토해냈다. 본론을 꺼내기는 해야 할 것이나 이야기를 꺼내기가 쉽지 않았던 탓이다. 잠시 그렇게 앉아 있던 각원 대사가 나지막한 목소리로 입을 열었다.

"내일 무림맹의 사절로 문무쌍성이 소림에 도착한다오."

각원 대사는 독괴의 죽음을 알자마자 무림맹으로 서신을

보냈다. 각원 대사의 서신을 받은 무림맹은 그 길로 사절을 소림으로 파견했다. 강호에 독괴의 죽음을 알릴 수 없는 관계로 적은 일행만이 파견되었으나, 그 면면은 결코 무시할 수 없었다.

다름 아닌 문무쌍성이 함께 소림으로 오게 된 것이다.

"문무쌍성은 은자께 독괴의 죽음을 의논하고, 강호에 나와 줄 것을 청원하게 될 것이라오."

"강호에요……."

자명이 조그맣게 중얼거렸다. 아마 혜공 성승께서는 강호에 나가지 않을 것이었다. '세상이니 암천이니 하는 것은 이제 나의 업이 아니다'라고 말하던 목소리가 생생했다.

"같은 부탁을 진 시주께도 드리고 싶소이다."

"예?"

"무림맹을 도와주시오, 진 시주."

각원 대사가 진지한 눈으로 자명을 바라보았다. 자명은 씁쓸한 얼굴로 고개를 저었다.

"그럴 만한 재주가 되지 못합니다."

"당금 강호는 그야말로 암흑 속에 있소이다. 암천의 위세는 나날이 높아져만 가고 백성들의 혈루는 나날이 짙어지고 있소. 본승은 시주께서 협의지심을 발휘해 주기를 바랄 뿐이오."

사실, 무림맹이 자명을 필요로 하는 것은 그 무공보다 명성

때문이었다. 무림맹은 강호에 떠도는 소문을 온전히 믿지 않았던 것이다.

아직 어린 후기지수가 무학을 익혀봐야 얼마나 익혔겠냐는 의견이 팽배했으나, 모두가 그 명성만큼은 활용할 만하다는 데 동의했다. 앞으로 자명은 백성들을 돕기보다 무림맹의 무인들이 모은 곳을 떠돌며 사기를 진작시키게 될 것이었다.

'그다음에는 버려지게 되겠지.'

각원 대사가 씁쓸한 표정을 지었다. 무림맹으로 와달라는 이야기를 선뜻 꺼내지 못한 것이 바로 그 때문이었다. 무림맹이 비록 정도를 표방하고 있지만, 정치적인 면에서만큼은 황궁보다 더한 데가 있는 것이다.

그것을 개혁하는 것은 거의 불가능한 일에 가까웠다.

'그때에는 소림이 외면치 않을 것이다.'

실제로 그 무위도 적지 않을뿐더러, 혜공 성승께서 가까이하여 가르침을 내릴 정도로 총명한 기재다. 천하무림이 눈이 없어 묵월검랑을 내친다면 소림이 기꺼이 그를 거두리라.

각원 대사는 그렇게 스스로를 위로했다.

"지금 답변을 바라는 것이 아니오, 진 시주. 내일 문무쌍성이 도착한다 해도 소림에서 보름을 머무르게 될 터. 보름 뒤에 답을 주시면 족하외다."

자명은 고개를 숙이고 있을 뿐, 대답하지 않았다. 지금 생각하나 보름 뒤에 생각하나 바뀔 일은 없다고 생각했지만, 자명은 굳이 입 밖으로 그 생각을 꺼내지 않았다.

　잠시 뒤 자명이 이만 일어나도 되겠느냐고 물었다. 각원 대사가 고개를 끄덕이자 자명은 합장을 해 보이고는 방장실을 나섰다.

　머릿속에 복잡한 상념이 떠돌았다.

　본래대로라면 천불전으로 향했을 터였다. 밤이 깊어지면 화상과 함께 그림을 그리곤 했던 것이다.

　하지만 자명은 천불전으로 향하는 대신 작은 언덕 위에 있는 소나무로 향했다. 경내를 벗어나 소나무 앞에 도착한 자명은 길게 한숨을 토해내었다.

　"후우—"

　'무림맹이라…….'

　무림을 두려워하여 피하고 싶었던 자명이지만, 세월이 지날수록 오히려 점점 더 깊은 연관을 맺어가고 있었다. 그것도 자의라기보다 타의로 말이다.

　'방장께서는 백성들의 혈루가 짙어지고 있다고 하셨지.'

　암천의 발호로 인해 무림인은 물론, 백성들까지 두려움에 떨고 있었다. 관은 무림의 싸움이하며 백성들을 외면했다. 자명은 몰랐지만, 관은 오히려 무림의 싸움을 바라고 있었다. 비록 불가근불가원(不可近不可遠)한다지만 무림에서 난이 벌어져 저들끼리 제 살 깎아 먹기를 한다면 나쁠 것이 없다고 생각한 것이다.

자명은 소나무의 등걸을 한차례 쓰다듬었다.

부육현에서 만났던 흑의인의 수장에게 ‘그렇다면 나는 막겠습니다’ 라고 대답했었다. 그 마음은 지금도 바뀌지 않았다.

‘하지만 나는 세상을 바꾸는 방법을 모르는데.’

암천처럼 똑같이 힘으로 대할 수는 없는 노릇이다. 소림사에 오기 전이라면 그랬을지 모르겠지만, 지금은 아니었다. 하지만 그렇게 하고 싶지 않아도 방법을 몰랐다.

크게는 암천이 마음에 걸렸지만, 작게는 무림맹도 걸렸다. 그동안 만나온 무림인들은 비록 정도라 하더라도 이해할 수 없는 사고방식을 가지고 있었던 것이다. 그들이 보기엔 자신이 괴팍한 것일 테지만 말이다. 세상을 바꾼다는 말속에는 암천뿐만이 아니라 정도무림도 포함되어 있으리라.

‘그러기 위해서는 나무를 움직여야 하는데…….’

자명은 눈을 가늘게 뜨고 나무를 올려다보았다. 달포가량 나무만 바라보고 살았던 자명이었다. 온갖 방법을 다 생각해 보았고, 그중에는 기상천외한 것도 많았다.

하지만 답을 찾을 수는 없었다.

‘나무를 움직이는 방법이 도대체 무엇이 있을까?’

무명도원도의 호흡을 끌어올리면 간단한 일이었다. 하지만 노승은 그것은 잔재주일 뿐이라며, 진정한 재주로 옮겨야만 한다고 했다.

'혹시 혜공 성승께서는 협동을 말씀하신 것일까?'

처음의 질문은 세상을 바꾸는 방법에 관한 것이었다. 어쩌면 세상을 바꾸는 방법은 힘을 합치는 것일지도 모른다. 사람과 사람이 힘을 합친다면 못할 일이 없는 것이다.

'그렇다면 사람을 불러서 나무를 뽑아볼까?'

하지만 무어라고 사람들을 불러 모은단 말인가!

자명의 생각은 이내 바뀌었다. 사람들을 설득하는 방법은 곧 언변이 얼마나 뛰어난가에 관한 생각으로 바뀌었고, 언변에 관한 생각은 글로, 글에 관한 생각은 시로 바뀌었다. 하지만 시를 읊는다고 나무가 벌떡 일어나 제 발로 걸어가 줄 리는 만무하다.

한참 동안 고민하던 자명은 동쪽 하늘을 돌아보았다. 어느새 동쪽 하늘은 붉게 타오르고 있었다. 이제 머지않아 세상이 밝아지리라.

'곧 암자로 갈 시간이구나.'

자명은 동쪽 하늘에서 시선을 떼어 나무를 바라보았다. 그리고 원망스럽다는 듯 나무를 두들겨 보고는 울적하게 몸을 돌렸다.

그때, 문득 자명의 발걸음이 멈추었다.

'어라?'

자명은 천천히 뒤를 바라보았다. 소나무 가장 높은 곳에 어

둠을 밀어내고 햇살이 자리해 있었다. 자명은 햇살과 어둠이
한데 뒤섞인 소나무를 멍하니 바라보다가 이내 탄성을 내뱉
었다.

"어쩌면⋯⋯."

잠시 그렇게 중얼거리던 자명이 몸을 돌려 어딘가로 뛰어
갔다. 나무가 숲을 이룬 한가운데로 뛰어들었던 자명은 무언
가를 쥐어 들고 이번엔 계명암으로 달음박질을 시작했다.

일다경 가까이 뛰었을까.

청회색 새벽빛 속에서 암자가 모습을 드러냈다. 아직 옅은
햇살이었으나 천지를 밝히기에는 충분했다. 자명은 노승이
암자 앞에서 차를 준비하는 것까지 볼 수 있었다.

화톳불 위에 물을 올려놓고 차를 끓이던 노승이 인기척을
느끼고 고개를 돌렸다. 자명이 헐레벌떡 뛰어오는 것을 발견
한 노승이 혀를 끌끌 찼다.

"쯧쯧, 방정맞은 놈이로고."

화톳불 위에 올려놓은 수호(水壺:주전자)에 물이 끓자 노승
은 다관(茶罐)에 물을 부었다.

암자에 도착한 자명이 헉헉거리며 숨을 들이마시자 노승
이 헛웃음을 터뜨렸다.

"헐헐, 무슨 바람이 불어 그렇게 뜀박질을 하는고?"

"나무를⋯ 옮길 방법을⋯ 찾았습니다."

노승의 눈에 이채가 떠올랐다.

"무엇인고?"

자명은 애써 호흡을 가다듬고 허리를 펴고는 손에 들고 있던 것을 꺼내어 노승에게 보였다. 자명의 손 위에 놓인 것을 물끄러미 바라보던 노승이 자명에게로 시선을 올렸다.

"그래, 네가 깨달았구나."

노승이 그 어느 때보다도 환한 미소를 지었다.

자명의 손 위에 놓인 것은 작은 씨앗이었다.

第十章
끝과 시작

畵工
道談

화공도담
畵工
道談

1

자명은 씨앗을 물끄러미 내려다보다가 노승에게로 시신을 돌렸다. 노승이 헐헐 웃음을 터뜨렸다.

"왜, 대답이 더 필요하냐?"

자명은 고개를 절레절레 저었다. 노승이 인자한 미소를 머금고 고개를 끄덕였다.

"헐헐, 그래, 평생 농부의 꿈을 꾸었는데 이렇게 이루게 되는구나. 뭐 하나는 기르고 가게 되었으니 억울할 것도 없겠지."

"가신다니요……?"

자명은 언뜻 노승의 말을 이해하지 못했다. 노승은 대답 대신 자명에게 차를 내밀었다. 자명의 가슴이 철렁 내려앉았다.

'소림에 온 지 며칠, 며칠이 지났지?'

원단을 넘어 소림에 도착했다. 지금은 추위가 꺾이고 훈풍이 불 때이니, 석 달은 족히 넘었으리라. 자명은 불안한 시선으로 노승을 바라보았다.

"차나 한잔하자꾸나."

노승이 평소와 같은 어조로 말하였다. 자명은 멍하니 노승을 바라보다가 그 옆에 털썩 주저앉았다. 영원한 것이 없다는 것을 알면서도 영원한 줄 착각하는 것이 사람 마음인가 보다. 석 달의 시간이 문득 너무나도 짧게 느껴졌다.

그것은 노승 때문이기도 했다. 죽음을 앞두고도 노승은 평소와 똑같았다. 먹지 못할 채소를 기르면서, 몇 번 만지지 못할 다기를 정리하면서 노승은 평소 해왔던 그대로 살아갔던 것이다.

노승이 차를 한 모금 들이켜고 말하였다.

"오늘따라 차향이 좋구나."

자명이 혼란스러운 시선으로 노승을 바라보았다. 노승은 지금도 평소와 똑같았다. 차를 한 모금 마시고 혀를 오래도록 굴린 후 삼키는 모습마저 그대로였다.

차향을 즐기던 노승이 입을 열었다.

"그래, 너는 앞으로 어떻게 할 참이냐?"

"…예?"

자명이 언뜻 대답하지 못하고 반문했다. 노승이 혀를 끌끌 차고는 고개를 절레절레 저었다.

"귀가 막힌 놈이로다. 앞으로 어떻게 할 참인지 묻지 않았느냐?"

"저는……."

자명이 고개를 떨어뜨렸다. 처음에는 합비로 가서 다시는 세상 밖으로 나오지 않을 생각이었다. 하지만 지금은 모르겠다. 무림맹의 제안을 따를 생각은 없었지만, 세상을 벗어나 숨어버릴 생각은 들지 않았다.

노승은 그럴 줄 알았다는 듯 눈을 가늘게 뜨고는 입술을 오물거렸다.

"소림에 너무 오래 머물지 말고 고향으로 가보아라. 아마 후회는 않을 게야."

자명이 의아한 얼굴로 노승을 바라보았다. 노승이 헐헐 웃음을 터뜨렸다.

"헐헐, 그런 눈으로 볼 것 없다. 노납의 나이쯤 되면 반은 점쟁이가 되는 법이니."

노승은 그렇게 말하고는 무릎을 한차례 두드렸다.

자명은 어린아이가 되어버린 듯한 기분을 느꼈다. 어린아이처럼 조르고 싶었다. 더 살 수는 없느냐고, 소림에는 죽은 사람도 살린다는 대환단이라는 영약이 있다고 들었다 말하고 싶었다. 그러나 자명은 입을 열지 못했다.

차를 모두 마신 노승이 나직한 목소리로 말하였다.

"차를 다 마셨으면 가서 항아리 다섯 개를 찾아 물을 길어 오너라."

노승이 무언가를 시킨 것은 처음 있는 일이었다. 차를 끓이는 것도, 하다못해 자명이 씻을 대야의 물도 직접 받던 노승이었다. 보다 못한 자명이 자신이 하겠다고 나서면 '노납이 공덕을 쌓을 기회를 빼앗아가겠다는 말이냐?' 하고 혼을 내던 노승이었다.

자명은 천천히 자리에서 일어나 암자로 들어갔다. 암자 안에는 어지간하면 못 들어오게 하던 노승이었지만, 지금은 자명도, 노승도 아무런 말이 없었다.

암자에는 항아리가 몇 개 놓여 있었다. 자명의 허리 반쯤 오는 항아리도 있었고, 어깨까지 오는 항아리도 있었다.

항아리를 보자 눈물이 왈칵 쏟아졌다. 항아리는 곧 큰스님의 열반을 의미하는 물건인 것이다.

"안 가시면 안 돼요?"

"물을 길어오지 않고 무얼 하느냐?"

노승이 엄한 목소리로 말하였다. 자명은 소매로 눈을 훔치며 항아리를 하나 들어 올려 우물가로 향했다. 항아리에 물을 담는 자명의 손길이 부르르 떨렸다.

대덕고승의 다비식은 보통 사람과는 다르게 치러진다. 먼저 다비식을 할 곳에 바닥을 깊게 파서 물이 반쯤 고인 큰 항아리를 묻는다. 그곳을 중심으로 동서남북 사방에 땅을 파서 역시 물이 반쯤 고인 작은 항아리를 묻는다. 그 위에 숯을 깔고 목단을 세워 분구를 만들고 시신의 머리가 북쪽을 향하도록 안치한다.

화장이 끝나고 나면 항아리에 담긴 물에서 영롱한 물체가 발견된다. 덕이 높은 고승일수록 그 숫자가 많은데, 그것을 바로 사리라 부른다.

혜공 성승이 준비시킨 항아리가 바로 그것이었다.

'처음… 처음 시키신 일이 이거라니요, 큰스님…….'

자명은 연신 눈물을 훔쳤다. 행동거지 하나하나가 느릿하기 짝이 없었다. 자명은 힘겹게 항아리를 씻고, 잡티 하나 들어가지 않게끔 물을 길어 담았다.

작은 항아리를 하나씩, 하나씩 채워 나간 후에는 큰 항아리에 물을 담는다. 자명은 큰 항아리를 보자 입을 꾸욱 다물고 몸을 부르르 떨었다. 잠시 뒤 자명은 큰 항아리에도 물을 길었다.

자명이 노승 앞에 다가와 말하였다.

"모두 길었습니다."

노승이 고개를 두어 번 끄덕였다. 물을 모두 길었으니 더 말할 것이 없다는 듯한 태도였다.

"되었다. 이제 가거라."

자명이 몸을 움찔했다. 자명은 무어라 말하려는 듯이 입술을 달싹였다. 꼬옥 쥔 주먹이 부르르 떨렸다.

노승은 자명을 바라보며 환한 미소를 지었다.

"내일 보자꾸나."

노승은 그렇게 말했지만, 자명은 내일 노승을 보지 못할 것이라는 것을 알았다. 잠시 침묵이 흘렀다.

너무 짧은 것도 같고, 너무 길어 영원처럼 느껴지기도 하는 요상한 침묵이었다. 노승은 답변을 기다리듯 미소 지은 얼굴로 자명을 바라볼 뿐이었다. 자명은 잔뜩 쉬어버린 목소리로 입을 열었다.

"내일… 내일 뵙겠습니다."

노승은 천천히 자리에서 일어나 허리를 두들기며 암자 안으로 들어섰다. 그것은 곧 축객령이었다. 곧 암자의 마당에는 자명만이 남게 되었다.

자명은 소매로 눈물을 훔치고는 닫혀 버린 암자의 문을 바라보았다.

노승 덕택에 파파를 떠나보낼 수 있었다. 노승과 화상 덕택에 평생 맺혀 있으리라 생각했던 울혈을 풀 수 있었다. 노승 덕택에 다시 아름다움을 좇을 수 있게 되었다.

소림에 올 때는 텅 빈 마음을 가지고 왔었다. 하지만 지금은 아니었다. 노승 덕택에 텅 비어 있다고 생각했던 마음이 알고 보면 채워져 있었음을 알 수 있었다.

자명이 무릎을 꿇고 엎드려 절을 시작했다. 한 배, 두 배 이

어지던 절은 아홉 번이 되었을 때에야 멈추었다.

자명이 조그맣게 중얼거렸다.

"부디 평안하세요."

자명은 문득 자신의 유년기가 끝났음을 알 수 있었다.

유년기의 끝은 오채문 할아버지의 죽음과 함께 찾아왔다. 영원할 것만 같았던 어린 시절에서 갑자기 유리된 자명은 세상에 첫발을 내딛었다. 파파를 만나 세상을 알게 되었다. 자신이 알고 있던 것처럼 세상이 아름답지 않다는 것을 깨닫고 아프고 또 아파했다.

이제 혜공 성승을 마지막으로 자명은 홀로 남겨졌다. 그늘이 되어주었던 사람들에게서 벗어나, 이제야 비로소 온전히 홀로 서게 된 것이다.

자명은 암자를 향해 반절해 보이고는 떼어지지 않는 발걸음을 억지로 떼어 소림사로 돌아갔다. 자명의 발걸음은 천 근 돌덩이를 매단 것마냥 무겁기만 했다.

다음날, 은자 혜공성승이 입적했다. 혜공 성승의 입적은 소림을 온통 뒤흔들어 놓았다. 소림은 며칠간이나마 봉문하여 객을 받지 않았고, 덕택에 무림맹의 사절은 소림에 발을 들이지 못하고 동봉현에 머물러야 했다.

당노독파의 죽음처럼 혜공 성승의 입적 역시 강호에 알려지지 않았다. 강호에 알려지면 크나큰 혼란을 불러올 만한 사안이었던 것이다. 다비식 역시 소림의 고승들만이 지켜보는 가운데서 비밀리에 치러졌다. 혜공 성승의 시신에서는 사리 수백여 개와 진사리(眞舍利) 열여덟 과(果)가 나왔는데, 이는 탑림에 봉안되었다고 한다.

강호는 그렇게 두 명의 천하오절을 잃었다.

2

혜공 성승의 죽음 뒤로 수일의 시간이 지났다. 그간 벽화를 돌보지 않았던 화상은 며칠 만에 화엄경변상도 앞에 나타났다. 정식으로 의발을 전해 받지는 않았으나, 이미 그런 것이나 마찬가지인 화상이었다. 화상은 혜공 성승의 입적 앞에서 온전히 마음을 추스를 수 없었다.

화상은 손끝으로 벽면을 쓸어보았다. 애잔한 울림이 손끝에 묻어났다. 화상은 멍하니 화엄경변상도를 바라보았다.

그때, 감실 안에 누군가 모습을 드러냈다. 화상은 천천히 뒤를 돌아보았다. 나타난 이는 자명이었다.

화상이 놀란 눈으로 손가락을 들어 감실 밖과 안을 번갈아 가리켰다. 자명은 고개를 끄덕였다.

"예, 스님. 이제 떠나려 합니다."

자명은 행자복 대신 다시금 학사의를 입고 있었다. 등에는 바랑을 지고 있었는데, 옷가지 따위만 들어 있어 허전하게 보이는 바랑이었다.

"그간 감사했습니다, 스님."

자명이 합장하여 머리를 숙여 보였다. 화상이 고개를 절레절레 저으며 자명의 어깨를 붙잡았다. 그리고는 방장실이 있는 북동쪽을 가리키며 다짜고자 자명의 손을 붙잡았다.

"방장 스님께는 이미 고하였습니다."

자명은 방장을 찾아 무림맹이 아니라 합비로 돌아갈 것이라고 고했다. 하지만 그것은 무림맹의 제안을 온전히 거절한 것은 아니었다. 합비로 돌아가서 세상 밖으로 나오지 않으려 했던 생각은 이미 깨어져 버린 후니까.

화상이 당혹스러운 표정을 지었다. 잠시 알 수 없는 표정으로 자명을 바라보던 화상은 이내 한숨을 내쉬고는 반장을 해 보였다.

"후일 다시 찾아뵙겠습니다."

자명은 아쉬운 목소리로 그렇게 말하고는 벽면에 그려진 화엄경변상도를 물끄러미 바라보았다. 자명의 눈에 아련한 감정이 깃들었다.

비록 자신의 그림이 아니었지만, 화상과 함께 그것을 완성하고 싶었다. 미련이 가득 남아 걸음을 뗄 수가 없을 지경이었다.

어디 그뿐이랴? 화상에게 배운 것 역시 적지 않았다. 모르긴 몰라도, 자신의 그림은 결코 예전과 같지 않으리라.

자명은 오래도록 천불전에서 시선을 떼지 못했다.

반 각의 시간이 지났을 즈음, 천불전을 둘러보던 자명은 화상에게 합장하여 보이고는 아쉬움이 가득 남는 발걸음을 돌려 하산에 나섰다. 소림에 들어선 지 석 달하고도 열흘이 지난 어느 날의 일이었다.

자명은 소림사의 일주문을 지나 동봉현으로 걸음을 옮겼다. 어느새 봄기운이 완연하여 푸릇한 풀잎이 천지 사방을 뒤덮고 있었다. 봄꽃이 조금씩 피어오르는 모습이 아름답기만 했지만 자명의 마음은 결코 편하지 않았다.

"후우—"

자명이 길게 한숨을 토해내고는 바랑을 한차례 끌어올렸다. 소림에 있을 때에는 몰랐는데, 이렇게 나오고 나니 느끼는 감정 자체가 달라진다.

'많은 것을 얻었구나.'

자명은 걸음을 멈추고 소림사가 있는 숭산을 둘러보았다. 웃음이 가득했던 노승을 떠올린 자명이 눈을 지그시 감았다. 벌써부터 그리움이 가득 밀려들었다.

하지만 그렇게 서 있을 수만은 없었다. 아마 노승이 자신의 모습을 보았더라면, '기껏 내려놓고서 또 하나를 업는구나. 한심한 놈' 하고 혀를 끌끌 찼을 것이었다.

정말로 그렇게 말씀하실 것 같다는 생각에 자명은 실소를 머금었다. 하지만 실소는 그리 오래 이어지지 않았다.

자명은 이번에는 세상을 떠올렸다.

'정검문은 이제 안전하려나.'

자명은 숭산에 오기 전에 있었던 일들을 되짚어보았다. 정검문의 문도들이 죽음을 맞던 것을 생각해 보면 아직도 가슴이 무겁기만 했다.

'언제 기회가 닿는다면 수련을 만나러 가보아야겠다.'

자명은 어미를 조르던 어린 계집아이를 떠올리고는 작은 미소를 지었다. 생각해 보면 세상을 떠돌며 맺은 인연이 적지 않다. 아직 채 이 년이 되지 않았는데도 많은 사람들을 만났던 것이다. 자명은 자신이 맺은 인연들을 하나하나 떠올려 보았다.

화복과 화영, 화씨 남매도 떠올랐고, 사질을 아끼던 화산과의 여검수, 운곡 도고도 떠올랐다. 저잣거리에서 그릇을 깎던 낭왕 이충한이라는 무림인과 그 아들도 마찬가지였다.

생각의 끝은 합비에 있는 남궁세가로 이어졌다. 가장 처음 맺은 인연, 채화당을 벗어나 처음으로 만난 무림세가.

'그러고 보니 남궁세가는 괜찮은지 모르겠구나.'

정검문뿐만이 아니라 강호의 수많은 중소 문파들이 멸문지화를 겪고 있다고 했다. 개중에는 한 지역의 패주라 할 만한 문파들도 속해 있다고 하니, 어쩌면 남궁세가도 그렇게 안전한 것이 아닐지도 모른다.

‘가주님도 내상을 입으셨고……’

자명의 발걸음이 괜히 빨라졌다. 최대한 빨리 합비로 가야 할 것 같은 예감이 들었다. 생각해 보면 혜공 성승께서도 ‘고향에 가면 좋은 일이 있을 것이다’ 가 아니라 ‘후회는 않을 게다’ 라고도 하지 않았던가!

자명이 그렇게 걸음을 옮길 무렵이었다. 텅 빈 관도 한가운데서 인기척이 느껴졌다. 누군가가 자신을 발견하고 후다닥 도망쳐 나무 뒤로 숨은 것이다.

자명이 의아한 얼굴로 나무 뒤쪽을 바라보았다.

“뉘신지요?”

자명의 목소리가 들리자 나무 뒤에 숨은 누군가가 움찔했다. 나무와 수풀 사이에 교묘히 숨었는데도 자명은 그를 놓치지 않았던 것이다.

자명이 나무 앞까지 다가오자 나무 뒤에 숨은 누군가가 안절부절못하더니, 이내 행동을 멈추었다.

자명도 따라서 행동을 멈추자 잠시 긴장된 시간이 흘렀다.

자명이 내심 무명도원도의 호흡을 끌어올리며 나무 쪽으로 한 걸음을 더 내딛을 때였다. 나무 뒤에 숨어 있던 누군가가 눈을 질끈 감고서 모습을 드러냈다.

“화, 화공!”

“혜운 소저?”

자명이 눈을 동그랗게 뜨며 말하였다. 나무 뒤에서 나타난 사람은 다름 아닌 아미산 복호사의 혜운 소저였던 것이다. 자명은 도대체 왜 혜운 소저가 여기 있는지 이해하지 못하고 눈을 끔뻑이다가 이내 한숨을 내쉬었다.

'정말 사람을 놀라게 하는 소저로구나.'

처음 만났을 때에도 그러했다. 혜운 소저는 주가장에서도 불쑥 나타나 술을 한잔하자 했던 것이다. 그때는 얼마나 깜짝 놀랐는지 모른다. 어디 그뿐이랴? 원양현에서는 혜징 사태와 함께 불쑥 나타났었고, 청성산으로 가는 길에서는 어떻게 쫓아왔는지 달리는 마차까지 세우고 나타났었다.

하지만 슬며시 반가운 마음이 드는 것도 사실이었다. 자명은 저도 모르게 얼굴에 가득 미소를 매달고서 혜운에게 머리를 숙여 보였다.

"오랜만에 뵙습니다, 혜운 소저."

"나, 나도요……."

혜운이 조그맣게 중얼거리며 자명의 시선을 피했다.

자명은 의아하게 그 모습을 바라보았다. 술을 마시자고 덤벼들거나 무공을 익혔는지 확인해 보기 위해 뒤에서 몽둥이를 휘두르거나 하는 모습은 보았지만 이처럼 수줍어하는 모습은 처음 본 것이다.

자명은 몰랐지만, 혜운은 심장이 멎을 만큼 놀란 상태였다.

'저, 정말로 나타날 줄이야!'

일부러 관도에서 기다리고 있었던 혜운이었지만, 정말로

자명이 나타나게 되자 당황하지 않을 수 없었던 것이다.

　청성산의 혈사가 끝난 후, 혜운은 무연 진인을 필두로 한 청성산의 생존자들과 함께 무림맹으로 돌아갔다.
　무림맹에 있던 혜징 사태는 혜운을 보자마자 불같이 화를 냈었다. 천검 서검학의 손녀인 혜운이 혹여나 다치지나 않았을까 크게 걱정했던 것이다.
　혜운은 무림맹 밖으로 나설 수 없다는 엄명을 받았고, 무공을 익힌 시비가 배속되어 혜운의 일거수일투족을 감시했다.
　다행히 성격이 활발한 시비였던지라 금방 친해졌지만, 아미산이 좁다 하고 활개 치던 혜운으로서는 답답하다 아니할 수 없는 일이었다.
　그러나 정작 혜운은 답답함을 느끼지 못했다. 머릿속에 화공이 가득 차 있었던 것이다.
　청성산으로 향하던 길에 남궁 언니에게 무얼 준 것이 그렇게 부러울 수가 없었다. 남궁 언니 때문에 슬퍼하고 있다는 당노태태의 말을 떠오를 때마다 가슴 한구석이 아파왔다. 화공이 묵월검랑이라는 이름을 크게 떨치고 있다는 말을 들었을 때에는, 꿈에 화공이 나올 지경이었다.
　혜운은 그때부터 줄기차게 무림맹 탈출 계획을 세웠지만, 하필이면 때마침 문무쌍성이 무림맹에 오는 바람에 실패하고 말았다. 도망치는 혜운과 그런 혜운의 목덜미를 잡아 들고 무림맹으로 되돌아오는 무성 금정룡의 모습은 어느새 무림맹의 명물로 알려져 있었다.

그럴 때마다 시비는 혜운을 귀엽다는 듯 바라보고는 했다.

혜운은 홍 씨 성을 가진 자신의 시비를 떠올렸다.

'호, 홍 시비, 나 어떻게 해야 해?'

자명의 시선을 마주한 혜운이 시선을 피했다. 그러자 자명이 의아한 얼굴로 혜운을 바라보며 질문했다.

"그간 무탈하셨는지요?"

"그럼요. 화공은 잘 지내셨어요?"

자명이 대답 대신 한숨을 내쉬며 미소를 지었다. 그간 강호를 떠돌면서 여러 가지 일을 겪었다. 파파를 잃었고, 무림의 추악한 모습을 보았다.

하지만 소림에서 얻은 것이 결코 적지 않았던 모양이다. 사명은 복수심을 버렸던 화상처럼, 마음에 깃든 여러 가지 감정을 버리고서 미소를 지었다.

"예, 저는 잘 지냈습니다."

그 미소에 혜운의 가슴이 쿵덕 내려앉았다. 화공의 미소가 왠지 모르게 아릿한 것이다.

혜운은 울적한 얼굴로 중얼거렸다.

"아직도 남궁 언니 때문에 슬픈가요?"

"예?"

자명이 어떻게 그것을 아느냐는 듯 혜운을 바라보았다. 혜운이 시선을 내리고 괜히 발로 흙바닥을 뒤적거렸다.

"당노태태께 들었어요."

"아아, 그랬군요."

자명이 고개를 숙이고는 조그맣게 중얼거렸다.

"이제는 슬프지 않습니다. 그저 그리울 뿐이지요."

슬프지 않다는 말은 좋았지만, 그립다는 말은 왠지 싫었다. 혜운은 입술을 비죽거렸다.

자명이 조심스럽게 질문을 던졌다.

"소림사까지는 어쩐 일이십니까, 혜운 소저?"

의아한 얼굴로 혜운을 살피던 자명이 질문했다. 혜운이 조그맣게 중얼거렸다.

"문무쌍성 숙부님들을 따라왔어요."

우연찮게 '화공이 중요한 소식을 가지고 소림사에 도착했다더라' 는 정보를 들은 혜운은 그야말로 몸이 달고 말았다. 문무쌍성이 소림사로 파견된다는 이야기를 들었을 때에는 그야말로 가관이었다.

혜운은 씨도 먹히지 않을 무성 금정룡 대신 문성 장주랑, 장 숙부를 애처롭게 졸랐다. 장주랑은 금정룡의 반대에도 불구하고 '벌써 짝을 찾을 때가 되었구나' 라는 알 수 없는 말과 함께 동행을 허락했다.

하지만 동봉현에 오자마자 무슨 이유에서인지 소림사에 출입하는 것이 불가능해졌다. 천검 서검학을 할아버지로 둔 덕택에 수많은 무림 고수들에게 각각의 절기를 배우며 자라온 혜운은 당장 소림사에 잠입할 준비를 마쳤고, 당연히 모조리 실패했다.

승려들에게 들킨 끝에 문무쌍성 숙부님들께 송환되기를 여러 차례, 혜운은 마침내 전략을 바꾸었다. 화공이 천년만년 소림에 있지는 않을 터, 화공이 나올 때까지 소림사로 가는 길목에서 기다리기로 한 것이다.

그러기를 칠 주야, 마침내 혜운은 화공을 만났다.

"그렇군요. 문무쌍성께서 소림사를 찾는다는 소식은 들었습니다."

자명이 고개를 끄덕이며 혜운을 바라보았다. 무슨 걱정거리 때문인지, 혜운의 표정이 천변만화하고 있다. 아무래도 문무쌍성의 일 때문에 소림사로 가다가 자신을 만나서 난감한 모양이었다.

"소림사로 올라가는 길이시라면 저 때문에 시간을 낭비할 것 없습니다, 혜운 소저. 저는 이만 물러나겠습니다."

"자, 잠깐만요!"

혜운이 다급히 자명을 불렀다.

"예?"

혜운을 스쳐 지나가려던 자명이 의아한 얼굴로 혜운을 돌아보았다. 혜운이 용기를 내서 입을 열었다.

"나 이상해요?"

자명이 황당한 표정을 지었다.

혜운이 옷자락을 쓸어 만지며 말했다.

"시, 시비가 해준 옷이에요. 나는 이런 옷을 입어본 적이 없어서 잘 몰라요. 하지만 동경을 보니까 예뻐 보였어요. 화, 화장도 홍 시비가 해준 건데……."

"그렇군요. 걱정하지 마십시오, 혜운 소저. 충분히 아름다워요."

자명이 미소 지은 얼굴로 고개를 끄덕였다. 혜운은 성장한 옷차림에 화장을 한 상태였는데, 본래 미모가 뛰어난 터라 이상하기는커녕 오히려 미녀라는 말이 어울릴 정도였다.

그 말이 그렇게 고마웠던 것일까? 혜운이 활짝 미소를 지어 보였다. 하지만 미소는 그리 오래 이어지지 않았다.

'하, 할 말을 무지 많이 연습해 뒀는데 고작 이상하냐는 질문이나 하다니. 호, 홍 시비가 알면 놀릴 거야.'

혜운이 울상을 지으며 생각했다.

홍 시비는 혜운이 미주알고주알 자신의 이야기를 하면 재미있어서 어쩔 줄 모르겠다는 표정을 짓곤 했었다.

하기사 그럴 법도 했다. 입만 열면 화공에 대한 이야기이니 어찌 재미있지 않으랴! 홍 시비는 재미있어할 뿐만 아니라 적극적으로 부추기기까지 했다.

"그게 바로 사랑이에요, 아가씨."

아무리 나이가 어리다지만 사랑이 무언지는 알고 있다. 혜운은 처음으로 자신의 감정의 정체를 알고 방황했지만, 홍 시비의 적극적인 응원에 힘을 얻었다.

"아가씨는 예쁘고 명랑하니 사내라면 끌리지 않을 수 없을 거예요. 아가씨가 얼굴을 붉히고서 말하면, 묵월검랑이라는 분도 홀랑 넘어오고 말걸요?"

그것이 홍 시비의 부추김이란 것도 모르고 혜운은 그녀의 조언을 따르기로 결정했다. 상대에게 이 상황이 몹시 뜬금없게 느껴질 것이란 것도 모르고 말이다.

혜운은 눈을 질끈 감고 고개를 끄덕였다.

'좋아, 홍 시비. 너를 믿겠어.'

마침내 용기를 낸 혜운이 눈을 뜨고 자명을 바라보았다. 왜일까? 옛날에는 아무 스스럼이 없었는데, 사랑이라는 말을 들어서 그런지 아니면 오랜만에 봐서 그런지 얼굴만 봐도 부끄러워진다.

혜운이 얼굴을 빨갛게 붉히며 말했다.

"저기요, 화공. 저는 사실 화공에게 할 말이 있어서 찾아온 거예요."

"저를 말씀입니까?"

자명이 의아한 얼굴로 혜운을 바라보았다. 혜운이 붉어진 얼굴을 다독이려 심호흡을 하더니, 마침내 입을 열었다.

"있잖아요, 화공. 저는요……."

혜운이 눈을 질끈 감고 말하였다.

쾌청한 봄날의 하늘이 그런 혜운을 내려다보았다.

『화공도담』 7권으로 계속…

覇君
패군
설봉 新무협 판타지 소설

무협계를 경동시킨 작가, 설봉!
그가 다시금 전설을 만들어간다!!

수명판(受命板)에 놓고 간 목숨을 거둔 기록 이백사십칠 회!
생사를 넘나드는 전장에서 매번 살아 돌아오는 자, 계야부.
무총(武總)과 안선(眼線)의 세력 싸움에 끼어들다!

"죽일 생각이었으면 벌써 죽였다. 얌선히 가사."
"얌전히. 그 말…… 나를 아는 놈들은 그런 말 안 써."
무총은 그를 공격하지 않는다. 공격할 이유가 없다.
다른 사람들은 그의 존재조차도 알지 못한다.
오직 한 군데, 안선만이 그를 안다.
필요하면 부르고, 필요치 않으면 버리는
철면피 집단이 다시 자신을 찾아왔다.

나, 계야부! 이제 어느 누구에게도
휘둘리지 않겠다!!

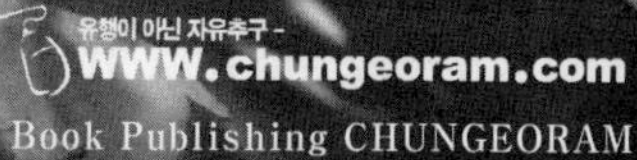

War Mage

워메이지

김재한 퓨전 판타지 소설

사람들이 인식하는 상식의 세계 이면,
짙은 어둠이 드리워진 그곳에 사는 괴물들이 있다.

문명이 드리운 그림자 속에서, 전투기계들과
인간의 사념으로부터 태어난 마물들이 격돌한다.
마법과 주술이 난무하는 초현실적인 전장,
소년은 그곳에 서는 대가로 인생을 잃었다.
운명의 노예가 되어 가족과 인성을 잃어버린 소년, 진유현.

총염(銃炎)과 검광(劍光)이 뒤얽히는
어둠의 거리에서, 운명의 족쇄를 끊고 나온
소년의 눈이 살의를 발한다.

유행이 아닌 자유추구 -
WWW.chungeoram.com
Book Publishing CHUNGEORAM

귀궁사
鬼弓士
참마도 新무협 판타지 소설
FANTASTIC ORIENTAL HEROES
1
귀궁사
鬼弓士
참마도 新무협 판타지 소설
1
청어람

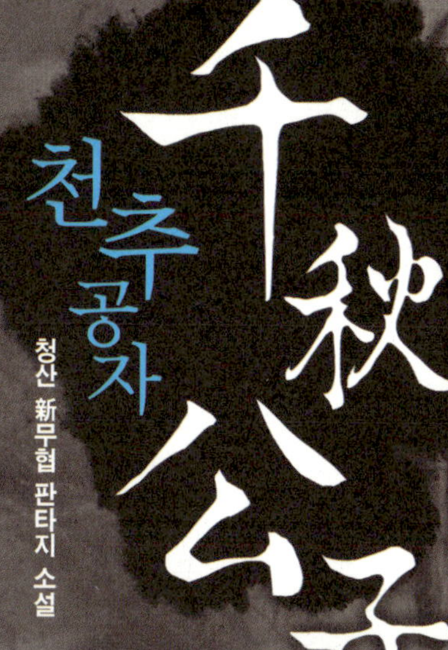

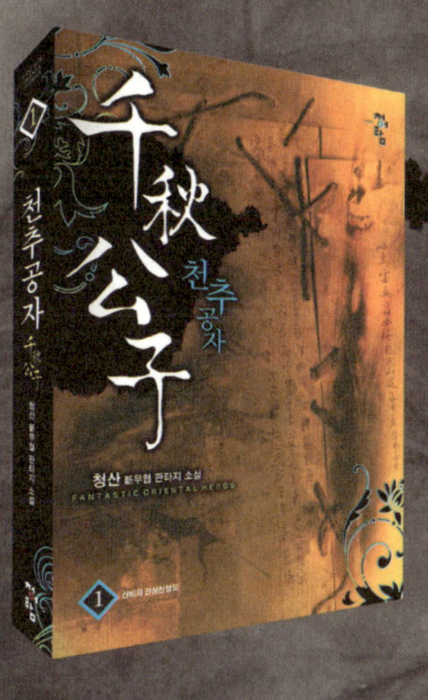

운명을 뛰어넘는 담대한 도전!

황제마저 농락한 숭문세가의 공자 문천추(文千秋).
용문에 이르기 전까지 그는 시문과 서화를 즐기며 대하를 누비는
한 마리 커다란 잉어였다.
그러나 운명은 그를 용문(龍門) 앞에 이끌었다.
용문의 드센 물살을 거슬러 올라 용(龍)이 될 것인가,
아니면 용문점액의 상처를 입고 추락할 것인가.

죽음의 하늘 사중천(死重天)!
오로지 파괴와 살육만을 일삼는 사마악(邪魔惡)의 결집체.
사중천의 어둠은 태양마저 가리며 천하를 뒤덮는다.
마침내 죽음의 하늘과 맞서는 용 울음소리.

천추(千秋)에 빛날 문무제일공자의 호쾌한 행보가 시작되었다.

少林棍王 소림 곤왕

한성수 新무협 판타지 소설

감동의 행진을 멈추지 않는 작가 한성수!

구대문파 시리즈의 두 번째 이야기 『소림곤왕』!! 그 화려한 무림행이 펼쳐진다

"너는 지금부터 날 사부님이라 불러야만 하느니라.
소림사의 파문제자인 나, 보종의 제자가 되어서 앞으로 군소리없이 수발을 들고 모진
고통을 이겨내며 무공 수련을 해야만 한다."

잡극계의 천금공자 엽자건!
소림의 파문제자 보종의 제자가 되다!!

역사와 가상.
실존의 천하제일인과 가상의 천하제일인에 도전하는 주인공!
이제부터 들어갑니다. 부디 마음껏 즐겨주시기 바랍니다.
- 작가 서문 中에서.